小学教育研究丛书

主编

新时代

儿童文学教育

研究纵论

XINSHIDAI

ERTONG

WENXUE

JIAOYU

YANJIU

ZONGLUN

上海教育出版社

目　录

儿童文学与绘本教育

序　言
中国儿童文学教育研究谫议

　　中国儿童文学学科是汉语言文学专业下属的独立学科,在绝大多数中国高等院校里,儿童文学课是师范院校文学专业的课程,但是否为必修课程,要视该学校对于儿童文学学科的重视度而定。但近十年来,儿童文学课俨然成了各大师范院校教育学专业的核心必修课,甚至有些学校还开设了儿童文学课程群,由五门以上的儿童文学必修课、选修课构成了一个系统的儿童文学课程体系。儿童文学课程开始主流化、多元化。在师范院校的教育学院,尤其是初等教育(即小学教育)学院体系里儿童文学学科得到了充分的发展。为什么会出现这样的局面?

　　在中国主流的儿童文学学科研究中,对于文学本体的研究是重点,比如儿童文学的特质、作家作品、历史发展等,但在教育学院里儿童文学的研究不再仅限于传统学科本体的研究,而是指向不同教育形态的结合研究,比如儿童文学与语文教育、儿童文学与生命教育、儿童文学与教师教育、儿童文学与戏剧教育等不同研究维度。这些全新的儿童文学学科研究形态的出现与新世纪以来中国基础教育的一次次改革有着直接的关系。以儿童文学与语文教育研究为例,语文教育一直都是中国教育改革的重镇,为什么儿童文学与语文教育会在近十年成为儿童文学学科的一个重要研究方向呢?

　　我们知道,目前基础教育课程改革的重中之重是中小学语文教学的改革。随着中小学语文教学改革以及新课程标准的全面实施,一个儿童文学在全社会推广和应用的局面正在出现,儿童文学正在全面进入中小学语文教学。

　　儿童文学作为中小学语文课程资源已被大量选入部编版教材和必读书目之中。这说明儿童文学已经成为中小学语文课堂教学的主要资源,在中小学语文教学中扮演着重要角色。此外,教育部公布的《义务教育语文课程标准》(2011 年版)所规定的学生课外读物建议书目中绝大多数作品属儿童文学范畴,如:《稻草人》《宝葫芦的秘密》《安徒生童话精选》《格林童话精选》《鲁滨逊漂流记》《格列佛游记》《童年》等。

儿童文学与中小学语文教学改革的紧密关系还直接体现在《义务教育语文课程标准》对语文课程的教学要求中。新课标规定:低年级课文要注重儿童化,贴近儿童用语,充分考虑儿童经验世界和想象世界的联系,语文课文的类型以童话、寓言、诗歌、故事为主。中高年级课文题材的风格应该多样化,要有一定数量的科普作品。童话、寓言、诗歌(实际上就是儿童诗)、故事以及科学文艺等,都是儿童文学文体,这充分说明:中小学语文(尤其是小学语文)课文的儿童文学化已成为一种必然趋势。儿童文学与中小学语文课文的接受对象都是少年儿童,必须充分考虑到少年儿童的特征与接受心理,包括他们的年龄特征、思维特征、社会化特征,契合他们的经验世界和想象世界的联系。因此,从根本上说,小学语文实现儿童文学化这是符合儿童教育的科学经验和心理规律的。

随着中小学语文教学的改革和新课标的实施,儿童文学作为课外阅读或延伸读物正被大量出版、应用。教育部颁布的新课标明确规定必须加强学生的课外阅读:"要求学生九年课外阅读总量达到 400 万字以上。"并提出了"适合学生阅读的各类图书的建议书目",其中有大量读物正是我们熟知的中外儿童文学名著。为了适应课标实施的需要,各地出版部门都在组织专家学者编选相关读物。根据新课标选编出版的中小学生课外读物,实际上是一种儿童文学的全社会推广,中外优秀儿童文学作品正通过新课标的实施源源不断地走进课堂,走进孩子们的精神世界。这为我国儿童文学的发展提供了十分难得的机遇,同时也提出了更新更高的要求。

综上,我们可以看到随着时代的发展,语文教育的变革,新课标的实施,尤其是随着千百万未成年人也即广大学生精神生命的健康成长,基于语文教育发展的儿童文学研究,即儿童文学与语文教育的结合研究成为当下儿童文学学科的重要发展方向是必然趋势。

那么儿童文学教育研究近年来都运用了哪些具体的研究途径,又有什么样的成果呈现? 首都师范大学的儿童文学研究团队从 2009 年组建开始,用了近十年时间以首都师范大学儿童文学教育研究基地为平台,牵头全国师范院校小学教育与学前教育系统、小学与幼儿园一线教师等进行了成体系成规模的儿童文学教育研究,下面我将以我们开展的系列研究与教学工作为例予以说明。

第一,国内首家儿童文学教育专业研究机构——中国儿童文学教育研究中心暨首都师范大学儿童文学教育研究基地于2012年6月在首都师范大学揭牌成立。中心主要围绕中国儿童文学教育、儿童文学家园阅读推广、国际学术交流与合作三项内容开展工作,汇聚了海内外一流专家、学者及一线教学名师,在儿童文学与教育之间搭建桥梁,引领国内儿童文学教育教学和研究的前沿理论与实践。至今已发展为涉及各主要高等师范院校初教院及学前教育学院的理事单位,并成功举办各类学术报告、学术会议、阅读推广活动等,其中一年一度的全国儿童文学教育年会已成为国内儿童文学教育领域最重要的学术活动。中心作为全国儿童文学教育交流的重要平台对儿童文学教育研究的发展发挥了重要的作用。

第二,重视儿童文学与阅读教育研究。加大阅读教育已成为目前中国教育改革的重点方向之一,儿童阅读的主体部分正是儿童文学阅读,因此儿童文学与阅读教育的结合研究具有很强的现实需求。近年首师大在阅读教育领域进行了诸多方面的研究,重点方向有分级阅读教育研究(课题“分级阅读与儿童文学教育研究”获教育部支持,成为国内第一个儿童文学分级阅读研究国家级课题;2018年推动成立了全国儿童分级阅读教育联盟)、绘本阅读研究(儿童图画书研究被列为国家社科基金项目;首套图画书教学教材“图画书主题赏读与教学”的出版,以图画书教学教材的研发为起点,力求尽快将图画书教学作为必修课程列入小学教育和学前教育专业培养方案中);学校阅读教育与家庭阅读教育研究(课题“新世纪中国儿童文学与儿童阅读研究”获批教育部社科基金项目;首师大儿童文学团队的儿童文学与阅读教育结合研究成为国内推动学校儿童阅读课程专业化建设的倡导者与推动者。儿童阅读课程已成为很多学校的校本课程,但如何上阅读课、选什么内容上课等都成为困扰学校的难点问题。我们提出当前校本阅读课的课程核心关键词为儿童文学,即阅读的核心应是通过阅读儿童文学作品提高学生的阅读力、思维力和想象力,首师大初教院儿童文学研究团队已为多所学校提供儿童阅读课程专业指导，从阅读书单的制定、教学活动设计、课程实施、课程评价等多方面推动阅读课程的专业化建设）。同时，由首师大儿童文学团队牵头组织的北京国际儿童阅读大会已成为国内儿童阅读教育领域具有重要影响的专业学术活动，为致力于儿童阅读教育研究与实践的大学、中小学、幼儿园、产业机构等构建了阅读教育的重要交流平台。

第三，加强儿童文学与语文教育的理论研究。儿童文学与语文教育结合研究属于一个新兴的研究方向，其本体理论研究相对较薄弱。近年来首师大儿童文学研究团队在理论研究方面作出了一些探索，如首部将儿童文学与语文教学进行结合研究的高校教材《儿童文学与小学语文教学》已入选我国初等教育学科建设首批卓越教师培养教材项目，教材内容涵盖儿童文学的理论与教学运用，不仅包括儿童文学的核心原理、中外儿童文学发展通论等理论内容，更重点介绍了儿童文学各类文体的理论与教学应用，包括童话、寓言、儿童诗歌、儿童散文、儿童小说、图画书等在小学语文教育中最常涉及的六大文体的理论与教学应用，在应用原理方面，突出阐述了如何进行教材内各类儿童文学文体的教学，及在小学语文整体教育中教师如何有效运用儿童文学实现语文教育工具性与人文性统一的培养目标。

第四，儿童文学教育研究已融入初等教育学本科生、研究生的课程改革中。首师大初教院成为国内第一个开设儿童文学教育研究专业硕士生培养方向的高校，目前已招收 10 届儿童文学教育方向研究生，该专业方向的研究生入学后会更多参与儿童文学教育研究的科研课题，毕业论文也会按照此方向进行设计，论文选题涉及儿童文学校本阅读课程案例研究、儿童图画书主题教学研究、儿童文学学校阅读现状研究等。同时，在初教院汉语言文学专业的本科课程改革中以写作基础课为突破点，让更多儿童文学与语文教学的结合研究渗入到课程内容构建中，如将童话写作、儿童散文写作等儿童文学文体的写作置入写作基础课，为有针对性地培养语文准教师起到了更有效的师资建设价值。

第五，儿童文学与生命教育研究、儿童文学与戏剧教育研究成为首师大儿童文学研究团队的分支研究领域。近年生命教育与戏剧教育成为基础教育领域的新生研究热点，而儿童文学作为重要的教育资源成为这两个领域的内容主体。首师大儿童文学研究团队适时出版了国内首部生命教育图画书教学工具书《生命教育如何教？100本图画书告诉你》，研究团队中既有国内高校从事儿童生命教育、儿童文学研究的理论工作者，也有具备丰富教育实践经验的一线教师，这样由理论和实践相结合的工作者组建的研究团队，注定研究从一开始就具有了开放性，并力求通过这样的研究行为让优秀的生命教育图画书能真正走进教育现场，让儿童文学服务于基础教育，成为教育的重要资源。此外，儿童文学与戏剧教育研究课题已开发区域课程与课题实验，正推动戏剧教育有效进入基础教育领域。

以上是首师大近年牵头全国师范院校开展的系列儿童文学教育研究的领域，这些不同的研究方向、研究成果，正体现出我国当前儿童文学教育研究的丰富形态与多元特质。同时，我们可以看到一方面儿童文学作为重要资源，以其自身以儿童为本位的学科特点推动着基础教育的发展，同时基础教育不同形式的教育形态也推动着儿童文学学科自身学科容量的增长，儿童文学研究不仅是传统意义上的文学本体的研究，在新时代更融入了多元教育的现代性与应用性研究特质。

总之，儿童文学作为基础教育重要的课程资源，要得到充分的利用，要发挥其应有的作用。因此，我们将把儿童文学教育研究工作继续深入开展下去，关心儿童是全社会每一个人的义务，关注儿童文学是每一个教育工作者的责任。我们有理由相信，随着基础教育改革的不断深入，儿童文学对少年儿童的重要意义会得到越来越普遍的认识。

王　蕾

儿童文学

与

阅读教育

小学第二学段阅读实施建议

Suggestions for Reading in the Second Semester of Primary School

赵自勤　首都师范大学附属中学实验学校

Ziqin Zhao，Capital Normal University Affiliated High School Experimental School

作者介绍：赵自勤，就职于首都师范大学附属中学实验学校，语文教师。曾参与编著教材《小学图画书主题鉴赏与教学》、"爱阅读·桥梁书——小豆包系列"图书，参与教育部社科研究课题"分级阅读与儿童文学教育研究"等。

摘要：小学阶段是一个人阅读素养形成的初步阶段。相比第一学段，第二学段对学生的阅读能力要求有了量与质的提升。针对阅读现状，本文提出了适当使用电子书、读前进行阅读激趣、注重略读法指导、评价主体多元等实施建议。

Abstract：The primary school is the initial stage of a person's reading literacy. Compared with the first semester，the reading ability required by the second semester is improved both quantitatively and qualitatively. In view of the current situation of reading，this paper puts forward the implementation suggestions of using e-books properly，arousing interest before reading，paying attention to skimming methods，and evaluating subject diversities.

关键词：小学；第二学段；阅读

Keywords：primary school；the second semester；reading

从教育层面来讲，在《义务教育语文课程标准(2011 年版)》(后简称《课标》)中，学段目标与内容被分为了识字与写字、阅读、写作和口语交际四个部分，显然，阅读处于核心位置，起到承前启后的作用。

从幼儿园步入小学，学生的阅读情况从主要阅读绘本转变为阅读文字书籍。《课标》中所规定的第二学段课外阅读总量，从第一学段的 5 万字骤升为 40 万字。这点在平时语文课堂上也有体现：课文长度加长，词汇量加大，配套的阅读题目难度也大大增加，这就意味着要更加注重阅读。笔者基于问卷调查和质性研究，也作为一线教师，针对此阶段的阅读情况提出以下实施建议。建议按照行为的先后过程将阅读分为四个方面，即"读什么""为什么读""怎么读"和"读后所得"。

一、关于"读什么"

哈贝马斯（Jürgen Habermas，1929— ）以交往行为理论分析文学活动的结构时，提出"作品作为显示客观世界的'镜'和表现主观世界的'灯'，作为作者的创作对象和读者的阅读对象，是使上述一切环节成为可能的中介"[①]。阅读资源作为阅读活动正常开展的基石和根本条件，它使学生与饱含作家文思的语言文本进行思想交流，调动已有的个人体验。合适的阅读资源能够促进阅读活动顺利展开。

（一）适当使用电子阅读

纸质书还是电子书？这个问题随着数字时代的开始而变得越来越热门。本文并非提倡让电子书代替纸质书，其实两者并非取代关系，而是互助关系。纸质书固然有着传统的优势，但电子阅读的优点很大程度上可以协助纸质书将阅读的魅力展现得淋漓尽致。

电子阅读之所以饱受争议，最重要的一点就是电子阅读容易导致人们"肤浅阅读"。从生理角度看，第二学段的学生在听觉辨别能力、听觉记忆能力和听觉混合能力上显著提高，神经系统发展加快。从心理角度看，第二学段的学生观察客观物体精确性明显提高，可以逐渐对细节部分进行观察，且这种观察明显具有了目的性和持续性。这些身心发展特点恰恰可以利用电子阅读的特色得到训练。

电子阅读的表现形式多种多样，改变字体的颜色、大小可以提高学生的

---

① 童庆炳：《文学理论教程》，高等教育出版社，2008，第 36 页。

注意力，帮助学生加深对文章主要思想的印象；增加阅读的背景图片或播放动态影像可以锻炼其观察能力、抽象思维能力及想象力，让学生更深刻地体会文章感情；文字阅读变为有声阅读在培养学生审美能力之余同样可以锻炼学生的朗读水平……

因此，纸质书籍为主，电子阅读为辅，有利于培养学生的多方面阅读能力。

（二）让阅读资源分级

著名的认知发展理论提出，儿童认知发展分为四个阶段，这就意味着不同年龄的学生，根据其认知的不同，其阅读内容也应有所不同。《课标》同样对1~6年级每个学段学生的阅读量、阅读水平、阅读范围提出了明确要求。

就小学阶段的学生而言，在考虑阅读材料的文体分配的基础上，同样要注意阅读材料的分级。分级是指根据儿童的身心发展特点、智力特点和阅读能力水平将阅读材料划分等级。本文以"爱阅读·桥梁书——小豆包系列"图书为例，简单介绍什么是基于分级的图书阅读。

"小豆包桥梁书"的生字量、主题、语言语法、人物情节、图书编排等各要素都按学段划分，让儿童从读图画为主慢慢过渡为读纯文字。例如，主题和人物情节与每个学段的儿童的学习能力和生活经历相对应；配图的多少和色彩也随着学段的递增而有所变化。

二、关于"为什么读"

阅读目的，从深层讲是阅读动机，"阅读动机指个体在阅读领域的动机，具体说来指由与阅读有关的目标所激发、引导和维持个体阅读活动的内在驱力"①。在小学阶段，学生进行阅读，不仅仅是陶冶情操，还能提高学生的阅读能力，促进其全面发展。此时的阅读动机是一种能唤起学生阅读行为、强化阅读过程、提高阅读效率的重要驱动力②。

---

① 刘玉娟：《小学生阅读动机的发展及影响因素》，《中国特殊教育》2012年第10期。
② 葛明贵、赵媛媛：《青少年阅读动机的差异分析与培养策略》，《图书馆学研究》2011年第2期。

从实际讲,让学生拥有主动的阅读动机,持有积极的阅读目的,阅读过程中学生就会充分调动其感知,阅读效果自然增加。培养学生的阅读兴趣,让其持有积极的阅读目的,需要学校和家庭共同完成。

(一)营造良好的阅读环境,适当进行亲子或师生共读

学校因素和家庭因素是影响学生阅读的重要因素。

学校应在校内和班内设立图书角,营造良好的阅读氛围。笔者发现,每个小学的图书馆的面积和藏书量并不相似,有些相差较多,且图书馆的利用率也有待提高。学校应在有限的条件内,多购进图书供学生阅读,并且组织学生利用阅读课或额外以开展阅读活动的形式到图书馆进行阅读,提高学生出入图书馆的频率,培养学生热爱阅读的好习惯。如今有很多小学已经在学校的各个角落设立了图书角,这大大提高了学生的阅读频率。其次,应利用班级内的图书角有所规划地组织阅读。但无论在学校还是班级,教师都应树立良好的榜样,适当进行师生共读,与学生多交流。

家长应增加其家庭的藏书量,抽出时间与孩子进行亲子共读。家长的一举一动对孩子均有影响,具体到行为来说,比如家长陪伴孩子一起看某本书;家长为孩子读故事,和孩子一起讨论书中的某一情节,这些对孩子的阅读都会产生积极作用。因此,营造良好的家庭阅读环境就十分重要。家长可以多为孩子买一些不同文体、不同题材的书,抽空和孩子一起看书,为孩子做出榜样。如此,学生不仅能在学校中得到阅读的机会,在家庭中同样有提高阅读能力的机会。

(二)阅读前进行阅读激趣,培养学生的阅读兴趣

"兴趣是最好的老师",这句名言让人终身受用。教师要学会在阅读前,运用现今丰富的教学资源,激发学生对阅读的渴望。阅读前需要进行的活动其实很多,首先预习就是最传统的一项。当然,如果预习仅仅是自读课文,借助工具书解决生字词,那是远远不够的,这样的预习也无法激发学生想要阅读的兴趣。建议教师要明确提出预习的要求,并且尽量具体化、丰富化。

除了提出形式多样的预习单,也可以通过运用多媒体途径创设教学情境。除此之外,还可在读前设置直接的阅读激趣。如准备一些学生手中没

有的篇目,设置读前游戏。即教师将文章中的一些关键词挑出,按不同的元素划分,将这些词语以放在词语盒子中抽签或以幻灯片的形式展示给学生,让学生自己选择一些词语进行组合,对文章内容进行猜想。

三、关于"怎么读"

怎么阅读是阅读过程的重心。有些学生是拿到书就看内容,有些学生则是先看题目、作者、出版社,根据自己阅读该书的目的来选择适当的阅读方法。一般情况下,语文课堂由于课时限制的缘故,阅读指导相对较少。

阅读指导对于认知发展水平相对较低的小学第二学段学生,有着必要且积极的意义。教师在课上的阅读指导,包括帮助学生明确和阅读有关的知识、注重略读法的指导等。

(一) 明确和阅读有关的知识

很多学生看书不仔细看书籍的封面,一本书拿来就翻。扉页、勒口等是指书籍的哪个部位,学生并不了解。因为教师从来没有讲过这类知识,学生自然没有去观察书籍和了解书籍的习惯。

本文认为,提高学生的阅读兴趣和阅读能力不仅仅是通过阅读文章实现的,让学生了解和阅读有关的知识同样是途径之一。

(二) 注重略读法的指导

《课标》中明确提出"学会运用多种阅读方法"。对于第二学段学生来说,重点学习的是略读法。那么要保证阅读方法使用正确,教师就要作出科学的指导。略读法并非无须指导,与精读一样,略读后仍然需要求学生掌握文章内容,吸收文章有效信息,因此,略读也一定要对所读内容进行思考和记忆,并非一目十行、草草读完就可以。例如,学生在略读一篇文章之后,说不出文章哪一部分是最重要的,那么略读就失去了意义。

略读法的指导可以用略读前指导、读后写略读报告、和大家讨论略读结果等形式进行。略读前指导,可以保证学生的自我阅读能够顺利进行;写略读报告,报告的内容就应包括所用时间、对文章大意和文章关键词等信息的考查。

四、关于"读后所得"

阅读的收获,不仅仅是阅读能力的提高,也有更加深层的体验的获得。《课标》中明确提出:"注重情感体验,发展感受和理解的能力。"

(一) 注重评价方式多样、评价主体多样

缺少评价是目前学生在阅读中最突出的不足之一,无论课内阅读还是课外阅读,适当的评价会发挥很大的积极作用。

课内阅读就应采用多样有趣的评价方式,给予学生阅读自信。教师也可以为每位同学建立阅读档案袋,记录其一个学期的阅读成长。除了形成性评价之外,终结性评价也必不可少,但考查形式同样可以多样化。如:将本学期印象最深的课文中的一个场景画下来;以小组合作的形式将本学期最喜欢的一篇课文编成话剧或戏剧演出来;对最喜欢的一篇课文进行续写,并讲给全班同学听,等等。

而对于课外阅读来说,建议亲子共读,这样便于交流读后感,家长可以及时了解到孩子是否正确全面地理解文章内容并输出想法。

评价方式多样会激起学生的阅读兴趣,评价主体多样同样可以达到这样的效果。以往评价的主体都是教师,每位学生都在意教师怎么评价自己,使学生忽略了同伴的评价。同伴因为年龄相仿,生活经验和感受也会相似,作出的评价有时会使彼此更容易理解和接受。这不仅仅是提高学生自身审美能力和评价能力的机会,也是锻炼自己与他人合作能力的机会。因此,阅读课上应适当增加同伴评价。

(二) 关注学生的阅读体验

《课标》中"评价建议"部分明确提出:"阅读的评价,要综合考查学生阅读过程中的感受、体验和理解。"①阅读体验,不仅仅是为了阅读的评价,也

---

① 中华人民共和国教育部:《义务教育语文课程标准(2011 年版)》,北京师范大学出版社,2012,第28—29 页。

是阅读活动中必不可少的环节。

　　小学课本中的课文都是经过精挑细选的,无论文体和题材都十分全面,那么读这些经典的美文,就需要学生调动自己的各种感官和已有的生活经验,细细品读,读出属于自己的感觉。如读完一篇文章后,教师可以为学生创造一个与所读文章相似的环境,用最简单的提问方式开启学生的思路,之后可以组织学生进行小组合作,让学生之间进行充分的交流,相互启发,最后可以以表演的方式进行感情的升华。

　　如人教版三年级语文上册中有一篇课文《掌声》,讲述了内向自卑的残疾女生英子因为同学们鼓励的掌声而在生活态度上有所转变,成为一位活泼自信的女孩。听上去是有些普通甚至有些"老套"的故事,其实关系着每一位学生。掌声会带给学生鼓励,包括学生送给教师的掌声,每一次的掌声背后都蕴藏着无尽的感情。这篇文章就要求教师通过对人物的动作、语言、心理等描写的剖析,引导学生调动自己的体验,由外向内地思考自己,感受掌声带来的欣赏、赞扬、鼓励和爱。如果教师仅仅将文章讲完,而不以多种方式开启学生的个人体验,学生对于"掌声"的理解绝不可能是深入的,学生对于文中的英子不会给予真正的理解和关爱,在现实的学习生活中他们感受不到其他同学的感情,还是会继续以自我为中心。从这一方面来看,注重学生的阅读体验就显得尤为重要。

童话"整本书"校本阅读课程的目标研究

Research on the Goal of the School-Based Reading Course of Fairy Tale "Whole Book"

卢宇瑶　北京市延庆区十一学校

Yuyao Lu, No.11 school, Yanqing District, Beijing

作者介绍: 卢宇瑶,首都师范大学初等教育学院硕士毕业,儿童文学和儿童阅读领域方向,参与教育部规划基金课题"分级阅读与儿童文学教育研究"研究工作。

摘要: 校本阅读课程目标是评估阅读教学活动能否达到预期效果,确保课程质量的重要依据。课程目标的设置与课程实施关系密切,既要促使学生全面和谐地发展,也要尊重学生个体间的差异。因此课程目标的制定要以国家政策的大方向为指导,遵循学生的需求、自身发展规律以及童话本身的特点,同时还要考虑到与语文学科教学目标相对接。

Abstract: The goal of school-based reading course is to evaluate whether reading teaching activities can achieve the expected effect and is an important basis for ensuring the quality of the course. The setting of curriculum objectives is closely related to the implementation of curriculum, and it promotes the overall and harmonious development of students, and considers the differences between students. Therefore, the formulation of curriculum objectives should be guided by the general direction of national policies, follow the needs of students, their own development rules and the characteristics of fairy tales, and be connected with the teaching objectives of Chinese subjects.

关键词: 童话;整本书;校本阅读课程;目标

Keywords: fairy tale; "whole book"; school-based reading courses; target

一、目标设计依据

（一）国家的培养目标

1.《基础教育课程改革纲要》

《基础教育课程改革纲要（试行）》指出了新课程的培养目标要体现时代的要求："使学生具有爱国主义、集体主义精神，热爱社会主义，继承和发扬中华民族的优秀传统和革命传统；遵守国家法律和社会公德；逐步形成正确的世界观、人生观、价值观；具有社会责任感，努力为人民服务；……"①

随着时代发展，课程目标的设置要符合现实情况，充分发挥课程的作用，促进儿童全面发展，从不同方面提升学生的阅读素养，满足当下社会需求和特点，改变以往过于注重知识的学习方式，通过将课程与实践结合，增加学生兴趣，在学生主动参与下，培养其阅读能力和阅读品格，并通过童话阅读进一步培养学生的道德品质。

2.《义务教育语文课程标准（2011年版）》

根据《义务教育语文课程标准（2011年版）》中总目标的要求，要培养儿童独立阅读的能力，学习多种阅读方法；注重情感体验，不断积累，发展感受和理解能力；能够初步鉴赏文学作品，充实精神世界。《义务教育语文课程标准（2011年版）》第一学段的阅读目标要求学生"阅读浅近的童话、寓言、故事，向往美好的情境，关心自然和生命，对感兴趣的人物和事件有自己的感受和想法，并乐于与人交流。"②并为学生推荐课外读物《格林童话》《安徒生童话》等优秀作品。

课程目标的制定推动着教学的由浅入深，教学实施建议关于阅读的部分要求"培养学生广泛的阅读兴趣，扩大阅读面，增加阅读量，提倡少做题，多读书，读整本的书。鼓励学生自主选择阅读材料"。可见阅读整本书的重要性。国家的语文课程往往注重学生语文阅读基础知识的积累、阅读基本

---

① 教育部：《基础教育课程改革纲要（试行）》，2001。据中华人民共和国教育部：http://old.moe.gov.cn/publicfiles/business/htmlfiles/moe/s8001/201404/xxgk_167343.html。
② 中华人民共和国教育部：《义务教育语文课程标准（2011年版）》，北京师范大学出版社，2012，第8页。

能力的形成,但是对于学生能力的深入提升、关于情感态度和思维发展的部分相对薄弱,而通过阅读童话的整本作品也就可以弥补这一不足。

(二) 童话的作用

考虑到童话本身的特点,包含幻想性、儿童趣味性和审美性,其中涉及拟人、夸张、比喻等手法,不仅能够吸引读者,也符合儿童心理特点。而童话区别于其他文体之处主要在:情节夸张离奇、人物类型繁多、语言幽默风趣,深受儿童喜爱。从其产生的作用来说,不仅能提升儿童阅读能力,培养想象力,更能促进心理和人格发展,加强儿童的审美体验,感受真善美,接受童话中的美德教育,净化心灵。

二、课程总目标及各年级目标

课程需要预设目标去指导实践,根据上述国家培养目标、童话自身特点,基于学生的阅读能力分析归纳后,课程总目标设计如下:

(一) 总目标

1. 阅读方法目标

(1) 能够用普通话正确、流利、有感情地朗读童话内容。

(2) 学会多种阅读方法。

(3) 学会阅读整本童话的方法,能按封面、内容、封底的顺序,从情节、人物、插图、表达情感等方面阅读整本书。

(4) 能运用字典、词典等工具书帮助阅读,培养独立阅读整本童话的能力。

2. 知识学习目标

(1) 能够了解、感受童话的幻想性。

(2) 能够分析并运用童话中拟人、夸张、荒诞、变形等表现手法。

(3) 了解童话作品语言反复、多拟声词、多对话的写作特点。

(4) 了解童话作家的相关作品。

(5) 通过阅读提升识字兴趣,学年阅读量不低于 12 本。

(6) 认识童话常用的标点符号,如逗号、句号、引号。

（7）有一定的鉴别能力,能为自己选择喜欢的国内外童话作品。

3. 阅读能力培养目标

（1）阅读理解。

a. 能够理解童话的主要情节、人物形象,体会作品表达的思想感情。

b. 培养从整本作品中提取关键信息的能力。

c. 了解童话的表达顺序、表达方法。

d. 能够自行借助童话书中的插图理解文中内容。

e. 能结合上下文及自身的生活经验来理解童话字词、内容的含义。

（2）评价鉴赏。

a. 能够对整本童话的人物形象、故事情节发展、语言特点、主题、图书版式、封面、封底作出相应的评价。

b. 在作品表达的情感方面能有见解感悟,能作出善恶判断,发展道德情感,形成正确的人生观、价值观和世界观。

c. 根据个人经历对所读内容表达自己的喜好。

d. 阅读后形成自己的审美情趣、健全人格。

（3）运用能力。

a. 通过阅读童话激发出创作的兴趣,提升创造力。

b. 学习童话文体的特点,并能自己创作简单的童话。

c. 能够向同伴复述感兴趣的情节,参与讨论。

d. 学习童话通俗、生动活泼、带有亲切口语色彩的语言特点,并运用到写作中。

e. 能够根据童话情节或人物展开联想。

（4）思维能力。

a. 能够提高思维的深刻性、创造能力,并能从幻想到现实、现象到本质地分析问题、了解社会。

b. 能够提问质疑,并在阅读中寻找答案。

c. 学会阅读整本童话的方法,并迁移到课外阅读中去。

4. 阅读态度习惯

（1）有意识地关注国内外著名的整本童话作品。

（2）喜欢童话,感受到阅读童话的快乐。

（3）养成爱护图书的习惯。

（4）学习使用字典、词典等工具书解决阅读中产生的问题。

（5）能够与他人分享、交流读书心得。

（二）年级目标

整体目标是课程实施的总体性战略目标,而具体到各年级、各学段也需要具体化的阶段课程目标,因此,遵循目标设定的阶段性原则,将其细化为各年级段后如表 1－1 所示。

表 1－1　校本阅读课程学段目标表

学段目标	1~2 年级	3~4 年级	5~6 年级
认读	1. 能用普通话正确、流利地朗读童话 2. 学会指读 3. 能够认识基本常用字,生字词能够借助拼音,流畅阅读单篇字数为 1 000~1 500 的童话作品,整本总量在 40 000~80 000 字 4. 认读并理解日常生活中高频词汇的基本含义,包括人名、地名、其他名称及简单动词 5. 理解童话中常见的对话语言,能够流畅、有感情地朗读对话	1. 能用普通话正确、流利、有感情地朗读童话 2. 学会默读 3. 具有词汇的积累,阅读单篇字数为 4 000~8 000 的作品。整本总量在 80 000~120 000 字 4. 能把握阅读节奏,速度适中,关注到段落中标点符号间的停顿 5. 能够朗读优秀童话作品,展开想象,了解内容、体验情感	1. 能用普通话正确、流利、有感情地朗读童话 2. 默读能有一定速度。学会快速浏览 3. 能掌握多种词汇、多种句型,如并列句、复杂句等。整本总量在 100 000 字以上 4. 能够朗读优秀作品,读出语调语气,加深理解童话的内容与情感
理解	1. 能理解文中反复出现的语句的基本含义 2. 完整阅读童话,体会其固定叙述结构,如开头为"从前、很久以前",结尾为"从此以后"等 3. 体会童话的叙事方式:大多按事情发展的顺序叙述,按照"三段式"模式叙述故事的主要内容	1. 能结合上下文理解词句含义以及整本童话的具体内容,体悟思想感情 2. 了解童话总分总、总分的结构。理解童话特殊的反复结构、三段式结构、对比结构 3. 了解童话的表达方式:顺叙以及倒叙,开篇设置悬念激发兴趣,引发思考 4. 理解童话故事发展的脉络,理解人物关系	1. 能结合上下文和实际理解词句在语境中的深层意义,体会表达效果 2. 理解插叙的结构、故事套故事的模式 3. 认识多种童话表达方式:顺叙、倒叙、插叙以及平行叙述 4. 学会快速提取关键信息,并进行概括 5. 理解并运用童话拟人、荒诞、夸张、变形等表现手法

续　表

学段\目标	1~2年级	3~4年级	5~6年级
理解	4. 能够简单了解童话故事的起因、经过、结局 5. 能使用叙述性语言进行内容概括 6. 能够理解情节内容是具有幻想性的 7. 了解童话的对话式语言特点 8. 能够明确童话的主要人物，了解常人体与拟人体形象	5. 理解童话充满幻想、夸张的文本特点 6. 认识常人体、拟人体和超人体这三种童话形象 7. 认识人物形象的多样性，能够分清善恶 8. 初步体会童话人物的语言、动作、表情、情感以及心理语言的变化 9. 理解并能够分析童话运用的拟人、荒诞、夸张、变形等表现手法 10. 理解童话语言浅显易懂、夸张、幽默的特征 11. 能够区分现实世界和童话的虚幻世界 12. 能够初步根据童话内容分析文章的主题	6. 能够区分常人体、拟人体和超人体这三种童话形象 7. 把握人物性格的多面性、明确人物关系的复杂程度 8. 分清主要情节和次要情节，理清多条故事线 9. 能描述印象深刻的情节、人物、细节，表达喜欢、讨厌、敬仰、向往、同情等感受 10. 理解童话人物的语言、动作、表情及心理的变化 11. 能够理解并复述完整的童话内容 12. 学会从幻想到现实、从表象到本质看问题，收获到对人生的启示
评价	1. 能够选择文本中一两个具体情节进行评价，用自己的语言表明看法 2. 对童话中印象深刻的一两个人物进行评价，有自己的基本态度 3. 能够对一本童话表达出自己的态度	1. 了解整本童话的评价内容，包括外部（版式、插图、封面）和内部（情节、人物、主题），并作出简单评价 2. 能够对童话中的部分情节进行评价 3. 对于童话的主题所表达出的道理、情感能有自己的见解、感悟和评价	1. 能够对整本童话的外部和内部作出评价 2. 能形成正确的是非观，作出正确的判断 3. 能够对童话的形象、情节发展、主题作出深层的评价。辩证地看待事物
积累	1. 在阅读中积累喜欢的词汇、语句	1. 能够积累优美词句并运用到生活学习中 2. 能够积累优秀的环境、景物描写片段。能从阅读的童话中获取语言材料 3. 初步了解童话作家及相关作品	1. 了解童话作家及相关作品 2. 在阅读中积累喜欢的词汇、语句，并将其运用到自己的写作中
情感	1. 向往美好生活，关心自然和生命 2. 能够关爱同伴，养成良好生活习惯	1. 关注童话情节变化、人物的喜怒哀乐与命运发展 2. 学会爱与关心他人，勇于面对困难	1. 受到作品积极向上的影响，追求真善美，不断成长，形成健全的人格 2. 能够关注社会发展 3. 形成积极向上的人生态度与价值观

续　表

学段 目标	1~2 年级	3~4 年级	5~6 年级
方法 技能	1. 了解什么是童话，什么是整本童话 2. 熟悉掌握拼音，能够借助故事中的注音，流畅阅读童话 3. 能够通过朗读加深理解，体味情感 4. 能够通过插图帮助理解故事内容 5. 认识文中的常用标点，体会句号、问号、感叹号表达的不同语气，了解引号的作用	1. 认识整本童话作品，能自主地选择喜欢的整本童话 2. 能够通过分角色朗读感受角色形象 3. 学会从文中提取关键信息，概括童话大意 4. 能够借助插图预测情节发展、了解文本大意，辅助阅读 5. 学会借助字典、词典等工具书理解关键词句 6. 学会冒号、引号的一般用法	1. 能自主地、有目的性地选择国内外整本童话 2. 能从多种渠道了解童话作品相关知识 3. 能够描述出印象深刻的情节和人物 4. 掌握多种阅读整本童话的方法 5. 区分并掌握逗号、顿号、分号和句号的用法
兴趣 习惯	1. 喜欢阅读童话，能够感受童话的幻想特征，体会人物所具备的真善美品质 2. 养成爱护图书的习惯，能阅读整本童话，与同伴交流阅读心得	1. 能够阅读各种类型、主题的童话 2. 能够爱护图书，独立阅读完整的童话作品并乐于交流 3. 对写作有兴趣，能运用童话中学习的拟人、夸张等手段发挥想象力，编创新的故事情节	1. 喜欢阅读整本童话 2. 能够对不同主题、类型的童话产生兴趣，体会阅读乐趣 3. 善于表达自己对于情节、人物的想法，善于和他人交流

　　表 1－1 对低、中、高不同学段的目标进行了细化，从认读、理解、评价、阅读积累、情感获取、方法技能、兴趣习惯等方面进行了列举。由该表归纳结果可见一、二年级重在培养习惯、了解内容、认识整本童话；三、四年级重在加强理解、语言积累、学习阅读方法；五、六年级则是在理解中领悟。但年级目标并非一成不变，需要在实践中不断更新完善。

"校本阅读课程"实施方法与策略

The Method and Strategy for Implementation of "School-based Reading Course"

吕　月　北京市中关村第三小学

Yue Lv，Beijing Zhongguancun No.3 Primary School

作者介绍：吕月，现任北京市中关村第三小学语文教师，担任班主任和语文教学工作，曾多次上过校级公开课、研究课，参与学校课程建设及多项课题研究。

摘要："校本课程"在国内教育界受到越来越大的重视和关注，"校本阅读课程"是语文在"校本课程"中的一种体现形式。本文从"校本阅读课程"内容的选取、课型的选择、课内教学的策略等方面对"校本阅读课程"开发进行分析，并提出一些可供借鉴的建议。

Abstract："School-based curriculum" has received more and more attention in domestic education. "School-based reading course" is a form of Chinese Class in "School-based curriculum". This paper analyses the design of "School-based reading course" from the aspects of the selection of its content，the selection of its type and the strategies of teaching in class，and puts forward some suggestions for reference.

关键词：校本阅读课程；策略

Keywords：school-based reading courses；strategy

　　"校本课程"在国内教育界受到越来越大的重视和关注，我国的"校本课程"与"国家课程"和"地方课程"内在统一，是对"国家课程"和"地方课程"的有力补充。其中"校本阅读课程"是语文在"校本课程"中的一种体现形式，它突破了国家规定的教科书上的阅读内容，有助于拓宽学生的阅读视野，培养学生良好的阅读习惯，增强学生的独立思考能力。但是"校本阅读课程"如何实施,各个学校都处于摸索和探索阶段,需要一定的原则来指导"校本阅读课程"的开发。

一、"校本阅读课程"内容的选取

"校本阅读课程"的实施首先涉及内容的选择,也就是如何选择书目。书目中可设有必读和选读,这样教师和学生都具有一定的自主选择空间,教师可以根据本班学生面临的实际情况进行适当的选择。"校本阅读课程"内容的选择应遵循三个原则,即关注整本书阅读;符合儿童审美,兴趣优先;迎合儿童的心理需求。

例如给六年级下学期的学生选择绘本《开往远方的列车》作为教学内容,正是希望帮助学生勇于面对挫折,用积极的心态笑对人生。再如为一年级学生选取绘本《蜘蛛和糖果店》作为教学内容,是要借助蜘蛛分辨谁喜欢吃什么糖果的故事,间接让学生认识统计,并引导学生在生活中加以运用,但又不局限于教数学知识,而是在生活情境中让孩子感受数学,一方面为解决实际问题,另一方面也是情感的培养。这样,我们的教学也能通过阅读打破学科之间的界限。

二、"校本阅读课程"的教学策略

"校本阅读课程"的课内教学是相对于教材阅读的课外阅读教学,在此研究中称为"校本阅读课程"。它以"得法于课内,受益于课外"为出发点,以整本书为载体,通过精读、略读、浏览等阅读方法的指导,提高学生复述、理解、赏评等阅读能力。学生通过参与该课程,能够自主辨别、阅读课外书。"校本阅读课程"主要是对国家课程的有效拓展。教学是科学和艺术的集合体,这体现在教学的课型和策略上。

(一)"校本阅读课程"课内教学的几种课型

"所谓课型,就是教学过程的基本形态,一般指根据教学任务而划分出来的课堂教学的类型。可以说,课型是由'课'的教学内容、教学目标、教学方式、师生双方在教学中的地位所决定的一种课堂教学结构;也可以说,一节课中,主要的教学活动方式是什么,这节课就可以称为是什么课型。"①我们常见的阅读课型包括:阅读导读课、阅读指导课、阅读分享课和阅读欣赏课。

1. 阅读导读课

阅读导读课的目的是让学生认识一本书,爱上一本书,对学生起到引领的作用。学生上完导读课,就能知道课下要如何去阅读这本书。导读课的导读内容可以涵盖书的基本信息、人物、故事内容、写法等。教师可以先带领学生认识书的作者、出版社、目录等基本信息,让孩子学会如何去选书,然后带领学生了解故事梗概,再选取经典的篇章与学生共读,分析人物及文章结构等。

2. 阅读指导课

阅读指导课的目的是细致地对学生的阅读方法、文本细读能力、比较阅读能力等方面进行指导,鼓励学生提问题,教会学生提有价值的问题,能够按照四个层次,即"在文本中很快找到答案的、个人主观直接的感受、必须进一步分析内容才能得到的理解、综合比较并且结合各种生活体验之后提出的看法"②有效率地提问讨论,培养学生的阅读能力,让学生学会用心读书,在读书中获得心灵的震撼与启迪。再者还可以达到以读促写的目的。

3. 阅读分享课

该课型可以作为一个学生读后感受交流的平台,也是学生购书、相互推荐书的重要途径。每个小组推荐一本书,总有那么几本会引起学生的关注。学生能在聆听别人分享的过程中,产生阅读动机。

4. 阅读欣赏课

主要通过美读欣赏、影片欣赏、制作欣赏、综合欣赏等激发学生的阅读兴趣,比如朗诵会、观看影片、用喜欢的人物做书签、制作绘本等,这些活动可以加深学生对整本书的认识和理解。

不同教学内容根据其文本特点和学生的需要配以不同的课型,才能将

---

① 余映潮:《课型》,《中学语文教学》2008 年第 2 期。
② 焦玫:《班级读书会类型概论》,《小学语文教学》2006 第 11 期。

教学的功能发挥到最大。

（二）"校本阅读课程"课内教学案例与分析

教学策略应用于教学过程中，"指教师在课堂上为达到课程目标而采取的一套特定的方式或方法。教学策略要根据教学情境的要求和学生的需要随时发生变化"①。下面是本人在研究之初，听了一节具有代表性的整本书阅读课后，对教学策略作出的相关梳理。

X 附小 Y 老师执教《人鸦》的教学过程②及分析

一、复述故事

学生课下阅读过《人鸦》这本书，教师请学生进行故事的复述。

（一）看题目

讨论人与乌鸦，评价好与不好。

（二）整体感知故事的主要内容

教师做的总结反映在 PPT 上，学生默读。

师：有需要补充的吗？

（三）看书的目录，逐一回忆故事细节

1. 咒语诗

师：说的是什么咒语？

2. 初入鸦群的日子

师：被接受吗？他的生活是什么样的？

3. 白云的寄托

4. 彩鸦

生复述故事，师引申通天塔的故事，问：哲理是什么？

生：团结、一致。

5. 高原神秘夜

6. 大头领蒙难记

师："蒙难"是什么意思？（这个词翻译得不太好。）

---

① 施良方：《课程理论——课程的基础、原理与问题》，教育科学出版社，1996，第 142 页。
② 资料源自课堂观察记录。

7. 嘴巴就是方向

师(总结)：考验大家对细节的记忆能力,读书需要细致。

二、完成故事板和故事地图

师：故事都有发展,故事版和故事地图都是概括故事的工具。

生选择其中一个方式,小组合作完成填写。

图1-1 故事板

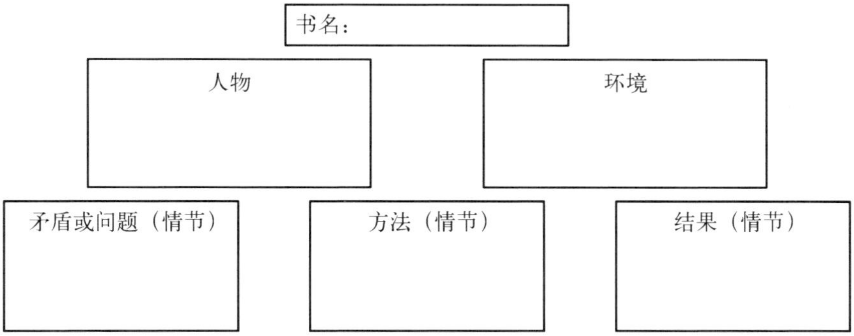

图1-2 故事地图

师：填写的目的是什么?

生1：巩固文章的内容。

生2：概括故事的内容。

生3：理清整本书的结构。

师：三个同学说了三个层次,都是填写的目的,故事要概括性地写,人物要挑选主要的。

生展示故事板或故事地图,讲述故事。

三、角色分析

师：分析主要人物、次要人物都可以。

教师引导学生填写角色分析图,要注意特征和证据。

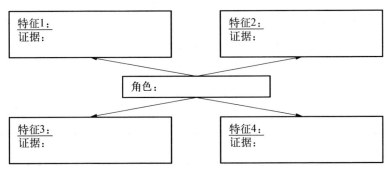

图1-3 角色分析图

师:填写目的是什么?

生:更了解角色。

学生进行汇报。

师:其他同学听见了吗? 记住了吗?

师(总结):一个特征下边可以有很多证据。

四、主题讨论

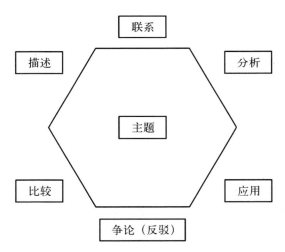

图1-4 主题讨论:变成乌鸦很好玩

主题讨论:作者为什么写人变成乌鸦?

师:作者的意图——没有一种生活是完美的。

五、阅读拓展

介绍书目《乌鸦人阿凡思》。

本堂课是 X 附小 Y 老师执教的一堂六年级阅读指导课。通过复述故事、看目录回忆细节、整理故事框架、理清故事脉络、分析人物形象、讨论故事主题、推荐系列阅读书目等教学环节,教师能掌握学生课下阅读情况,同时通过课堂指导,提升学生的阅读能力。本堂课充分体现了"校本阅读课程"的理念。

首先,课堂伊始教师给予学生复述故事内容的任务,学生参与到课堂中,他们作为课堂的主体,充分发表言论,评价人与乌鸦互换角色的好与不好之处,教师再作为主体,引导学生质疑"蒙难"一词翻译的恰当性,充分培养了学生的"批判意识、参与意识和综合意识"[①],与基础教育课程改革的培养目标相契合,同时体现了平等对话的师生观等相应教育理念。

其次,全脑教学策略曾提出概念关系图,Y 老师的故事图、角色分析图等无疑能帮助学生形成知识结构化的意识,培养学生归纳、总结的能力,使学生获取的知识系统化。苏联学者沙塔洛夫曾提出一种"纲要信息"图示法的教学策略,指"上课时用一种直观图表,把需要学生掌握的课程内容用文字、符号或代码的形式表现出来,以充分调动学生的视觉记忆和联想能力"[②],激发学生兴趣与探索欲望,注意周围各种事件或问题之间的联系。本节课的结构图表也是其中的一种体现。

再次,课堂采用探究、合作的教学模式,以小组为单位进行学习,学生获得的阅读能力和情感体验是在讨论过程中形成的而非由教师所灌输,老师不以预定的问题推动课堂,而是把学生课堂的生成作为推动课堂前进的动力,学生与教师的相互作用促进了教与学,这便改变了教学单纯灌输知识的弊端,同时关注了学生个人的情感体验与团队合作的意识。

最后,"课外阅读课内化"的主要目的就是教会学生阅读方法,提高学生阅读能力,培养学生阅读习惯。因此,教师在课堂上引导学生思考与讨论的问题十分关键。培养阅读能力可分为记忆层、理解层与思考层。[③]

---

① 张瑞英:《基础教育课程改革与后现代教育思想》,《教育探索》2008 年第 7 期。
② 施良方:《课程理论——课程的基础、原理与问题》,教育科学出版社,1996,第 144 页。
③ 岳乃红:《班级读书会 ABC》,北京师范大学出版社,2007,第 60—61 页。

记忆层：提取信息，掌握要义。例如：读出了什么？每部分分别写了什么？各部分之间有什么联系？

理解层：优点赏析（培养感受与赏析能力）；理清疑惑（培养独立思考与判断能力）。例如：这本书写得好不好，好在哪里？还有哪些不懂的地方？对于其他同学的观点你有什么疑问？

思考层：知识应用（培养灵活运用知识的处世智慧与解决问题的能力）；延伸思考（提升价值观与培养圆融成熟的人生观）。例如：如果事情发生在你身上，你会怎么做？读完这本书，你获得了什么启示？

Y老师让学生首先进行回忆，其次整体感知故事，进而通过目录对故事内容进行梳理，属于记忆层面，培养学生客观理解的能力；课堂一开始讨论人变成乌鸦好不好，之后填写故事地图和人物分析图，学生在此过程中，充分表达自己的观点和看法，提出自己的质疑，属于思考层面，培养学生思考和判断的能力；最后通过对主题的讨论，与实际生活相联系，获得"没有一种生活是完美的"的启发，是人生观以及价值观的一次渗透，属于思考层面。

（三）"校本阅读课程"课内教学的策略

1. 抓住课堂的基本流程，凸显文本特点

"校本阅读课"主要以小组内以及小组间的讨论、交流形式进行。首先交流书的作者，了解作者的生平及写作背景，这有助于学生理解作品；其次讨论书的主要内容，可以运用介绍、提问、目录串联、复述故事等方法；再者认识书中的主人公，通过说一说、画一画、演一演、写一写的形式抓住人物的特征；接着品读精彩情节，提取主题；最后获得结合故事与生活的关联点，交流独特感受。这是基本流程，不同文本作品各有侧重，比如上述课例选取的是小说，那么教师就会引导学生关注小说的六要素并展开探讨。

2. 利用故事地图，帮助学生构建故事框架

故事地图的设计脉络清晰，有助于帮助学生在阅读过程中提取有效信息，提升提取信息的阅读能力，除此之外，还要求学生填写时不仅要提出观点，还要有理有据，关注了学生分析、归纳、概括等阅读能力的培养。故事地图的设计也要根据书的文体特征而展开。

3. 导学单,引导学生自学的有效途径

导学单包括自学单和共学单,能有效引导学生阅读,设计导学单奠定了阅读课堂"先学后教,以学定教"的教学模式。其中,自学单的目的是帮助学生积累,初步感受文学作品,更主要的是让教师更加清楚学生读到了什么,还有什么不懂的地方;教师再通过学生的疑问,设计共学单,以便在课堂教学中解决,提高教学效率。

分级阅读的区域推进策略实践

Regional Promotion Strategiy Practice of Graded Reading

王　虹　辽宁省沈阳市皇姑区教育局

Hong Wang, Bureau of Education, Huanggu District, Shenyang, Liaoning

作者介绍：王虹,高级教师,现为沈阳市皇姑区教育局基教一科科长。多年来致力于儿童阅读的策略研究和推广工作。指导核心团队出台《皇姑区儿童阅读工作的指导意见》,引领此项工作向着规范化、制度化、科学化发展;开展学科阅读、桥梁书阅读、"互联网+"阅读的课题研究;指导各校以小课题形式开展儿童阅读专项研究。

摘要：为了真正根据儿童身心成长规律,让孩子由易到难、循序渐进,逐级地选择最合适的阅读读物,从而在知识、理解能力和情商等方面都得到逐步的提升,皇姑区儿童阅读工作确定了"高目标定位、高起点追求、高强度推进"的分级阅读行动原则,积极实施分级阅读的实践探索,真正实现了从课程延展到活动,从校内延伸到校外,从学生漫射到教师,从家庭辐射到社会的全方位育人目标。

Abstract：In order to truly obey the law of children's physical and mental growth, children should be guided to read books from easy to difficult, to select the most suitable reading materials step by step, so that their knowledge, understanding and emotional intelligence would be gradually improved. Children's reading plan in Huanggu District has determined the principle of "high target positioning, high starting point pursuit, high intensity advancement", and actively implemented the practice of graded reading, which has truly reach the goal of expanding in and off school, from the curriculum to the activities, from school to outside school, from the students to the teacher, and from family to society.

关键词：分级阅读;阅读推广;区域引领;策略实践

Keywords：graded reading; reading promotion; regional leadership; strategy practice

我国自古流传着一句话,"耕读传家久,诗书继世长"。耕,基于生存;读,关乎精神。无论居庙堂之高,抑或处江湖之远,"闲来即读书",不可或缺。

党的十八大以来,以习近平同志为核心的党中央高度重视阅读,自 2014 年起,全民阅读已连续六年写入政府工作报告,一系列扶持文化发展、推进文化设施建设的政策陆续出台,倡导和推广全民阅读已经成为重要的国家文化发展战略。时至今日,阅读重归严肃和庄严地位,"第一件好事还是读书"再次成为全社会共识。儿童时期是一个人从思想懵懂走向身心成熟的关键时期,引领儿童在这个时期走上阅读之路,让孩子学会阅读、爱上阅读、时时阅读,是关乎生命幸福、民族振兴、社会进步的系统性工程,是教育不可推卸的责任。

一、回首:春风先发苑中梅,樱杏桃梨次第开

皇姑区实施儿童阅读的态度是让每一个儿童都在氤氲的书香中得到快乐、享受成长。为此,我们从区域阅读理念的引领,到儿童阅读规划的制定;从浓郁阅读氛围的创设,到三级阅读课程的建构;从特色阅读活动的开展,到阅读科研课题的指导,都力求做到远谋、深耕、真抓、实干,用阅读向社会传递这样一种声音:教育不仅仅是如沐春风、催人奋进的思想引领,更是荡涤心灵、温润人生的向上力量!

皇姑区实施儿童阅读的策略是遵循教育发展规律,探寻不同时期儿童阅读与时代发展的结合点,实施集中管理与指导,实行区域整体强势推进。自 2003 年起,皇姑区通过开展"课堂内外学经典""家校互动诵经典""师生联袂读经典"等国学教育探索与实践,研发区域国学校本教材,让皇姑区逐渐步入主题性基础阅读的研究。2006 年,随着国家课程标准对"大阅读"观的层层推进,皇姑区迈入了广泛性阅读的研究,使儿童阅读走向课程化。2014 年,皇姑区与新教育结缘,成为沈阳市首个新教育实验区。在"过一种幸福完整的教育生活"理念的引领下,皇姑区开启了区域层面的书香校园建设。2016 年,皇姑区又通过参与教育部课题《分级阅读与儿童文学教育研究》,编制出版了区级分级阅读教材,实现了数字化分级阅读评价管理,形成

了集教学、课程、评价于一体的助力儿童阅读的"金字塔"。

皇姑区实施儿童阅读的路径是构建两级"影响力阅读平台"。一是举办区级"儿童阅读节"。2015年4月至今,皇姑区已成功举办五届"儿童阅读节"。通过开展作家见面会、小书虫书市、儿童文学高端论坛、学校"阅读嘉年华"等一系列特色阅读活动,评选千名阅读小达人、百个阅读领跑班级,极大地激发了儿童阅读的兴趣,促进了区域儿童阅读品质的提升。二是建设校级阅读平台。全区各所学校都建立了自己的微信公众号,让师生、家长、社会人士成为网络阅读的"朗读者""聆听者"。岐山一校的"听婷书院"、昆山二校的"艳子说童书"、珠江五校六年五班的"六叶花开"等,都是借助微信公众号为师生搭建的阅读展示平台。

二、践行:忽如一夜春风来,千树万树梨花开

朴素的阅读态度,开放的阅读策略,清晰的阅读路径,让皇姑区的儿童阅读工作真正实现了从课程延展到活动,从校内延伸到校外,从学生漫射到教师,从家庭辐射到社会的全方位育人目标。儿童阅读工作,正以一种独特的身姿走进世人的视野,成为展示皇姑教育软实力的重要手段。

在做好区域儿童阅读基础性工作的同时,皇姑区又对儿童阅读工作有了更长远的思考。如何真正根据儿童身心成长规律,让孩子由易到难、循序渐进、逐级地选择最适合的阅读读物,从而在知识层面、理解能力、心智和情商等方面都得到逐步的提升?经过反复论证,我区确定了"高目标定位、高起点追求、高强度推进"的分级阅读行动原则,积极实施分级阅读的实践探索。

(一)研发分级阅读丛书,延展儿童阅读的深度

2015年,我区成为教育部课题"分级阅读与儿童文学教育研究"实验区。通过与课题主持人、儿童阅读教育专家王蕾博士的合作,将分级阅读的概念引入阅读课程,历经一年时间编写了区本教材——《名校阅读课·主题阅读》。全套丛书共六册,60万字,涵盖经典古诗文、现代经典诗文等,以儿童为本,用有趣、丰富、科学、深刻的阅读材料,为孩子们搭建了一个广阔的

人文阅读平台。此套教材现已全国发行,并在 2018 年第十四届亚洲儿童文学大会上进行了展示分享。我们还把无声的文字转化成了有声的语言,进行了全套丛书的录制,真正体现了从儿童出发,尊重儿童精神诉求的阅读理念。目前,我区各小学均以此套教材为依托,开设阅读课,并纳入课表,进一步促进了儿童阅读向纵深发展。

(二) 推进分级阅读课程化,拓宽儿童阅读的广度

语文新课标指出:要重视培养学生广泛的阅读兴趣,扩大阅读面,增加阅读量,提高阅读品位,提倡少做题,多读书,好读书,读好书,读整本的书。部编本语文教材主编温儒敏教授也多次强调:语文不只是要求提高读写能力,最基本的是培养读书的习惯。为此,我区各小学均以语文核心素养的提升为研究目标,构建了具有本校特色的"1+N"阅读课程。

"1"即是以语文教材为主,挖掘整合相关的阅读资源,将必读书目、不同版本的篇目、主题篇目等汇总,探究相关合适的阅读教学模式,实现课内外教学的有机结合;"N"为多元阅读,包括主题阅读、一篇带多篇或是课内多篇的群文阅读、自主研究、群书共读等阅读活动,探究多元阅读拓展课与学生语文核心素养间的联结点。

宁山路小学从学生的年龄特点、认知水平出发,自编低、中、高三册《至乐园》国学校本教材。其内容从《论语》《大学》《中庸》《孟子》到古诗词及课外阅读导读内容,都呈现了由浅及深的渐进式阅读内容,能分阶段培养学生的素养、品行,并从学生的兴趣爱好出发,每册书配有课外导读和阅读书目。沈阳市第 122 中学作为一所九年一贯制学校,找准中小课程的"衔接点",研发了校本课程《有趣的科学实验》《奇妙的化学世界》,让学生通过科学小实验获取新知识,用亲身体验来解释科学本质,实现课程与科学的良性互动,搭建多维学习桥梁,让学生学得更轻松。岐山一校实验小学围绕校本课程《一棵开花的树·儿童诗赏析》营造儿童诗的校园,在校园围墙上手绘了图文并茂的诗歌,在教学楼内走廊根据学生年龄特点巧妙张贴励志诗、习惯诗、成长诗,每间教室窗台上摆放的也是由孩子自己创作和抄写的用小镜框装裱起来的儿童诗……此外,淮河小学的绘本墙,外墙上的名画欣赏,这些优良的校园文化,不仅是风景,还是愿景,更是能将愿景"落地生根"的分级课程。

朱永新老师说，如果把此刻的教育作为我们教育的起点，那么教育目的就是一个终点或阶段性终点。在起点与目的地之间的这段道路和历程，就是我们所说的课程。我们愿意将这段道路打造成一道最美的风景线！

（三）推介科学分级阅读书单，提升儿童阅读的高度

我区分级阅读工作以语文学科为切入口，辐射全年级，覆盖全学科，在学科核心素养培育中发挥着重要作用。例如，在学生科学素养的培育上，我区以科学课程为依托，通过科学阅读，帮助学生树立正确的科学观，激发学生探索科学奥秘的兴趣，让孩子们在读中悟、悟中写、写中思、思中研、研中做、做中学中，把科学精神厚植于心田，让科学有了温度、力度和深度。

经过历时两个月的广泛征集、反复筛选、科学论证，由我区各校学生参与推荐，百余名优秀教师参与整理的百部分级科学阅读书单在 2017 年的暑假新鲜出炉！我们的合作伙伴超星网络阅读平台和皇姑区新华书店专门为我区科学阅读书单设立了阅读平台和阅读展台。皇姑学子在享受假期的同时，依然可以沉浸在书香里，畅游知识的海洋，感受科学的力量，真正实现了阅读和生活的完美融合。

（四）以课题引领分级阅读教研，用教研带动科研

课题研究是将实践工作推向新高度的有效途径。2015 年，我区 9 所学校加入了由首都师范大学儿童文学教育研究基地主任、儿童文学作家王蕾博士做主持人的"小豆包桥梁书阅读课程研究课题"的研究，此课题隶属于教育部人文社科课题"新世纪中国儿童文学与儿童阅读研究"。几年来，各实验校在王蕾博士指导下，规范研究过程，锻炼结构化的思维方式，总结梳理阅读研究与教学的方法与策略，以严谨的研究态度促进理论与实践的结合。

珠江五校的"五线并行，三点并研"桥梁书研究策略、童晖小学的"赤橙黄绿青蓝紫"七彩桥梁阅读活动、昆山二校的"金翅膀工作室"、雷锋小学的流动绘本车……让"小豆包桥梁书课题研究"形式灵动，展示纷呈。

2018 年 9 月，珠江五校溪湖校区加入全国整本书阅读项目联盟，开展了

整本书阅读推进工作。学校依托"地平线成长计划"名师培养工作室,聚焦整本书课例研究。2019年3月,《奇妙的意外》整本书教案设计提交全国摆渡船阅读整本书教案出版书系;6月,《花婆婆》导读课、推进课、延展课教案和视频提交全国整本书阅读联盟出版计划。在整本书阅读教学实践中,教师细读文本,边实践边探索如何与分级阅读结合,运用阅读单、思维图等多种策略,建构了导读课、推进课、延展课课型。学生在读、写、绘、演的过程中,获得了阅读能力提升。

教师们参与课题研究极大地提升了我区儿童分级阅读工作的成果固化与专业表达能力。

(五)"互联网+"整合多方资源,完善阅读评价体系

珠江五校是我区最早进行分级阅读研究的学校,学校借助大数据分析,整理、筛选后编写完成了108本语文主题阅读丛书。学校将丛书分成12级,围绕内容、主题、形象、情节、手法等给每本图书出30道单选题,每题4个选项,并将所有信息录入电脑,建立了电子题库,还成功研发了阅读电子评价系统。

该系统最大的特点是在整个评价过程中,学生和电脑直接对话。电脑是评委,由它出题、评定,并负责奖励,实现了测评时空的最大自由度。学校还遵循学生心理特点,把阅读评价做成闯关升级形式,对应书目按阶梯式共分12级,每个学年对应2级,级别越高难度越大,学生根据自身阅读水平可以自由选择测评级别,晋级成功后可通过电脑打印合格证书。学校将证书设计成"小蜜蜂晋级卡",由赤橙黄绿青蓝紫七色组成,每种颜色对应一个学年的2个级别,由浅入深,12级全部通过后将获得象征最高水平的紫色通关卡。从粉红到天蓝,让孩子们跨越彩色的阅读阶梯,迈向了更广阔的人生舞台。

在"学习型社会""全民阅读""数字移动阅读"的时代背景下,让科技和阅读深度融合,才能让阅读推广更普及。2018年5月,皇姑区第四届儿童阅读节主题活动"最美领读者"中昆山二校"金翅膀悦读工作室"为各年级学生及老师、家长精心选择了100本书。在一个月的时间里,全区100名优秀的领读者每天在网络平台上发布阅读任务、分享阅读体验,他们的精彩领读

激发了更多读者的阅读热情,3 000 余人参与活动,近 2 000 人次参加话题讨论,总使用量达 45 万余次。

我区珠五实验小学、航空实验小学积极与新教育合作伙伴超星集团合作,建立校园阅读系统,实现教师、学生、家长千人同时借阅图书,在同一平台共读一本书的场景。在校园超星大屏终端上,学生们可以根据喜好进行自主阅读,教师通过学习平台向学生布置阅读任务,将阅读从学校延伸到家庭,孩子们可以看、可以听,还可以在阅读结束后进行阅读测试。系统会自动形成班级阅读报告,让教师及时掌握班级内孩子们的读书状况,更深入地督促指导孩子们进行有效阅读。数字阅读丰富了学生的阅读介质与阅读体验,增强了阅读的交互性、及时性,对分级阅读的推广与普及意义重大。

三、展望:待到山花烂漫时,她在丛中笑

皇姑区举全区之力推进儿童阅读工程,让儿童阅读真正成为“儿童”的阅读、站在儿童立场的阅读、以儿童为中心的阅读。未来已来,秋季开始,我们将统一使用部编教材。部编本语文教材总编温儒敏在公开演讲中说:“在未来,阅读能力直接影响分数,如果阅读能力不过关,连卷子都做不完,考试更是会吃大亏!”面对新课标,新教材,新高考,我们要做的不只是完成 12 年的教育,更是应该培养学生一生能带得走的能力。随着高考命题材料面拓展这一改革,我们的教学也需要调整思路:开拓阅读新思路,落实多元阅读,打造“1+N”阅读教学模式。下一步,我区将研发小学至高中 12 个年级的分级阅读书单,重点做好小初衔接、初高衔接的书单推介,为新高考助力,并开展初中、小学的同课异构等教研活动。

为进一步提高名师、骨干教师的文化底蕴和文化修养,养成其自主阅读和主动交流的习惯,发挥专业引领和榜样带动作用,使每位教师成为“有人文情怀、有教育理想、有人生思辨”的学者型教师,我区将在下半年用行政力量举办 3 场由知识底蕴深、学科素养高的学术型教师担任主持人的读书会,通过共读共写,让每一位教师成为有共同愿景、使命、价值观的人。

朱永新先生曾经说过:“一个人的精神发育史就是他的阅读史,一个民族的精神境界取决于这个民族的阅读水平。”作为教育工作者,无论来自哪

个地区,我们都有责任将每个儿童视为一粒种子,用阅读给予其美好的滋养,并唤醒其所蕴藏的伟大和神奇,让他们在从小树苗长成参天大树的人生实践中,拥有无畏挫折的健全人格,拥有直面挑战的乐观心性,拥有服务社会的使命担当。阅读,是皇姑教育给学生一生最宝贵的礼物,是皇姑品质教育最亮的底色。

《哈考特》儿童分级阅读读物研究

A Study of *Harcourt* Graded Readings for Children

宋曜先　　太原市马蹄莲学校

Yaoxian Song, Calla School, Taiyuan

作者介绍：宋曜先,太原市马蹄莲学校教师,毕业于首都师范大学初等教育学院,硕士。

摘要：哈考特的出版内容以学校为出发点,涵盖初级教育和中级教育所有课程的教学及参考图书,以阅读、英语、科学和数学为主。本文以《哈考特》儿童分级阅读读物为主要研究对象,采用文本分析的方法,从文本内容、文本语言、练习系统和图书插图四个方面对它进行了介绍和分析。

Abstract：Harcourt's publications are school-based, covering teaching and reference books for all primary and secondary education courses, with a focus on reading, English, science and mathematics. This paper takes *Harcourt* children's graded reading as the main study subjects, uses the method of text analysis, introduces and analyzes from four aspects：text content, text language, exercise system and illustration.

关键词：哈考特;分级阅读读物;文本分析

Keywords：*Harcourt*; graded readings; text analysis

　　《哈考特》(*Harcourt*)儿童分级读物由世界最大的教育出版商之一的哈考特教育出版公司旗下的哈考特学校出版社出版。哈考特教育的传统市场在英国、北美、澳洲,但目前中南美、非洲、欧洲及东南亚等地的许多学校也都在使用哈考特的教材。哈考特学校出版社是美国基础教育出版商,出版学前至 6 年级教材,以科学、阅读、数学以及社会学为主。《哈考特》儿童分级读物共分为 7 个级别,包括 kindergarten、Grade 1~6。从结构上说,每本读物的内容都包括正文和练习两个部分。读物根据自身内容的特点以及篇幅的长度,会出现目录,将整本读物分为几个篇章或几个小部分。因此,不同级别的读物结构、内容会有所不同,即使同一级别的读物也会有多种结构。以下从文本内容、文本语言、练习系统、图书插图这四个维度对该分级读物进行介绍。

一、文 本 内 容

Kindergarten 是《哈考特》的最低级别,在本研究中,这一级别的图书共搜集到 39 本,图书主题可分为:认识自我、生活故事、动物故事、过去的事、工作者、我居住的地方、我的国家、做一个好公民、我的地球。这些主题贴近儿童的日常生活,同时包含着对儿童的早期科学教育、社会教育和历史教育。部分图书的内容能构成一个简短的故事,也有图书是围绕某一主题进行的相关介绍。内容上简单且有趣味性,大多是客观性的描述,少部分隐含着对儿童的价值引领。Grade 1~6 的文本内容的题材趋于稳定和集中,体裁包括人物传记、话剧、诗歌等,内容涉及动物类、生活类、自然科学类、人文科学类等。故事类书目的具体内容及对应的书目级别如表 1-2。

表 1-2　故事类书目内容及对应级别表

故事类书目类别	具　体　内　容	对应级别
动物故事	拟人的动物故事	Grade 1~3
	真实的动物故事:人与动物的相处	Grade 1~6
生活故事	校园生活故事和家庭生活故事 现在的生活故事和过去的生活故事 自己的生活故事和他人的生活故事	Grade 1~6

以 Grade 1 为起点,有关自然科学知识的文本开始占有较大比重,每个级别及其对应的读物数量、主题如表 1-3 所示。

表1-3　不同级别自然科学类书目表

级　别	总书目量	自然科学类书目量	主　　题
Grade 1	151	34	运动和力、物质形态及其变化、能量、天气、动植物、地球资源
Grade 2	79	23	地球、太阳、资源环境、运动、声音、地震、岩石
Grade 3	90	42	太阳系、能量转换、生态系统、植物生长、动物分类、地形地貌、重力、浮力、潮汐、海洋、电
Grade 4	61	20	生物、沙漠、沙丘、海底、声波、空间探测器及宇宙
Grade 5	43	12	原子、分子、细胞分裂、化石、声和光、电和磁、元素周期表
Grade 6	34	12	光纤、生态系统、质子中子、电子、板块运动、能量

从表1-3可见，随着级别的增加，图书中的知识越来越深入，从现象逐渐进入事物的本质，它们共同构成了百科全书式的自然科学知识，让儿童学习语言的同时提高科学素养。这些介绍自然科学的书目从 Grade 1 开始，就按照各自的主题内容出现了目录。随着文本容量的增加，Grade 3 起，这类图书还出现了另外一种形式，将整本图书分为 lesson 1、lesson 2 等。在介绍自然科学知识的同时，某些书中还会涉及对儿童进行动植物保护、资源节约和其他增强环境意识的教育。

有关人文科学知识的书目主要包括各地风俗、人们的生活方式、历史故事、社会发展变化、国家政府、法律法规等。从 Grade 4 开始，这类图书的数量增加了许多。这类图书是整个读物中不可缺少的部分，能为儿童了解历史、认识世界、开阔眼界提供很好的资源。

二、文 本 语 言

本文主要从单词的数量、难度，句子的长度以及句式的复现几个方面考查文本语言。随着书目级别的增高，文本的单词难度、句子长度随之加大、加长，每册书目中所包含的词数也逐渐增多。具体内容见表1-4。

表 1-4　不同级别书目的词数及句式复现情况统计表

级　　别	词数范围	是否刻意复现单词或句式
Kindergarten	10～35	是
Grade 1	31～370	是
Grade 2	139～708	否
Grade 3	567～990	否
Grade 4	1 019～1 548	否
Grade 5	未标注	否
Grade 6	未标注	否

　　由表 1-4 可见,同一级别中,每册图书之间单词数量相差较大,这可能是考虑到读者的阅读能力差距,有利于不同水平的读者都能够找到合适自身的读物,在同一级别中得到循序渐进的提高。Grade 5 和 Grade 6 的图书不再标有词数统计,说明编者认为到这两个级别时,儿童的阅读已经不再受到词汇数量也就是篇幅长短的限制了。

　　由于英语与汉语属于截然不同的语言系统,因此本文不再过多探讨该分级阅读读本的语言难度问题,但通过对整套分级阅读读物的阅读还是可以发现在不同级别中,编者充分考虑到了词汇重现、词汇难度、句子长度以及语法难度等因素对儿童阅读的影响。

三、练 习 系 统

(一) 练习形式

　　练习系统是《哈考特》分级读物最具特色的内容,这主要是由于它的练习形式丰富多样并且灵活多变。从 Kindergarten 到 Grade 6 这 7 个级别中,共有练习形式 13 种,每种练习形式及所对应的练习内容均呈现在表 1-5 中。

表 1-5　练习形式与练习内容表

练习形式	练 习 内 容	备　　注
Teacher/ Family member	教师或家长带领孩子对文本内容进行讨论或开展其他有趣的活动,包括口语表达、画图等	Kindergarten 独有

续　表

练习形式	练　习　内　容	备　　注
Vocabulary work	与文本相关的问题 以识图为手段的词语辨析	Kindergarten 独有
Vocabulary power	匹配单词与意思 自我检测是否明白词义,然后查词典学习 选词填空 使用词语造句	Grade 1~6 独有
Think and respond	文本中有关知识性内容的记忆、理解 以文本内容为核心联系生活的开放性口语表达 活动	
Think critically	对题目及图、文内容的理解 口语表达(包括想象) 开放性问题	
Think and write	文本中知识性内容的记忆及理解 联系生活的开放性问题 说明性写作、叙述性写作、说服性写作	Grade 1~6 独有
Review	文本内容理解 开放性问题 单词书写	Kindergarten
	词汇学习、文本内容理解、开放性问题、各类活动 (画图、设计、写作等)	Grade 1~6
Activity	根据文本内容进行操作、设计、口语表达、表演、写话等	
School activity	找出某个指定词语,数一数出现的次数 以问题为中心的讨论、绘画、展示	Kindergarten 独有
Social studies	以社会生活为主题的活动	
Language arts	词语及句式的学习	Grade 1~6 独有
Hands-on activity	手工作品、动手实践、科学实验	Grade 1~6 独有
School-home connection	儿童与家长共同完成的任务,或需要家长协助儿童完成的任务。主要形式有:寻找与某个单词有相同发音的词语、句式练习、画图、向家长介绍某一问题、复述或朗读图书、家庭讨论、家庭内的实践活动	

　　从表1－5可以看到,有3种练习形式是 Kindergarten 独有的,这是由这个级别相对应的读者的阅读能力所决定的。阅读这一级别图书的儿童词汇

量极少,阅读经验也十分有限,于是儿童的阅读主要是在家长或教师的引导下进行。Teacher/Family member 这种练习形式即体现了这样的特点,它由家长或者教师带领儿童进行多种学习活动,让儿童在交流和活动中充满乐趣地学习语言,提高综合能力。同样是单词与词义的匹配,Kindergarten 级别中的 Vocabulary work 会采用多幅图画的形式来直观地表示词义让儿童进行选择,而在 Grade 1~6 中的 Vocabulary power,词义则以完整的句子的形式呈现。

也有一些练习形式仅在 Grade 1~6 中出现,最具有代表性的是 Hands-on activity。它所对应的文本内容大多介绍自然知识,在表述中会出现某些专业词语,对儿童的阅读能力也提出了较高的要求。就练习形式本身来说,它要求儿童通过动手制作模型来呈现所学知识,或通过实验操作展开验证、获得更深理解。这样的练习表述较为复杂,且对儿童的理解能力、动手能力、思维能力都有一定的要求。

(二)练习形式的目标指向

不同的练习形式有着不同的练习目标指向,表 1-6 对 Kindergarten 到 Grade 6 中所有的练习形式及其目的指向进行了分类和归纳。

表 1-6 练习形式与练习目标指向表

练习形式	练习目标指向
Teacher/Family member	词语学习、文本理解、口语表达、活动拓展 (仅在 Kindergarten 中出现)
Think and respond	文本理解、思维发展
Think critically	文本理解、思维发展
Review	文本理解、思维发展、活动拓展
Think and write	文本理解、知识学习、思维发展、书面表达
Vocabulary work	词语学习、口语表达
Vocabulary power	词语学习、方法习得
Language arts	词语学习、韵律学习、口语表达、书面表达
Activity	综合能力

练　习　形　式	练习目标指向
School activity	词语学习、综合能力
Social studies	方法习得、活动拓展
Hands-on activity	动手实践、实验操作、活动拓展
School-home connection	朗读活动、表达交流、书面表达、活动拓展

由练习系统可以清楚地了解图书编者想要儿童达成的目标。《哈考特》分级阅读读物虽然是儿童学习母语的阅读图书,但它的练习目标指向却不仅仅局限于英语的学习,而是多元的、全面的、综合的。它不仅包含母语学习的目标,如词语学习、发音学习、朗读活动、口语表达、书面表达等,还指向儿童的全面发展,如知识学习、思维发展、方法习得、实践活动等。

(三) 练习形式的组合方式

练习系统中有多样的练习形式,因此每册图书会根据自身的内容特点选择 1 到 3 种练习形式。它们具体的组合形式在表 1-7 中呈现。

表 1-7　练习形式的组合方式表

图书级别	练习形式的组合方式
Kindergarten	Teacher/Family member
	Think and respond, Activity
	Vocabulary work, Review
	Think critically, School activity (Social studies), School-home connection
Grade 1~6	Think and respond (Think critically), Language arts (Social studies), School-home connection
	Think and write, Hands-on activity, School-home connection
	Vocabulary power, Review
	Think and respond, Activity

根据对不同书目的考查发现,练习形式的组合方式不仅与图书的级别有关,还与每册图书的具体内容相关。图书练习形式的组合首先是根据不同的文本类型设计的。以学习词汇为主的文本会有相关的词汇练习,以及

根据文本内容设计的各种形式的综合性练习或活动;不以词汇学习为主要目标的文本则侧重于对文本内容的理解以及开放性的问题或实践操作等。其次,图书还根据练习形式之间目标指向的不同进行恰当组合,以便它们相互补充,使得练习目标指向更加全面,有利于培养儿童综合素养。图书的练习系统虽然各不相同,但是同样努力将知识性问题、理解性问题、开放性问题结合起来,将口语表达、书面表达、实践活动融合起来,将学校、家庭和社会学习联系起来,为教师和家长提供引导儿童学习的支持系统。同时多样的练习组合形式能够调动儿童多种感官,提高多种能力,也能够避免单一的形式让儿童失去阅读的兴趣。

四、图 书 插 图

(一) 插图与文本

1. 插图与文本形式

根据文本内容的不同,插图的形式也各不相同。插图按照所在的位置可以分为封面插图与内容插图。在《哈考特》分级读物中,每册图书的封面都有一幅几乎与封面同样大小的色彩鲜艳的图片。

根据 Kindergarten 这一级别的特殊情况,笔者根据文本形式的不同将图书的文本分为以句为单位的文本和以词为单位的文本。前者的文本内容由一个个完整的句子构成,后者的文本内容是一个个独立的词语,旨在扩大儿童的词汇量,进行词语的学习。不同的文本形式与插图形式的组合类型呈现在表 1-8 中。

表 1-8 Kindergarten 文本形式与插图形式组合类型表

文本形式	插 图 形 式
以句为单位	叙事性文本:每页一幅主要插图,共同构成完整的故事情节
	非叙事性文本:每页一幅主要插图,与文本内容相关
以词为单位	每页多幅插图,呈现词语的含义

Grade 1~6 这 6 个级别的书目中,文本形式与插图编排体现出规律性,具体内容见表 1-9。

表 1-9　Grade 1~6 文本形式与插图特征表

文本形式	插图作用	插图形式	插图数量
叙事性文本	展示故事情节装饰	大插图	随级别增大而减少
非叙事性文本	说明事物	大插图+多个小插图	配合文本无固定数量

2. 插图与文本内容的相关性

根据插图与图书文本内容的相关性,可以将插图分为与文本内容相关的插图和与文本内容无关的装饰性插图。在 Kindergarten、Grade 1~3 这几个级别的图书中,所有插图都与文本内容相关。尤其是在 Kindergarten 和 Grade 1 这两个级别的叙事性文本图书中,儿童完全可以通过插图理解文本的含义,明了故事的内容。从 Grade 4 开始,由于图书中单词数量的增多以及可能出现的某页中没有插图的情况,为了整体的美观,开始出现了与文本内容无关的装饰性插图,但是这类插图也仅限于流线型的边框并且出现频率极低。

(二)实物性插图与表征性插图

在 Kindergarten 级别的图书中有一类特殊形式的文本,即以词为单位的文本。这类文本中的插图也出现了与其他图书插图不同的形式。这些插图可以分为两类:在每一页上都会有一幅主要插图,它以事物的实际面貌出现,称为实物性插图;在它的下面还会出现一幅很小的较为抽象的插图,这种插图在日常生活中更为常见,它用简单的线条勾勒出事物的形象,用于表征事物,对于帮助儿童积累生活经验起着重要的作用,称为表征性插图。例如《My earth》一书属于以词为单位的非叙事性文本,它为儿童展示出地球上的山脉、湖泊、山谷、河流等,图 1-5 是关于湖泊的一幅插图,这幅插图的下面写着:"This is my lake"。需要说明的是,由于表征性的插图所能代表的事物是有限的,且能够代表的事物都比较简单和单纯,因此这样的插图形式仅出现在 Kindergarten 这一级别的图书中。

图1-5　实物性插图举例

美国加州小学分级阅读教材
《文学精粹》的特点及启示

Characteristics and Inspiration of *Literature Anthology* in California Primary School

毕秀阁　北京市房山区青龙湖镇中心小学

Xiuge Bi，Beijing Fangshan District Qinglonghu Town Central Primary School

作者介绍：毕秀阁,硕士,小学教育专业。撰写的教育教学论文多次荣获区一等奖,参与编写教育部、北京市、首都师范大学课题下的多部教材,发表论文多篇。

摘要：分级阅读读物在阅读推广过程中得到了相应的重视,但出版的读物大多只是用在课外,缺乏将分级阅读延伸到课内的意识。鉴于此,笔者以美国麦格劳·希尔教育公司出版的一套《文学精粹》泛读教材为研究对象,希望通过对这套教材的分析,为我国分级阅读教材的研究者提供一些研究思路。

Abstract：In the process of promoting reading, graded reading materials have been paid corresponding attention, however, most of the books was used outside classroom, lacking of awareness to extend graded reading into classroom. In view of this, the author takes a set of extensive reading textbooks of essence of literature published by McGraw Hill education company as the research object, and hopes to provide some research ideas for the researchers of graded reading textbooks in China through the analysis of these textbooks.

关键词：加州教材;分级阅读;《文学精粹》;特点;启示
Keywords：California textbook; graded reading; *Literature Anthology*; characteristics; inspiration

在今天这个传媒多元、阅读多元的时代,各种各样的儿童分级阅读读物开始呈现在消费者的眼前,而《阅读奇迹》(*Reading Wonders*)就是其中的一套。《阅读奇迹》主要由两大部分组成,即《阅读与写作》(*Reading/Writing Workshop*)和《文学精粹》(*Literature Anthology*)。笔者选取其中的泛读教材《文学精粹》进行研究,希望学习其长处及其对多元文化的继承性,为我国教材的编写提供建议和思考。

一、《文学精粹》分级教材的特点

笔者从教育心理学的角度出发,在对分级教材的内容分析的基础上,总结出此分级教材的以下特点:

(一)分"主题单元"进行编排,小主题为大主题服务

本套教材一个很突出的特点就是分"单元主题"进行编排教材,每个单元都有一个总的主题,每个单元下有 10 篇文章,包括 5 篇主题文章、5 篇与主题相联系的文章。这 10 篇文章都围绕同一个主题进行编排,从不同侧面、不同领域揭示同一个主题。且主题划分层次有序,每个年级的主题侧重点不同,一年级课文的主题全部是科学和社会方面的,不含人文内容,到二年级才向人文过渡。随着年级的上升,科学和社会研究的主题逐渐变少,人文与个人相关的主题逐渐增多。比如,六年级第四单元的主题是挑战(Challenges),下面五周的内容都是围绕挑战这一主题进行编排的。第一周是挑战不断变化的环境(Changing Environments)。第二周是克服挑战(Overcoming Challenges),属于人类对自己极限及行为习惯的挑战。第三周是高高站立(Standing Tall),属于对自己心理素质的挑战。第四周是共同经历(Sharing Experiences),属于对自己勇敢力量的挑战。第五周是承担责任(Taking Responsibility),属于对自己诚实品质的挑战。

(二)话题多样并螺旋式重复,覆盖的内容不同且由浅入深

本套教材不仅主题丰富,而且话题多样,从一年级到六年级的话题内容几乎涵盖了学生一生的发展所需。如与生活技能有关的话题有:学校生活、乡村与城市生活、运动、预防火灾、预防地震、了解天气等。与学习技能

有关的话题有：学习使用地图、学会看时间、学会种植、学习把东西分类等。与交往有关的话题有：与教师及同学的交往、与家人的交往、与动物的友谊、与社区的交往、与陌生人的交往等。与饮食有关的话题有：了解日常饮食来源、制作饮用食物表、辨别有害粮食作物等。与文化有关的话题有：剪纸文化、饮食文化、民俗文化、住房文化等。与发展自我及科学发现有关的话题有：了解社区、了解昆虫及动物的栖息地和习性等。与娱乐有关的话题有：欣赏音乐的方式、创作音乐、不同国家的游戏、游泳、休息的重要性等。与精神状态有关的话题有：微笑、自由、具有雄心、积极改变、保护国家等。

（三）分级意识明显

笔者在分析此教材呈现的特点时，发现几乎每个内容（如文化、体裁、话题、知识内容、辅助问题等）都具有明显的分级特点，体现出了加州严格和明确的分析标准与编排教材的要求。如在话题上，一年级时提出一个话题，二年级继续讨论此话题。如一只船，一年级告诉孩子这只船是怎样建成的；二年级告诉孩子造船者是如何相处合作的；三年级告诉学生如何在解决问题过程中产生新的创意；四年级过渡到可以用科学发明解决科学难题；五年级进行更深层次的探讨，如果重新审视被你忽视的事物，应该怎样去发现；六年级则深入思考，科学调查是如何成为一场伟大的冒险的？而且六年级课本在呈现语文学习点的同时，还承载了不少自然科学和社会科学方面的"知识型"内容。又如金钱问题，三年级只是说钱的由来，四年级就过渡到了经济问题。这样的教材编排，不仅符合学生认知发展特征，而且可以带给孩子任务上的挑战，发散孩子的思维。

（四）注重学生批判性思维的建立

在此套教材中，无论是文章的结构设置还是问题的提出方式都具有很强的批判性，重在培养学生个性，强调培养学生对各种复杂文本的解读能力，提高学生的阅读意识，让学生逐渐学会思考、学会提问、学会分析、学会表达。从一年级就开始反复训练学生的阅读策略，在阅读前、阅读中、阅读后都设置问题，让学生带着问题去阅读，同时重视培养学生的逻辑结构思考能力。教材不仅让学生阅读和思考问题,而且在每篇课文后,都让学生用组织图对课文进行逻辑分析。在文章的结构设置方面,每个年级设有多个单元主题,每个单元下有多个周主题,每个周主题都由两篇文章构成,且这两篇文章大多属于不同的体裁,即使是同一体裁,也会从不同侧面反映主题;在两篇文章之间,设有文本比较(Compare Texts)板块,目的是让读者发现两篇文章的异同点。这样一个主题带多篇文章的"一带多"的形式,不仅体现了学生的主体地位,让不同体裁满足不同读者的需求,同时让学生明白"目的不同,呈现方式不同",告诉学生要根据不同的目的、不同的对象选择不同的阅读文体。而且,不同体裁同一主题文章的比较,培养了学生的分析、理解、整合信息等多种能力,即批判性思维。如四年级第六单元第四周的主题是有关金钱问题的(Money Matters),第一篇文章是《经济大局》(The Big Picture of Economics),在体裁上属于说明文,主要从经济及供需变化方面反映金钱问题。第二篇文章是《米勒的好运》(The Miller's Good Luck),在体裁上属于民间故事,主要讲的是关于财富是源于运气还是努力工作。文中的 Libor 和 Vidal 之间产生了争议,Libor 认为财富来源于好运,Vidal 认为财富来源于努力工作,最后 Vidal 用实际行动证明,财富来源于努力工作。这一民间故事从另一层含义阐释了金钱的意义,让学生对金钱这一概念有了多重的理解。

(五)注重阅读的工具性

美国加州《语言艺术标准》中提出,要做个"理性的思辨者、出色的演讲者"。美国偏重学生理性思维的养成,这也是美国特别重视阅读策略训练的原因之一,其对阅读策略的重视,在本套教材中可以很清晰地看出。如为了辅助理解文本,文章在开始前设有"基本问题"(Essential Question),文本中间部分设有"停顿并检测"(Stop and Check)、"了解作者和插画者"(About the Author and Illustrator)及"文本应答"(Respond to Reading)等环节。这些环节所提出的问题,除了帮助学生感知课文、理解课文、体验课文、评价课文外,还提供了一个重要的功能:借助课文来运用阅读策略。文本所提出的问题可归纳为 4 类。① 中心思想和细节型问题:如文本问题中所涉及的"作者的目的"这一板块,如"你认为作者写这一文章的目的是什么""某人在故事的结尾学到了什么""用自己的话复述文章细节""用文章的细节帮助你回答问题"等。② 技巧和结构型问题：如"判断文章属于哪种体裁""用词根词缀等构词法分析文本中某个单词的方法""故事发生的顺序是什么""写出小组是如何合作沿着线索找到答案的，并解释每个人物在小组中的表现"等，特别是在写作部分，所问问题具有很强的结构性。③ 整合知识和思想型问题：如"运用故事中的例子和细节描述故事中的人物、环境和事件""比较并对比故事中人物的不同点"。这一类型的题也常以隐晦的方式出现，比如前面笔者提到的"一带多"的现象，即同一个主题，带着两篇文章出现，此两篇文章多是表达方式不同，但主题一致的，读者自己会进行对比。④ 情境迁移型问题：即"从文本到世界"这一类型的题，比如通过文本有关"帮助"这一话题的学习，让读者联想到自己，他人是如何帮助自己或自己又是如何帮助他人的。它体现了阅读主体、课文内容、生活经验"三位一体"的设计思路，生活经验搭建了阅读主体和文本内容之间的联系，联系学生的生活经验，有利于促进学生重返文本，进一步加深对文章意义的建构。此 4 种类型的题在每一问前都会告诉你该如何做，具有很强的指示性。

二、《文学精粹》分级教材的教育启示

（一）注重学生心理发展规律与认知规律，满足学生现实需要

本套教材在单元主题设置上，一个单元主题下面并非是编排几篇文章，而是有多个周主题，即一个大主题包含几个小主题，一个小主题又由两篇文章组成。这样的主题设计形式，能够启发学生联想不同的生活现象，感悟生活。不同文章体裁共同阐述同一个主题，这也体现了学生的需要，因为不一样的学生，个性不同、爱好不同、学习风格不同。基于这些不同，本教材在文章选材方面给了学生极大的尊重，让学生能通过不同的方式获得同样的体验。又如在体裁选取上，低年级以非虚构类为主，高年级开始向虚构类过渡，但仍以非虚构类（事实性说明文）为主。学习一定的非虚构类文章，有助于学生形成一定的联想和想象，所以随着年级的升高，虚构类文章的比重开始上升。因为学生语文学习的重要目标就是有能力理解复杂的信息性文字，所以课文里还囊括了自然科学和社会科学知识型文字，而高年级语文学

科和自然知识的联系则更加紧密。

（二）注重培养学生的批判性精神

《文学精粹》教材中设置的问题具有很强的批判性思维。在语文教学工作中,如果能借鉴此套教材的问题形式,一定能拓展学生的思维,收到不一样的效果。以二年级第一单元《Help! A Story on friendship》为例,在作者目的板块,教材提出了一个问题:在第 14 页,文中的画引导你从上往下看向洞,在第 17 页,文中的画引导你从洞的底部往上看,你认为作者为什么改变了读者看这些画的方式? 此问题的设计引发了学生的反思,引导学生走向文本又超越文本。又如六年级第二单元《The Technology on Mesopotamia》一课,文本证词模块的第二小题是问题及解决方法题:辨别美索不达米亚人民面临的三种问题及人们解决问题的三种发现。批判性最明显的是每篇文章的总结题模块,通过图表提示学生回答问题,不仅提高了学生分析问题的能力,也教会了学生总结问题的方法。

三、总　　结

杜威(John Dewey,1859—1952)认为,"儿童的世界是一个具有他们自己兴趣的世界,而不是一个事实和规律的世界。儿童世界的主要特征是感情和同情,而不是与外界事物相符合"。只重视阅读的相关技能,而缺乏相对人文性的思考,限制了学生对美的享受。同时,阅读是个人的事情,在文本中负载作者的目的,虽然可以帮助读者理解文本,但同时也限制了读者自由想象的空间。

作为一名小学教师,在研究本套教材后,笔者认为它在指导学生阅读书籍和教学设计方面具有很大的参考性和指导意义,如在教材的主题及习题练习形式方面;此次研究也扩大了笔者研究教材和分析教材实用性的思路。在未来的教学工作中,笔者将带着根据此套教材所产生的思考,始终从学生需求角度出发,认真分析教材,理解学生,从而促进学生健康成长。

校本分级阅读教材个案现状研究与分析

Case Study and Analysis of Graded School-based Reading Materials

赫晴雪　首都机场第二小学

Qingxue He，Capital Airport No.2 Primary School

作者介绍：赫晴雪，教育硕士，中文方向，毕业于首都师范大学初等教育学院，现任首都机场第二小学三年级语文教师、班主任。

摘要：本研究是对珠江五校"校本分级阅读课程"教材的介绍与完善建议。本文在研制教材书单的基础上，对教材选择的数量与文体进行分析，根据已有的理论基础，进行教材选编修改与完善。教材选编以儿童读物为主，体现阶段性、经典性、趣味性等特点，按儿童身心特点分级，但在数量、体裁等方面仍显不足。

Abstract：This study is an introduction and suggestions of the textbooks of the "school-based graded reading course" in NO.5 Zhujiang primary school. On the basis of making a textbook list, this paper analyzes the quantity and the style of textbook selection, and makes textbook selection, revision and improvement according to the existing theoretical basis. The textbook selection is mainly composed of children's books, which are characterized by stages, classics and interestingness, and graded according to children's physical and mental characteristics, but is still insufficient in terms of quantity, genre, etc.

关键词：分级阅读；校本课程；个案研究；珠江五校

Keywords：leveled reading；school-based course；case study；NO.5 Zhujiang primary school

一、珠江五校"校本分级阅读课程"教材选编情况

沈阳市珠江五校的校本分级阅读课程以阅读课为原型，根据学校的办

学理念、校本资源、学生需要而开发完善。"蜜蜂源"分级阅读书目是珠江五校的校本阅读课程教材,分为 12 个级别。书目如表 1-10 所示:

表 1-10　珠江五校"蜜蜂源"分级阅读书目

年　级	书　名	测评级别
一年级上 (5本)	《木偶奇遇记》	一级
	《人》	
	《铁丝网上的小花》	
	《让路给小鸭子》	
	《百岁童谣》	
一年级下 (7本)	《没头脑和不高兴》	二级
	《小猪唏哩呼噜》	
	《爱心树》	
	《宝葫芦的秘密》	
	《三字经·千字文·弟子规》	
	《雪花人》	
	《生命的故事》	
二年级上 (9本)	《我想去看海》	三级
	《了不起的狐狸爸爸》	
	《稻草人》	
	《爷爷一定有办法》	
	《一粒种子的旅行》	
	《犟龟》	
	《蝴蝶》	
	《居里夫人的故事》	
	《豌豆花》	
二年级下 (7本)	《成语故事》	四级
	《我要做好孩子》	
	《笠翁对韵精解》	
	《汤姆·索亚历险记》	
	《猜猜我有多爱你》	
	《绘本聊斋》	
	《草地时钟》	

续　表

年　级	书　名	测评级别
三年级上 （9本）	《丁丁历险记》	五级
	《爱丽丝镜中奇遇记》	
	《奇妙的数王国》	
	《长袜子皮皮》	
	《父与子》	
	《跑猪噜噜》	
	《我和小姐姐克拉拉》	
	《我是白痴》	
	《月光下的肚肚狼》	
三年级下 （15本）	《小英雄雨来》	六级
	《苹果树上的外婆》	
	《千家诗》	
	《木偶的森林》	
	《绿野仙踪》	
	《窗边的小豆豆》	
	《中国神话故事》	
	《孙悟空在我们村里》	
	《诺贝尔奖获得者与儿童对话》	
	《鼹鼠博士的地震探险》	
	《特别的女生萨哈拉》	
	《女儿的故事》	
	《石头汤》	
	《四弟的绿庄园》	
	《动物王国大探险》	
四年级上 （12本）	《林汉达中国历史故事集》	七级
	《戴小桥全传》	
	《武松打虎》	
	《一百条裙子》	
	《彼得·潘》	
	《青鸟》	
	《我，是什么?》	

年　级	书　名	测评级别
四年级上 （12本）	《舒克贝塔航空公司》	七级
	《中国神话故事》	
	《中国孩子的梦》	
	《最美的科普》	
	《德国一群老鼠的故事》	
四年级下 （11本）	《爱的教育》	八级
	《牧羊少年奇幻之旅》	
	《让孩子着迷的77×2个经典科学游戏》	
	《木偶奇遇记》	
	《柳林风声》	
	《有趣的化学：这就是元素》	
	《小王子》	
	《人鸦》	
	《永远讲不完的故事》	
	《书的故事》	
	《飞向人马座》	
五年级上 （10本）	《热带雨林历险记：云豹的怒吼》	九级
	《西游记》	
	《草房子》	
	《骑鹅旅行记》	
	《秘密花园》	
	《夏洛的网》	
	《不老泉》	
	《孔子的故事》	
	《寻找快活林》	
	《图说中国节》	
五年级下 （8本）	《城南旧事》	十级
	《恐龙·濒临危机》	
	《鲁滨逊漂流记》	
	《狼王梦》	
	《我的妈妈是精灵》	

续　表

年　级	书　名	测评级别
五年级下 （8本）	《昆虫记》	十级
	《我们的母亲叫中国》	
	《少年音乐和美术故事》	
六年级上 （7本）	《莎士比亚戏剧故事集》	十一级
	《圣经故事》	
	《森林报·冬》	
	《地心游记》	
	《哈利波特与魔法石》	
	《小王子》	
	《潘家铮作品集》	
六年级下 （8本）	《希利尔讲艺术史》	十二级
	《寄小读者》	
	《安德的游戏(1)——战斗学校》	
	《希腊神话故事》	
	《爱丽丝漫游奇境记》	
	《福尔摩斯探案集》	
	《万物简史》	
	《让太阳长上翅膀》	

二、"校本分级阅读课程"教材选编特点分析

通过对珠江五校选出的书目进行研究与分析，"源动力"研发团队的书目体现了民族优秀文化传承的原则，所选读物体现了时代性、传统性、经典性，作品内容生动有趣，贴合儿童审美情趣，积极向上，能够激起学生阅读的兴趣，达到提升学生文学素养的目的。

笔者在研究教材书单的基础上，对教材选择的数量进行分析，结果见表1－11：

表1-11　各年级教材数量对比表

年级＼学期	上学期（本）	下学期（本）	总量（本）
一年级	5	7	12
二年级	9	7	16
三年级	9	15	24
四年级	12	11	23
五年级	10	8	18
六年级	7	8	15
合　计	52	56	108

从表1-11统计的数据中可以看出,在阅读总数量上,低年级的书目数量最少,一年级为12本,二年级为16本;中年级的书目数量最多,三年级为24本,四年级为23本;高年级的书目数量次之,五年级为18本,六年级为15本。这主要是以学生的识字量、注意力、思维发展来考虑的,中年级是阅读基本技能形成的关键阶段,应加大这一阶段的阅读量,但高段学生所阅读的书目量对比中段不应呈递减态势。

根据对教材各文体所占篇目的分析可知:低年级童话数量较多;中年级以小说为主,童话、科普读物次之;高年级童话数量减少,小说、科普书目数量增加。在对儿童分级阅读内容选择上,有专家提出明确、具体的选择标准:"第一学段(一到二年级)要求选择内容丰富、形象具体、文字少、故事趣味性强的童话图画书;选择具有更多现实性、体验性、思考性的童话故事、寓言故事、童谣等;选择带有具体感知的动植物知识的启蒙读物,激励儿童青少年产生更多的科学兴趣。"[①]总的来说,珠江五校的书目基本符合上述标准,但是在散文、诗歌方面数量太少,应该增加以满足学生阅读的需求。

三、"校本分级阅读课程"教材选编建议

瑞士心理学家皮亚杰(Jean Piaget,1896—1980)在认知发展理论中提出儿童认知发展的阶段为:① 感知运算阶段(0~2岁);② 前运算阶段(2~

---

① 《儿童青少年分级阅读内容选择标准》,《人民教育》2009年第13—14期。

7岁);③ 具体运算阶段(7~11岁);④ 形式运算阶段(11~16岁)。小学生正处于前运算阶段的后期和具体运算阶段,根据皮亚杰的理论,我们在进行教材选编时要注意学生的身心发展特征。《义务教育语文课程标准(2011年版)》也对一到六年级每个学段学生的阅读量、阅读水平、阅读范围提出了明确要求。

儿童文学专家王泉根提出:"一切从学生出发,是分级阅读的使命,要求阅读推广人研究出不同年龄段儿童的全部特点,乃至这些特点对阅读产生的影响——儿童喜爱与需要什么类型的读物。这需要了解和掌握儿童的一切特征,对培养人才提出了更高的要求,需要掌握儿童文学、儿童心理、儿童教育、儿童出版的知识。[①]"本研究在对认知发展理论、课程标准中学生阅读要求研究的基础上认为,要对珠江五校分级阅读教材书目进行修改与完善,还需研究学生的身心发展特点、阅读能力阶段特征,以及读物的文本特征,以此作为教材选编的理论基础。

(一)教材选编理论基础

笔者在前人研究的基础上,对学生的心理发展特征、阅读能力特征以及读物的文本特征进行如下阐述。

1. 心理发展特征

(1)第一学段。该段学生观察事物的能力以兴趣为转移,观察时能注意到一定的顺序性,但只能观察到部分明显细节;以无意注意为主,注意时间为10~15分钟;以无意记忆和机械识记的方式为主;以具体形象思维为主,概括事物的能力较低;想象有直接、简单、具化的特征。

(2)第二学段。该段学生观察客观物体精确性明显提高,可以逐渐对细节部分进行观察描述;注意时间大多在15~20分钟;记忆开始逐渐发展为意义记忆;对抽象概念的理解能力有限;具有自我控制情绪的能力;意志力差,行动上容易有始无终。

(3)第三学段。该段学生视听觉能力逐渐提高;辨别、判断水平显著增长;注意力维持在25~30分钟;记忆力处于鼎盛时期;开始能自主地对自己

[①] 王泉根:《新世纪中国分级阅读的思考与对策》,《中国图书评论》2009年第9期。

的情感进行评价,但是情感常常出现矛盾和不稳定性;自觉能力较差,但意志的坚持性有所提升。

2. 阅读能力特征

(1)第一学段。该段学生在阅读时的眼停数量多,读速慢,处于出声读到默读的过渡阶段,若掌握了默读的要领,便能提升阅读速度;以发展识字为重点,只能对于部分字词、文章表面的片面信息进行理解,能对自己熟悉的语言进行意义转换的阅读表达,进而形成概括能力。

(2)第二学段。此阶段为阅读技能形成的重要时期,也是阅读策略、方法掌握的关键期,学生能在教师帮助下学习默读,可借助注释、联系上下文独立推断生词含义,阅读速度大大提升;对于字、词、句的解释能力正在得到较大的发展,阅读的核心能力即提取信息能力、概括信息能力、解释能力、评价能力正在初步建立。

(3)第三学段。该阶段学生已具备了一定的阅读经验和认字析词能力;对阅读材料的解释内容更为宽泛,对文本的理解、写作手法的掌握有很大程度提高;具有一定的推理能力,但还不完全。

随着阅读能力的发展与知识的丰富,学生阅读时精准度、总结能力不断提升,在扩大阅读量的同时应保证阅读质量。

3. 读物的文本特征

(1)第一学段。数量上,阅读总量不少于5万字,读10~20本图画书和文字书;文本特点上,以全图或半图为主,内容简短,主题单一,故事内容有趣,结局分明,适合朗读;文体上,以短篇童话、短篇寓言、儿歌为主。

(2)第二学段。数量上,阅读总量不少于40万字,读20~35本读物;文本特点上,从半文半图逐渐向多文字过渡,是有完整故事情节的短篇故事,充满幻想与童趣,能增长经验、介绍知识;文体上,包括中篇童话、中篇寓言、诗歌、传记、短篇小说。

(3)第三学段。数量上,阅读总量不少于100万字,读35~45本经典书籍;文本特点上,以文为主,图为辅或无图,故事情节复杂、人物个性鲜明、有正确价值观,或探讨世界重大事件。文体上,有寓言、中长篇小说、散文、科普读物、诗歌、散文、传记、戏剧、文言文。

（二）教材修改与完善标准

王泉根在《分级阅读的原则与对策》中对书单的开制提出过具体的要求："① 书单应体现综合性，不应只是文学读物，还应有思想励志、人文历史、科学常识、艺术欣赏类图书和图画书等，提供儿童多方面的读物，尽可能开阔他们的阅读视野与精神空间；② 重视文学性，要重视对本地优秀原创作品的推荐，引导学生贴近祖国语言与民族佳作，同时尽可能吸纳国外各民族优秀儿童文学作品，也尽可能挑选讲求文采与可读性的读物。[①]"

本文第二部分已经对珠江五校的分级阅读教材从数量、文学体裁上进行了分析。结合学生身心特点、阅读能力特点，笔者提出如下标准：

（1）书目的数量随年级呈现逐步递增态势。

（2）一、二年级以童话、寓言、儿歌为主；三到六年级，题材、体裁、风格应该多种多样，增加科普读物。

（3）选取经典、有趣、富有人生哲理的儿童文学读物。

（4）选取的作品根据学生的身心、阅读能力特点进行修正。

（5）选取的作品对照文本特征的研究进行修正。

四、教材选编修改与完善方案

表 1-12 "蜜蜂源"分级阅读教材的修改方案

年　级	书　　名	测评级别
一年级上 （5本）	《木偶奇遇记》	一级
	《人》	
	《别踩了这朵花》	
	《天鹅、鱼狗和大虾》	
	《百岁童谣》	
一年级下 （7本）	《没头脑和不高兴》	二级
	《小猪唏哩呼噜》	
	《爱心树》	

---

① 王泉根：《分级阅读的原则与对策》，《Children's study》2009 年第 9 期。

续　表

年　级	书　　名	测评级别
一年级下 （7本）	《宝葫芦的秘密》	二级
	《蚂蚁和蝉》	
	《爱读诗的鱼》	
	《核桃和猫》	
二年级上 （9本）	《我想去看海》	三级
	《了不起的狐狸爸爸》	
	《稻草人》	
	《爷爷一定有办法》	
	《爱讥讽别人的鹰》	
	《犟龟》	
	《散步的小树》	
	《护林的老人》	
	"爱悦读"桥梁书——小豆包系列	
二年级下 （7本）	《两颗小雨》	四级
	《慢吞吞的小乌龟》	
	《小松鼠,榛子和月亮》	
	《狐狸和乌鸦》	
	《猜猜我有多爱你》	
	《网住太阳》	
	《狮子和蚊子》	
三年级上 （10本）	《丁丁历险记》	五级
	《爱丽丝镜中奇遇记》	
	《奇妙的数王国》	
	《白鹭报仇》	
	《老船长之歌》	
	《鱼和它的脚》	
	《奇异的影子》	
	《我是白痴》	
	《月光下的肚肚狼》	
	《亚马孙探险——哈尔罗杰历险记》	

续　表

年　级	书　名	测评级别
三年级下 （11 本）	《住在摩天大楼顶层的马》	六级
	《苹果树上的外婆》	
	《千家诗》	
	《木偶的森林》	
	《小黑》	
	《窗边的小豆豆》	
	《中国神话故事》	
	《鲤鱼住在水稻家》	
	《蚕》	
	《鼹鼠博士的地震探险》	
	《动物王国大探险》	
四年级上 （11 本）	《林汉达中国历史故事集》	七级
	《草房子》	
	《草梦》	
	《论雷峰塔的倒掉》	
	《彼得·潘》	
	《青鸟》	
	《我，是什么？》	
	《书的故事》	
	《猴子和国王》	
	《中国孩子的梦》	
	《最美的科普》	
四年级下 （13 本）	《爱的教育》	八级
	《两只鹦鹉》	
	《让孩子着迷的 77×2 个经典科学游戏》	
	《木偶奇遇记》	
	《月亮浸在溪水里》	
	《有趣的化学：这就是元素》	
	《小王子》	
	《人鸦》	

续　表

年　级	书　　名	测评级别
四年级下 （13本）	《西雅图酋长的宣言》	八级
	《不褪色的迷失》	
	《麦地少年》	
	《飞向人马座》	
	《尼尔斯骑鹅旅游记》	
五年级上 （12本）	《绅士的雨伞》	九级
	《自然的魔法》	
	《红楼梦》	
	《汤姆索亚历险记》	
	《夏洛的网》	
	《白马湖》	
	《开玩笑的牧人》	
	《元素的故事》	
	《图说中国节》	
	《爸爸的花椒糖》	
	《小人鱼和小红船》	
五年级下 （13本）	《城南旧事》	十级
	《恐龙·濒临危机》	
	《狐狸和山羊》	
	《狼王梦》	
	《不一样的卡梅拉》	
	《昆虫记》	
	《葡萄月令》	
	《胡同文化》	
	《装在橡皮箱里的镇子》	
	《新差土地公》	
	《公鸡的独唱》	
	《西游记》	
	《初次看见的骆驼》	

续　表

年　级	书　　名	测评级别
六年级上 （13本）	《莎士比亚戏剧故事集》	十一级
	《圣经故事》	
	《森林报·冬》	
	《地心游记》	
	《小桔灯》	
	《金银岛》	
	《潘家铮作品集》	
	《端午的鸭蛋》	
	《圣诞节》	
	《伊索寓言》	
	《上古的埙》	
	《我们的小队长》	
	《三国演义》	
六年级下 （14本）	《希利尔讲艺术史》	十二级
	《寄小读者》	
	《水浒传》	
	《希腊神话故事》	
	《爱丽丝漫游奇境记》	
	《福尔摩斯探案集》	
	《万物简史》	
	《让太阳长上翅膀》	
	《杜立德医生》	
	《小黑鱼》	
	《仙女的礼物》	
	《线条学校》	
	《围城》	
	《新月集》	

用儿童阅读助推品质成长

Children's Reading Boosts Quality Growth

陶　鸿　辽宁省沈阳市皇姑区教育局

Hong Tao，Bureau of Education，Huanggu District，Shenyang，Liaoning

作者介绍：陶鸿，曾在教育战线基层工作 20 年，担任教育局基教科视导员期间，将儿童阅读推广工作作为重要的工作项目：连续 5 届参与策划皇姑区儿童阅读节的召开、区域阅读课程建构与研发、阅读主题活动等，和团队共同带动区域内 29 所小学，近 5 000 名教师、9 万名家长、4 万名学生开启了一条阅读"悦美"之路。

摘要：为了引领儿童走上阅读之路，让孩子学会阅读、爱上阅读、终身阅读，皇姑区教育局数年来坚持营造以儿童为中心的阅读气场，通过顶层设计，打造儿童阅读的金字塔，经历了儿童阅读自发萌芽期、顶层设计期、重点课程实施期、创新期，实施笃实的阅读策略，创设阅读环境，将阅读融入师生生活，不断丰富阅读课程，举办各种活动，让阅读深入人心。

Abstract：In order to lead the children into reading，learn to read，love reading and read lifelong，Huanggu District Education Bureau insists on creating a child-centered reading atmosphere for years，through the top-level design，makes a pyramid for children's reading，experiences the spontaneous germination period，the top-level design period，the implementation period of key courses and the innovation period of children's reading，implements the probity of reading strategies and creating reading environment，blends in reading life between teachers and students，enriches the reading course，and holds various activities to reading，to make reading enjoy popular support.

关键词：儿童阅读；顶层设计；实施策略；品质成长

Keywords：child reading；top-level design；implementation strategy；quality growth

阅读是人类认识世界、获取知识的基本方式之一，是民族文化传承的主要途径，是人的生命成长历程中不可或缺的心灵财富，也是引导人类对事物的认知、态度、价值判断的重要手段。阅读不仅影响着青少年的学习生活，也深刻地影响着他们的文化素养、精神世界以及未来的成长轨迹。培养青少年良好的阅读习惯，用优秀读物浸润少年儿童的心灵至关重要。同时，读书不但可以提升个人精神生活质量，而且对于国家和民族具有特殊意义，一个民族的精神境界，在很大程度上取决于这个民族的阅读水平。因此，引领儿童走上阅读之路，让孩子学会阅读、爱上阅读、时时阅读、终身阅读，是关乎人生幸福、民族振兴、社会进步的系统性工程，是教育不可推卸的责任。

一、顶层设计：打造儿童阅读的金字塔

十几年来，皇姑区教育局在儿童阅读之路上不断求索，在摸着石头过河和顶层设计的一次次碰撞中，不断完善对儿童阅读的定位。皇姑区区域儿童阅读工作的开展经历了四个重要阶段，像金字塔一样不断攀升：

儿童阅读自发萌芽期（2003—2013）：以国学诵读、教材的窄拓展为主体，进行自发性儿童阅读实践探索，个别学校有初级研发团队，成果以经典作品汇编读本为主。

儿童阅读顶层设计期（2014—2015）：由区教育局领导牵头，为皇姑区儿童阅读做长期发展的顶层设计，确定工作开展的六大基础版块（课程建设、课堂建模、评价改革、节日庆典、习惯培养及"互联网+"阅读），率先开展节日庆典活动，唤醒各界对儿童阅读工作的重视。由区教育局领导牵头，组织区内教研员、骨干校长、骨干教师组成核心团队，进行课程研发、课堂教学模式研究、学生习惯培养等研究工作。

儿童阅读课程深耕期（2016—2017）：以课程建设为重点，以课程研发为突破口，集中研发区本、校本、班本阅读课程，通过"优秀阅读课程"评比、展示活动进行打磨，形成多层次、多学科、多种类的优质阅读课程。再通过专家指导，引进优质资源，开展家校合作，让课程落地，逐步形成五位一体（课程纲要、阅读教材、优秀教学设计、亲子阅读指导、互联网资源平台）的完整课程资源库。

儿童阅读高阶创新期（2018—2019）：推出《皇姑区儿童阅读推广指导意见》，在保证区域儿童阅读均衡发展的基础上，以评价方式创新为重点，以完善量化评价、"互联网+"阅读评测展示平台为突破口，形成对学校、班级、教师、学生的考评体系，促进区域儿童阅读高阶创新发展。

二、实施策略：开展一场"儿童阅读马拉松"

马拉松的魅力在于它的开放与包容。不限场地、不论专业还是业余，大家都可以挤在一起比赛。对参赛者来说，每跑一步、每过一段都是不同的风景。这恰似我们皇姑区对于阅读的态度——让每一个儿童都在氤氲的书香中得到快乐，享受成长。皇姑区儿童阅读，从来都不是世界阅读日那几天的"喊号子、花架子、一阵子"，从区域性阅读理念的引领，到儿童阅读规划的制定，再到校园隐形环境的创设、阅读课程的层层落实，我们在科学管理的过程中全面推广其系统性、常态性工作，力求谋得深、抓得紧、做得实。

一是创设阅读环境。想让孩子手捧书本、沉浸在阅读的快乐中，最有效的方法莫过于为他们创设一个阅读的氛围。皇姑区教育局重视校园文化环境与社会正确的舆论环境的创建。珠江五校不仅设计了炫目的充满科幻气息的厅廊文化，还将科技电子阅读引入数字化平台，区属各小学全部设有开放式图书场馆，并全天开放，每个班级都有小书架、图书角，就连楼梯的台阶这小小的空间也写满了读书格言，散发着浓浓的书香气息。同时，我们还与手心网、小太阳网、人人通平台等多个媒体合作，宣传儿童阅读，为儿童阅读服务。

二是将阅读融入师生生活。"读史使人明智，读诗使人灵秀。"新教育实验开发的"晨诵午读暮省"，是一个结合了诗词诵读、自主阅读与反思随感的复合型阅读课程，也是皇姑区教育局对师生过一种完整幸福的教育生活的阅读定位的形式体验。这样，能让阅读成为一种生活方式，让阅读的力量不断积蓄和持续迸发。阅读、反思与行动在生活中如同呼吸一般自然存在，教师与学生均徜徉在一种幸福完整的教育生活之中。

每天清晨，伴着舒缓清新的乐曲，岐山一校师生开始"晨诵"，与经典诗歌相伴共舞，在每天入校的第一时间开启自己的幸福时光。"午读暮省"，我们倡导低年级读写绘结合,用阅读图画书、讲故事、绘画表达与创造相整合的办法,让儿童的学习力与创造力得到自由的发挥;在中年级,儿童开始逐步从绘画中淡出,我们有意识地加大文字阅读量,开展师生共读,引领学生走向自主与成熟;到了高年级,在共读方面我们则主张以主题探讨为主,加大自由阅读的量。整体而言,通过亲子、师生的互动实现"共读共写共同生活"的理想。

三是丰富阅读课程载体。2015 年,皇姑区成为教育部人文社科课题"新世纪中国儿童文学与儿童阅读研究"的实验区,通过与著名儿童阅读教育专家的合作,将分级阅读的概念引入阅读课程,根据不同年龄阶段、不同接受能力、不同能力起点孩子的阅读水平、阅读兴趣、阅读习惯、阅读节奏,为其提供个性化分级阅读书籍。在此基础上,皇姑区与"名校阅读课"课题组及北京化学工业出版社合作,历时一年,经过全区多位具有丰富阅读教学实践经验的名师的精心选择和反复推敲,推出了区本儿童分级阅读读本《名校阅读课·主题阅读》丛书。丛书共 60 万字,分六册,以儿童阅读知识体系为理论支撑,按照不同年龄段学生的智力和心理发育程度,为一至六年级学生提供科学的阅读计划。

同时,全区开展阅读校本课程优秀案例评选,并将优秀课程案例结集成册,广泛推广。岐山一校的科学阅读课程、童晖小学的双语绘本阅读课程、宁山小学的"国学至乐园"阅读课程等一批有特色的校本阅读课程在各个学校教育团队驰而不息的努力下日臻完善,并登上了国际儿童阅读论坛。昆山二校"金翅膀悦读"工作室、七校联动的"七点"工作室,更是就绘本课程开发及幼小衔接的桥梁书阅读两个专题,让丰富的阅读元素在语文课程中焕发蓬勃的生机,从区域层面将儿童阅读研究工作向纵深推进。

四是以活动庆典形式让阅读深入人心。"阅读,让童年更美好!"皇姑区自 2015 年 4 月以来,成功举办了 5 届阅读节。精心策划阅读活动,举行庆典仪式,其目的并不是彰显皇姑区的阅读成果,更多的是为了让阅读在学生心中产生深刻影响。一年一度的阅读节上,国际儿童论坛、作家见面会、欢乐剧场、小书虫书市、美文诗会等固定项目深受师生们的喜爱,也得到了社会的广泛关注。我们先后邀请到了著名儿童文学理论家、北京师范大学中国儿童文学研究中心主任王泉根,著名儿童文学理论家、台湾儿童阅读领跑人林文宝,著名儿童阅读教育研究专家、著名儿童文学作家、新阅读研究所所长梅子涵等儿童文学专家与师生交流互动,分享阅读和写作体会。师生们与名家零距离交流互动,充分领略了文学的魅力。大型阅读活动之于学生是寓教于乐、浸润触动的过程,有利于学生在心底形成对阅读的认同和向往,从而身体力行。

三、教育成效:成就自然人与书籍的美丽相遇

朱永新教授说:"阅读,让人的灵魂走向高远。"培养儿童的阅读兴趣和阅读习惯,可以说,是在画一条学校教育的"延长线",是在为学生的终身学习和未来发展奠基,为未来公民素养的提升奠基。皇姑区举全区之力推进儿童阅读工程,创建阅读环境、开设阅读课程、丰富阅读资源、举办阅读活动、交流阅读成果,跬步而不休,累土而不辍。

一次次匠心独具的阅读活动设计、一张张充盈阅读情怀的区域专属"悦读地图",一本本饱含教育人对阅读的深刻感悟,都无不体现着皇姑区教育局对儿童阅读的重视与尊重。每学年一次的学生学科成绩测评,更是区里对学生阅读能力和核心素养的一种检测。办品质教育,做品质阅读,皇姑区对儿童阅读不懈的努力感染了区属各小学特色办学的决心。昆山四校独有的"树"文化课程体系、汾河小学对"荷"文化的深入解读,陵西小学的"尝试"教育,都为学校的特色发展起到了极大的促进作用。

阅读课程的实施,也带来了教师专业发展的提升。"学然后知不足",在师生共读中,老师们更真切地体会到阅读对自己、对我们的教育产品——学生的未来发展的重要性。在如火如荼的教师读书活动中,老师们努力做阅读的推广者,白龙江小学师生共建的"雪松剧社"、珠江五校老师和昆山二校教学校长分别开设的"娜明亮的天空""艳子说童书"个人微信公众平台,均在完善个人专业成长的同时,记录着儿童阅读推广之路的所思所感,以个人的教育魅力引领阅读、呵护童年、助力品质成长。

每年皇姑区教育局都会面向全区小学生开展"我最喜爱的书"问卷调查。从中我们发现孩子们对书的选择越来越"挑剔",孩子们已渐渐知道了自己阅读的兴趣所在,更能辨别书的优劣,从而择精品而读。连续多年阅读

课程的开展，极大促进了孩子们对中华传统文化的传承，不仅开阔了学生的视野，更培养了他们思考的能力。在区内举办的现场作文大赛中，孩子们思维敏捷、缜密、流畅，展现了皇姑区优质教育的风采。如今，阅读课程已经成为皇姑学生最喜爱的校本课程；"晨诵午读暮省"已经成为皇姑学生最熟悉的教育生活；寒暑假亲子阅读作业已经成为学生和家长沟通思想和增进感情的坚实桥梁；阅读节已经成为师生们离文学殿堂最近的隆重节日……越来越多的孩子了解阅读、喜欢阅读，越来越多的家长掌握了引导孩子阅读的方法，越来越多的社会民众认识到了阅读的重要性。阅读，已经成为皇姑最响亮的教育名片。有品质的阅读生活，成就了老师、学生、家长与书籍的美丽相遇！

"让儿童阅读真正成为'儿童'的阅读、站在儿童立场的阅读、以儿童为中心的阅读"是皇姑区儿童阅读工作的主旨。皇姑教育人始终在营造这样的儿童阅读气氛：没有功利的色彩，没有成人的意志，一切阅读行为都以儿童的感受为出发点，让儿童真正站在阅读的中央！推进儿童阅读工程，就是在学生的心中种下一颗自我修炼、自我学习的种子，这种子会逐渐生根、发芽、长大，有朝一日，将长成为自己遮风挡雨、为社会荫蔽一方、为国家顶梁立户的参天大树。皇姑教育正在做的，就是播撒种子，永不休耕。

家园合力同筑幼儿阅读空间

Families and Kindergartens Work Together to Build Children's Reading Space

张　红　沈阳市皇姑区实验幼儿园

Hong Zhang, Shenyang Huanggu District Experimental Kindergarten

作者介绍：张红，现任沈阳市皇姑区实验幼儿园副园长。沈阳市骨干教师，皇姑区教育研究中心幼儿园教育管理专家团成员，皇姑区教育研究中心图画书阅读研究工作室主持人。

摘要：幼儿阅读空间以童年社会学、儿童地理学、心理学多学科教育空间理论视角为基础，以"空间与人的关系"为切入点，对幼儿早期阅读发展具有重要的意义和作用。明确幼儿阅读空间应关注儿童与陪伴阅读者的社会关系，满足儿童对阅读空间意义的赋予以及儿童阅读空间中个体生命与心灵的需求。幼儿阅读空间的筑建是立体的、变化的、持续发展着的。我们应以儿童为主体，以阅读为中心，以文学为力量，家园合力同筑幼儿阅读空间。

Abstract：Children's reading space is based on the multi-disciplinary educational space theory of childhood sociology, child geography and psychology, and takes "the relationship between space and human" as the starting point, which has important significance and function for the development of children's early reading. To construct children's reading space we should pay attention to the social relationship between children and accompanying readers, satisfy children's contribution to the meaning of reading space and the needs of individual life and mind in children's reading space. The construction of children's reading space is three-dimensional, changeable and sustainable. It is of great significance to take children as the main body, reading as the center, literature as the force, and it is important that home and kindergarten work together to build children's reading space.

关键词：阅读空间；早期阅读；家园同筑；儿童文化

Keywords：reading space；early reading；families and kindergartens work together；children's culture

儿童对于空间的感受更为直接、强烈,因此幼儿早期阅读离不开阅读空间的打造。科学有效的阅读空间①能激发儿童的阅读兴趣,加强他们对行为规范的理解,培养他们的阅读习惯。早期阅读是儿童成为成功阅读者的基础,也是儿童成为终身学习者的开端,是通过丰富的环境和与成人进行社会性互动而逐渐发展起来的。② 幼儿园和家庭无疑是提供丰富阅读资源的主要场所,教师、父母是与幼儿进行阅读互动的首要人员。幼儿园如何与家庭结为学习共同体、爱的共同体,合力同筑幼儿阅读空间,使幼儿感受阅读的幸福,推进幼儿早期阅读能力的发展,成为我们共同思考和研究的课题。

一、幼儿阅读空间筑建

20世纪90年代,新童年社会学和儿童地理学的研究推动了教育者关注和审视空间在儿童教育中的价值和意义。幼儿阅读空间的筑建实质上是围绕"空间与人"的关系展开的,该研究基于儿童的视角、精神、生活与生命,从多学科空间理论的视角来理解幼儿阅读空间,理解儿童对阅读空间意义的赋予,同时了解阅读空间中个体与心灵的需求。③

(一) 社会学视角下确立幼儿阅读空间的角色关系与儿童文化

通常而言,教育环境的创造主体是成人。在新儿童社会学视野下,儿童作为能动者,能够对社会作出贡献,其自身文化也将影响、改变身处的环境。所有的空间都是关系的产物,在幼儿阅读空间中儿童与成人的关系是互补、和谐的。

幼儿阅读空间是儿童文化与成人文化的共栖之所。但幼儿阅读空间所呈现的文化特质应是儿童的文化——表现儿童的兴趣、需要、话语、活动、价值观以及儿童群体的精神生活和物质生活④。阅读空间本身就是文化交流

---

① 万宇:《多远理论维度中的儿童阅读空间建构——以我国公共图书馆儿童阅览室为例》,《图书馆杂志》2014年第4期。
② 周兢:《早期阅读发展与教育研究》,教育科学出版社,2007,第6—8页。
③ 彭辉、边霞:《让生命在场:儿童教育的空间向度》,《教育研究与实践》2018年第2期。
④ 刘晓东:《论儿童文化兼论儿童文化与成人文化的互补互哺关系》,《华东师范大学学报》2005年第6期。

的空间,在幼儿阅读空间中成人文化与儿童文化互相交融。如果用颜色形容,成人文化是灰色的,体现的是刻板规矩;儿童文化是七彩的,表现出想象与活力。儿童文学所呈现的是儿童的色彩,在斑斓绚烂的彩色世界中,成人将被感染而获得回归。通过阅读,成人将成熟的文化传递给儿童成为儿童生活和生命中的内容,被儿童所真正吸收的一部分成人文化将会被传承而找到永恒的归宿。①

(二)地理学视角下关注幼儿阅读空间的情景创设与生活体验

空间、地方和儿童体验是童年地理学关注和研究的焦点,也是我们在探讨创建幼儿阅读空间时关注和研究的重点之一。阅读空间的情景创设,影响和限制着孩子对阅读的认知、体验及阅读中的自我认同。在不同的阅读空间下,孩子会根据自我体验而调整其阅读策略、兴趣方向及阅读模式。空间尺度、边界、中心等空间特质与儿童生活及个体感受会形成差异性互动,这些互动差异与儿童个体的阅读兴趣、习惯、能力及生活经验、感受息息相关。阅读空间的情景创设与儿童生活体验的相互作用向我们揭示了幼儿阅读空间是在多重因素交互作用中创建、发展的。

幼儿阅读空间要依据儿童的身心发展规律,听、说、读、写的发展规律,生活经验范畴,遵循儿童的生活轨迹而创设。空间的边界关注的是不同阅读地点之间的关系与连接。幼儿园、家庭作为幼儿阅读的主要场所,其自身内含着不同的文化与功能。不同空间保持良好的互为渗透、多元开放的连接,将有效调动幼儿阅读的自发性,增强阅读的交流体验。儿童在阅读空间中能体验、表达、构建阅读相关的经验,并探寻和筑造适宜自己的空间,寻找自我领域。②

(三)心理学视角下关注幼儿阅读空间的个体需求与心灵成长

幼儿阅读需要自我领域。儿童在阅读中感受被爱和关怀,这种被爱的需要与感受来自儿童对私密性和自我的渴望。关照儿童个体空间的特殊性

---

① 孔国庆:《拯救儿童文化危机》,《教育科学论坛》2019年第4期。
② 黄进、赵亚莉、奥尔加·杰瑞特:《中美幼儿园游戏空间的比较研究》,《比较教育研究》2019年第1期。

和差异性将满足儿童生命成长过程中自我意识、自我发展的需要,同时会对儿童社会互动和人际交往过程产生重要影响。

儿童是具有独立个性、气质的有机体,幼儿的阅读空间不仅关注儿童外部的空间,更关照他们自身内部的自然空间,满足儿童心灵对空间的天然需求。儿童的心灵力量十分脆弱,要不断接受外部世界和他们自己想象的冲击。心灵的束缚对于儿童来说是痛苦的,自始至终把握住和谐的因果关系认识事物,对儿童来说是难以实现的。[①] 儿童文学恰恰能拨动儿童心灵之弦,让阅读成为一种心灵的游戏、精神的自由创造。在这种心灵游戏中,儿童自由梦想,心灵可以追随故事、儿歌自由漂流。儿童可以根据自我意愿在阅读中寻找自己的影子、自己期待的样子和恐惧的根源,他们将自己的美好愿景以文学之笔勾勒,并接受潜移默化的滋养和浸润。借助儿童文学作品,爱与美、善良与勇气、忧伤与疼痛,这些人生中最本质、最诚实、最无处回避的特质悄无声息地在他们的生命中留下印记。

二、幼儿阅读空间筑建现状

幼儿阅读空间的筑建对幼儿阅读兴趣、习惯、技能和能力的发展具有至关重要的作用,筑建者应积极关注儿童的需求以及儿童与阅读陪伴者的社会关系。

(一) 关注理解儿童阅读视角

通过发放调查问卷,了解、分析幼儿阅读需求——让幼儿、家长、教师分别从耳熟能详的 100 本图画书中选出自己最喜欢的 10 本。结果表明,幼儿最喜欢的 10 本书具有三个特点。一是语言符合幼儿的口语表达习惯,易于理解。如《猜猜我有多爱你》《逃家小兔》讲述的是妈妈和孩子之间深深的爱,整本图书语言简洁,重复率高。二是与幼儿自身经验贴近,易引起幼儿共鸣。在孩子最喜欢的 10 本图画书中,《大卫》系列就占据了 3 个席位。在《大卫》中,孩子可以看到自己的影子,甚至我们也可以找到自己小时候的样

---

① 刘晓东:《儿童精神哲学》,南京师范大学出版社,2007,第 312—314 页。

子——调皮、爱惹祸、状况连连。妈妈的一声声"不可以"有埋怨和无奈，但更多的是关爱，无论孩子闯了多少祸，故事的结尾，妈妈总是告诉大卫"我爱你"。三是主题与母爱、亲情相关的更容易给他们留下深刻印象。"我爱你""我爱你有那么多"是孩子的感同身受，也是他们内心最真挚的渴望。《你看起来很好吃》讲述的是霸王龙和小甲龙之间感人至深的父子亲情，《猜猜我有多爱你》也是孩子、家长和教师都喜欢的书，可见对爱的渴望是我们每一个人内在的自然需求。在幼儿的阅读空间中不仅是书，教师和家长都应是传递、表达爱的重要元素。

通过图画书推荐结果的比较，教师、家长喜欢的图画书都与孩子喜欢的有重合的部分。家长与孩子、教师与孩子的重合率都为50%，从这点可以看出家长、老师在图画书的选择上都会关注儿童的视角和儿童的生活。分析未重合部分的图画书，则与其各自的生活经验、精神需要相关：老师独爱的《先有》《勇气》《天生一对》《小蓝和小黄》《驴小弟变石头》哲学性或教育性较强；父母独爱的《大嗓门妈妈》《为爱朗读》《有一天》《宝宝从哪里来》等更多属于家庭伦理题材并具有自我启发功能；孩子独爱的《大卫，不可以》《三只小猪》则处处可以找到他们自己的影子。阅读是与个体经验相互作用的过程，只有当阅读触动内心时才会有共鸣和回响，才可能在心中留下印记，外部物质的堆砌是毫无意义的。阅读经验一定是与生命经验、生命体验相伴相随的。

（二）倾听了解家庭阅读现状

通过交流访谈了解家庭阅读现状，是指以班级为单位开展座谈会，主题主要围绕亲子阅读的方式、选择图书的原则、孩子最喜欢的图书及其原因等。每个家庭用三五分钟简短地分享各自的亲子阅读情况，不仅可以让彼此感受不同家庭亲子阅读的氛围，更可以发现这种差异形成的主要原因。首先，家长对阅读目的性的理解会影响亲子阅读的趣味性和阅读形式：在给孩子读图画书时，按原文有感情地朗读的占82.47%，按原文点读的占19.93%，一边读一边讲解的占57.73%，用自己的话讲的占8.93%，一边读一边提问的占37.46%。其次，家长的意图和儿童需要的契合度是影响家庭亲子阅读质量的主要因素。家庭在选择图画书时，尊重孩子意愿和喜好的占

58.42%，与孩子商量最终达成一致的占 38.14%，按照家长的标准和喜好选择的占 3.44%。家庭契合度越高，分享中的幸福感、成就感越强，反之其困惑、无奈越多。

孩子在幼儿园和家庭这两种不同阅读空间中所表现出的能动性是有差异的，所以家庭是幼儿阅读空间筑建的重要场所，家长对幼儿阅读兴趣及能力的影响深远。透过班级阅读座谈会上每位家长分享的家庭阅读的事例和现象，可以了解分析出父母在家庭阅读空间创设及同儿童共同调整维护空间时所应担当的角色和发挥的作用。家庭选择适宜的图书对孩子阅读兴趣和习惯养成起到至关重要的引领作用；家长在陪伴孩子阅读时呈现的不同文化风格对孩子的影响与意义同样重要；阅读陪伴的方式与互动质量更是直接影响孩子阅读能力的发展。无论是父母还是教师，成人的认知、理念、文化无时无刻不在控制和影响孩子的阅读空间，成人的特权会在不知不觉中扩大。只有以儿童的立场相互提示、自我觉悟——只有我们更加开放、包容、相互鼓舞、保持渗透，儿童身心的自发性、创造性、丰富性、主动性才有机会在阅读空间中得到表达。

（三）幼儿阅读空间筑建存在的问题

1. 缺少早期阅读理论的专业引领

虽然幼儿园作为教育机构具有一定的专业性，但许多实践仍需要理论支撑与提升。在合力筑建幼儿阅读空间的实践中，幼儿园、家庭需要具有理论能力的高校、科研机构站在第三方的角度依据专业理论审视、判断、探讨、评价、提升其实践，以形成向上的、互为推进的良性循环发展。

2. 欠缺图画书资源科学有效共享机制

在阅读空间创建中，优质、经典的读物是重要的物质保障。阅读空间应融合渗透于幼儿的生活空间之中，孩子们可以随时随地遇到、读到他们喜欢的图画书是理想的空间形态。但由于幼儿图画书价格较高，阅读经费的投入无法满足理想幼儿阅读空间筑建已成为幼儿园和大多数家庭的共同问题。由于家长工作忙、家务多，很难满足经常带孩子到书店、图书馆的需求。调查显示，经常带孩子去图书馆的家庭只有 26.12%，从没去过图书馆的家庭有 6.87%。因此，网上购书成为家庭幼儿读物主要的获得方式，但孩子很难参与网上购书,父母单凭网站评论购书也无法保证符合孩子自身的阅读需求。鉴于此,促进家庭、幼儿园图画书资源有效共享将促进幼儿早期阅读质量的提升。

3. 无法回避电子媒体对幼儿阅读的冲击

正如尼尔·波兹曼(Neil Postman,1931—2003)在《童年的消逝》中所述,在成人和儿童共同成为电视观众的文化里,政治、商业、教育等最终蜕变成幼稚和肤浅的弱智文化,人类的文化精神逐渐枯萎。今天手机对成人和孩子的影响力已经远远超过电视。面对无法回避的新媒体时代,成人的阅读回归与克制对儿童阅读的影响尤为重要。

三、家园合力同筑幼儿阅读空间的策略

以儿童为主体,阅读为中心,文学为力量是家园合力筑建幼儿阅读空间实施策略的重心。

(一)以儿童为中心,共建人文阅读愿景

人文的核心是"人",以人为本,就要关心人,爱护人,尊重人。阅读作为一种文化活动,所遵循的一定是人文观念和思想。幼儿园、家庭应是孩子生活的主要场所,这个空间是美好而丰富的。在这里,成人围绕孩子成长的话题不断探寻并展开着积极热烈的讨论与分享,发挥着各自的价值。共建一个可以让所有人感到友善、安全、温暖、舒适的阅读空间应成为教师、家长、孩子的共同追求。

(二)丰富阅读形式,共享有爱阅读时光

爸爸来到幼儿园为孩子们讲故事,可以让所有孩子感受爸爸的幽默和博学。一群孩子围绕一位高大的爸爸,爸爸的幸福,孩子的快乐,感染着其中的每一个人。因为这种幸福和快乐,爸爸和孩子共同爱上了一本书。妈妈用英文给孩子们读绘本,在孩子们感受另一种语言韵律的同时,让他们了解到世界各国的小朋友都喜欢同样的绘本故事,他们也在用不同的语言读绘本。擅长演唱的妈妈和会弹钢琴的妈妈把绘本弹唱出来给孩子们听。妈

妈和老师一起在古典音乐中演绎绘本故事,音乐、故事让孩子感动流泪,高兴得笑出声。这样,每一个生命都在有爱相伴的空间中交融、对话,用生命感悟阅读,用阅读唤醒生命的灵性,催动生命的成长。

(三) 注入阅读仪式,共创精心阅读时刻

仪式感就是使某一时刻不同于其他时刻。为阅读注入仪式感,可以增加儿童对图书的亲近感。读书也有节日,每年在特定的时间,推荐给家庭100本口袋书,能引发关于图画书阅读新一轮的探讨、发现;把相应的100本图画书布置在走廊各个阅读区,每天早晚都让孩子和家长进行亲子阅读;教师、孩子共同演绎《绿野仙踪》,智慧、勇气、爱的种子通过阅读、戏剧埋于心底;绘本故事人物的装扮游行,让我们与绘本中的角色相遇,奇妙而有趣;赠予每个孩子自画像小书签,鼓励孩子和家长阅读这独一无二的礼物,表达的是对每一个个体的关注,孩子们会由此获得自我认同的喜悦。每一年,书的节日都唤醒我们对书的热爱,点燃我们对阅读的激情。

在孩子喜欢的10本图画书中,《好饿的毛毛虫》《安的种子》是幼儿园作为礼物送给孩子的。赠书给孩子是我们对孩子表达爱的方式,也传达了我们对书的喜爱。问卷调查结果显示,全园53.95%的家长经常把书作为礼物送给孩子。让孩子与适合他们的图画书在特定的情景中相遇是我们的幸福,对孩子来说,如果遇见了一本好书,也就应当想:这本书是为我存在的。

(四) 搭建阅读媒介,共享儿童文学魅力

"图画书对幼儿没有任何'用途',不是拿来学习东西的,而是用来感受快乐的。"《幸福的种子》一书中这样对父母描绘图画书。孩子的阅读没有任何的功利性,成人应相互鼓励,放下所有的功利心态,一起做个会讲故事的大人,把幸福的种子播种在孩子的心中。

图画书,不仅是写给孩子的,更是写给大人的。当我们可以从经典图画书中获取真、善、美的力量时,滋养的不仅是孩子,更是我们自己。当我们真正爱上图画书时,我们便成为孩子与书最好的媒介。《让我安静五分钟》《朱家故事》《大卫,不可以》中,妈妈们可以看到似曾相识的自己,产生同理心;《我爸爸》《我妈妈》《你睡不着吗》中,爸爸、妈妈会找到为人父母的榜

样,与更好的自己相遇;《有一天》《勇气》《安的种子》会给予我们力量和温暖,让我们更深入地思考生命与生活的本质。

幼儿阅读空间的筑建是立体的、变化的、持续发展着的,幼儿园和家庭是重要的合力筑建者,如此,可以弥补经典文学作品阅读的缺席,帮助孩子提高语言、词汇的驾驭能力,帮助孩子面对自己的内心和世界、面对人际情感交流与感悟中产生的障碍。让经典与孩子相伴,让阅读陪伴孩子成长,会是我们送给孩子们受用终生的宝藏。

农村家庭阅读教育现状的反思及对策

Reflections on the Current Situation of Rural Family Reading Education and Countermeasures

闫慧茹　首都师范大学初等教育学院

Huiru Yan，Primary Education College of Capital Normal University

作者介绍：闫慧茹,首都师范大学初等教育学院小学教育专业硕士,主要进行儿童文学教育领域的研究。参与了小学分级阅读读物编写、小学朗读手册编写等多个项目。

摘要：农村家庭阅读教育对于农村孩子的学习及成长生活有着极为重要的作用,但它却一直是农村教育中一个薄弱的板块。本文从家庭阅读资源不足、阅读氛围不浓、家长对孩子的阅读指导能力有限以及家庭阅读形式单一四个方面分析当下农村家庭阅读教育开展的现状,并在此基础上,从充实家庭阅读资源、营造良好的家庭阅读环境、提高家长阅读素养以及改变家庭阅读观念四个方面提出有针对性的建议。

Abstract：Rural family reading education plays an extremely important role in the learning and growth of rural children, but it has always been a weak sector in rural education. This paper analyzes the current situation of rural family reading education from four aspects：insufficient reading resources for families, weak reading atmosphere, parents' limited ability to guide children's reading, and single reading forms. On this basis, it puts forward targeted suggestions from four aspects：enriching family reading resources, creating a good family reading environment, improving parents' reading literacy, and changing family reading concepts.

关键词：农村;家庭阅读;教育

Keywords：rural; family reading; education

近年来,越来越多的人逐渐意识到阅读的重要性,随着文学读物市场的繁荣,可供人们阅读的书目也快速丰富起来。但是就阅读量的地域分布情况来说,城市学生的阅读量要明显高于农村学生。丰富阅读量、提高阅读能力在儿童的成长及学习生活等方面都有不可替代的作用。而在全民阅读的今天,家庭在学生的阅读教育中扮演着极其重要的角色,本文试分析当前农村家庭阅读教育存在的问题,以期为提高农村儿童的阅读水平提供一些建议。

一、当前农村家庭阅读教育现状

(一)家庭阅读资源不足

随着社会物质水平的不断进步,农村家庭的经济水平也有明显提高。现在大部分农村家庭能够支付购买书籍的费用,较之从前,可供青少年阅读的书籍也逐渐丰富起来,其中一些家庭还能够做到拥有一定的藏书量。但是整体来看,依然普遍存在家庭阅读资源不足的状况,很多家庭甚至只存有寥寥几本作文书,或者只有儿童所学科目的参考书,这样是远远不够的。要想培养一个爱阅读、会阅读的儿童,那么他一定是可以随时阅读的。阅读习惯的养成离不开丰富的阅读资源。

(二)家庭阅读氛围不浓

要想让儿童爱上阅读,离不开一个好的阅读氛围。家庭是对儿童最有影响力的场所,家庭阅读氛围的营造对儿童来说无疑是至关重要的。但是在农村,儿童阅读环境较差,很多家庭没有专门的阅读区域,儿童一般都在吵闹的客厅里进行阅读。而且家长随意堆放书籍,也导致儿童的取阅十分不便。① 其次,很多家长只重视文化课成绩,却忽略了阅读素养的培养,甚至有的家长认为阅读是在浪费时间。此外,浓厚的家庭阅读氛围的形成离不开家长的助力,爱阅读、肯花时间阅读的家长才能给儿童树立良好的榜

---

① 戚单:《农村幼儿家庭早期阅读教育的"缺失"与思考——基于生态系统的视角》,《亚太教育》2016年第29期。

样。① 但是在农村,家长普遍对阅读持淡漠态度,他们不愿意花时间去阅读,更谈不上有一定的阅读量和形成良好的家庭阅读氛围。最后,在如今互联网发达、智能手机普及度高的情况下,在农村,很多家长都沉迷于手机,却要求尚且年幼的儿童抵制手机,一心学习。这样就导致儿童要么是放学干脆直接玩手机,要么是把写作业、阅读的最终目的变成获得玩手机的时间。长此以往,宝贵的阅读时间就这样荒废掉了,阅读素养的培养也成了空中楼阁。

(三) 家长对儿童的阅读指导能力有限

儿童阅读能力的提高离不开成年人的有效指导,家庭也是能给予儿童个性化阅读指导的绝佳场所。但是很多农村家庭由于父母外出务工、离异等原因,将儿童留给老人照顾,而老人们大多不懂得如何教育,更谈不上科学地进行指导。有的父母在身边,但是其受教育程度不高,不具有一定的阅读素养而无法给予儿童充分的阅读指导。有的家长能够意识到阅读的重要性,但却仅停留在给儿童买课外书,让他们自己去读的阶段,没有在怎样阅读、怎样提升儿童的阅读体验等方面作更多的探索,导致有些儿童虽然阅读量上去了,却没有掌握好的阅读方法,没能够有效地提升阅读素养。

(四) 家庭阅读形式单一

家庭阅读活动的形式主要有亲子间阅读、亲朋邻里间交往性的阅读、外出游玩时的阅读、参观性的阅读等。但是在农村,阅读形式却很单一,基本上集中于频率并不高的亲子阅读。② 部分家长会向亲朋好友家借书来给儿童阅读,但是数量较少,而且借回家就把书给儿童自己阅读,并未提供指导,更没有和儿童共同阅读、交流,有的书甚至被束之高阁。农村儿童外出游玩机会较少,父母一般是外出采购、参加婚嫁宴请等才会带儿童外出,但是也并没有在这个过程中有意识地去帮助儿童进行阅读,绝大多数家长只是抱着"让儿童出去玩玩"的心态。此外,现在很多农村家长由于自身能力有限

---

① 稽翠莲:《早期阅读教育在家庭中的重要性》,《当代教研论丛》2018 年第 1 期。
② 王瑾:《农村家庭幼儿早期阅读教育现状研究》,《教育教学论坛》2016 年第 43 期。

或者没有时间、耐心去教导儿童,而儿童的自控能力又较差,导致阅读方式甚至单一到只有通过手机来进行一些碎片化的阅读。

二、提高家庭阅读教育水平的策略

(一)充实家庭阅读资源

1. 充实家庭书库的重要性

有些时候儿童并非不爱看书,只是在想看的时候根本无书可看。绝大多数农村家庭书籍储备仅限于配合学校学习需要而购买的教学参考书,让儿童可以细细品味的书几乎没有。当他想去看书的时候,发现可以拿来看的,除了教辅书中课内已经讲过的枯燥无味的知识点,或是书拿到手就已经全部翻阅过的其他知识外,再无可看的内容。长此以往,儿童的阅读兴趣必然会被电子设备等所代替,甚至逐渐泯灭。因此,家长应该尽可能地去充实家庭书库,帮助儿童借阅或者购买各个年龄阶段适合的优秀读物,让儿童有书可看,为其逐步过渡到喜欢阅读奠定基础。

2. 如何选择书籍

(1)从儿童兴趣出发。要想了解儿童的兴趣点,达到事半功倍的效果,就需要家长细心观察儿童的喜好。因为只有儿童感兴趣的书籍,他才会愿意花时间和精力去看。比如儿童喜欢某种动物,家长可以从涉及动物的作品入手,拓展其知识面。

(2)选择多种类型。如果家长不知道该选择哪一种书籍的话,不妨在询问教师、网络查询等的基础上,尽量选择多种类型,比如童话书、历史书、诗集、艺术类书籍等。有些家长可能担心其中有些书太过深奥或太过简单,但其实有时候儿童的兴趣点是会变化的,谁又知道他会不会对你以为深奥或者简单的书籍感兴趣呢?也可能现在不喜欢的,过些时日就喜欢了。只要我们选择的书籍是基本符合他们的心理特征、年龄特征的,再加上家长适当的引导,那么这些书籍总会发挥其作用的。

(3)选择经典作品。选择多种类型的书籍,并不是意味着任何书籍都适合。儿童的阅读时间有限,因此要把这宝贵的时间尽量用在阅读经典书籍上。它们是人类一代代智慧的结晶,是各个领域的典范之作,历久弥新。

比如要读童话书,《安徒生童话》《格林童话》《王尔德童话》等都是值得一读的。它们无论是从语言还是情节等方面,都堪称精品,对于儿童来说,是很好的启蒙读物。

(二)营造良好的家庭阅读环境

首先是家庭阅读的物理环境。儿童的注意力往往不够稳定,容易被分散。如果家庭阅读的物理环境不够安静,儿童很容易分心、走神,从而使阅读效果大打折扣。因此,作为家长,有必要为儿童营造一个良好的阅读环境,可以在家里专门设置一个书房,条件不足的家庭可以尽量隔离出专门的儿童阅读区,在儿童阅读的时间段尽量减少家中会客,或将会客区远离儿童阅读区。著名教育家贾容韬在谈及他的家庭阅读教育方法时就曾谈到,为了营造阅读环境,他买回大量的书籍,在餐桌、沙发、厨房、厕所等地方最醒目的位置都摆满了书籍,将家庭营造成了一个"小型阅览室"。① 有的农村家庭条件有限,无法这样布置,但是完全可以借鉴这种方法,尽可能地在家中儿童能够触及的地方都放置书籍,更方便其阅读。

除此之外,还有人文环境。人文环境的营造离不开家长的努力。首先,父母是儿童最好的老师,要做儿童的榜样。对于农村父母来说,要尽量保证在闲暇时间多看书,如果有能力的话,应该尽量把推荐给儿童读的书自己也读一遍,这样既可以让儿童耳濡目染地习惯于阅读,也可以使家长和儿童之间多一些交流的共同话题,从而促进亲子关系,何乐而不为呢?

(三)提高家长自身阅读素养

想要做好家庭阅读教育,家长自身包括阅读方法、能力和水平等因素在内的阅读素养的提升是非常必要的。在家庭阅读过程中家长经常会遇到各种各样的问题,比如儿童读书时心不在焉怎么办? 儿童喜欢反复地去听同一个故事怎么办? 如何根据儿童阅读的发展规律去指导其阅读? ……在农村,虽然很多父母学历不高,但是大多数还是识字的。如果想要为儿童奠定

---

① 江水:《没有阅读的家庭教育是残缺的——访著名家教专家、〈改变孩子先改变自己〉作者贾容韬》,《新华书目报》2015 年 4 月 3 日第 A15 版。

良好的阅读基础,家长就必须要克服困难,抽出时间多去读书,可以是指导阅读方法的书,可以是儿童喜欢读的书,也可以是家长认为比较重要的、但对儿童现在来说还比较吃力的书籍等。① 要是家长能花时间去阅读的话,不仅能够提升自我阅读素养,还能和儿童找到更多心理契合点,有更多共同语言,甚至会为自己的生活带来不少启发。②

(四)改变家庭阅读观念

在一线甚至全国很多城市或地区,阅读已经得到了广泛关注,但很多农村地区的人均阅读量是远远达不到全国水平的。造成这一现象的原因有很多,其中非常重要的一条就是家长阅读观念不强,没有给予阅读充分的重视。在农村,一部分家长认为阅读是学校的事情,在家里儿童只需要将家庭作业完成即可;还有一部分家长甚至抵触阅读课外书,认为这占用了宝贵的学习文化课的时间,甚至是在浪费时间。在这些观念的引导下,儿童的家庭阅读教育的时间和质量很难得到保障。因此,家长必须转变观念,认识到广泛阅读的重要性。著名儿童文学作家曹文芳老师在分享家庭阅读经验时就提到,女儿在高考语文突然增加了 40 分的文学常识题的情况下,仍然取得了全省第一的好成绩,而这傲人成绩的背后正是从小进行的持续不断的家庭阅读教育。儿童在不断接触不同题材、类型、体裁的书之后,他们对书籍、自我、世界的理解便会发生积极变化,这些书也会如茫茫大海上的灯塔一般,指引他们找到未来的方向。

三、结　语

儿童正处于人生阅读的黄金时期,习近平主席在全国教育大会上就曾指出,家庭是人生的第一所学校,家长是儿童的第一任老师,要给儿童讲好"人生第一课",帮助扣好人生第一粒扣子。在家庭阅读教育上,父母也要为儿童扣好阅读的第一粒扣子。农村家庭阅读教育现状虽然不是很乐观,在

---

① 惠茜:《阅读在家庭教育中的重要作用》,《中国出版》2017 年第 7 期。
② 傅嘉:《农村 3—6 岁幼儿家庭亲子阅读现状研究:背景与意义》,《黑龙江教育(理论与实践)》2018 年第 11 期。

家长重视程度、家庭阅读条件等方面存在诸多不足,但是只要家长能用心去对待、去学习、去实践,相信一定会有巨大的收获,儿童从书上得到的,也一定会大大超出为之所付出的金钱和时间。①

---

① 黄逦毓、李坤珊、王碧华:《童书非童书:给陪伴孩子看书的父母》,社会科学文献出版社,2015。

儿童文学

与

语文教育

儿童文学与语文教育关系论

On the Relationship between Children's Literature and Education of Language and Literature

王 蕾 首都师范大学初等教育学院

Lei Wang, Primary Education College of Capital Normal University

作者介绍：王蕾,北京师范大学文学院文学博士,现任首都师范大学初等教育学院儿童文学教育研究基地主任,硕士生导师。研究方向为儿童文学教育研究、儿童阅读、分级阅读教育研究等。

摘要：儿童文学由于其本身的诸多阅读特点,在文学教育,尤其是基础教育中占据着非常重要而特殊的位置,在新一轮的语文课程改革中,儿童文学的重要性已引起教育界的充分重视。本文从文学的宏观角度与儿童文学本身的特点分析了儿童文学与语文教育的关系,认为儿童文学作为以儿童为本位的文学,作为具有教育性的文学,作为特别重视语言艺术的文学和作为传递人类价值的文学,在语文教育中有着非常重要的作用。

Abstract：Because of its many reading characteristics, children's literature occupies a very important and special position in literature education, especially in basic education. In the new round of Chinese curriculum reform, the importance of children's literature has attracted the full attention of the education circles. This paper analyzes the relationship between children's literature and Chinese education from the macroscopic angle of literature and the characteristics of children's literature itself. It holds that children's literature plays a very important role in Chinese education as a child-based literature, as an educational literature, as a literature with special emphasis on language art and as a literature that conveys human value.

关键词：文学;儿童文学;语文教育

Keywords：literature; children's literature; language education

文学教育历来是语文教育的重要组成部分。在基础教育中,由于学习者的接受特点,儿童文学在文学教育中占据着特殊位置,尤其是对于小学阶段的学习者而言显得尤为重要。在目前新一轮的语文课程改革中,儿童文学的重要性已引起了教育界的充分重视,在课程设计、教师培训、课程资源开发等方面都出现了一些令人鼓舞的现象。比如,北京师范大学出版社在编写新版小学语文教材时,将儿童文学理论家王泉根教授的《儿童文学与中小学语文教材选文工作研究》作为整个教材编写工作的理论支撑,同时在教材中选入多篇中外儿童文学的名家名篇。又比如,北京师范大学、浙江师范大学的儿童文学专业"多渠道、多层次地开展相关的教师培训课程,为教师编写儿童文学教材,向小学教师普及儿童文学理论知识,介绍儿童文学的内容、特点、功能、作用,介绍中外儿童文学的发展历史、代表作家作品等,组织教师在实践中摸索儿童文学的教学方法,指导教师组织学生开展课外阅读活动,以全面提高小学教师的儿童文学修养"[1]。此外,依据教育部2001年6月7日颁布的《基础教育课程改革纲要(试行)》制定的《全日制义务教育语文课程标准(实验稿)》,在阶段目标中对小学一至二年级的阅读目标提出了10项要求,其中第6项明确指出学生的阅读文类为"浅近的童话、寓言、故事",由此可见,儿童文学的重要文体之一的童话、寓言已经受到小学语文教育的重视与关注。有关学者的统计数据显示,目前人教版、北师大版、苏教版与河北教育版的4种小学语文教材中,童话文体在整个语文教材篇目中所占的比例明显提升。儿童文学作为一种重要的课程资源在小学语文教育中扮演着越来越重要的角色。

一、文学在学生发展中具有重要的意义

文学是最古老的艺术形式之一,它源于生活又高于生活,是人类价值观的体现。学生通过阅读文学作品可以丰富自己的人生体验、了解人类的历史与文化、弥补自身经验的不足。

文学对基础教育阶段的学生具有德育、美育、智育等功能。具体地说:

---

① 王泉根:《儿童文学与小学语文教学》,广东教育出版社,2006,第255页。

文学作品是人的本质力量的具体化,优秀的文学作品具有高度的精神感召力,可以净化人的心灵,促进人与人之间的理解和信任。

文学作品是人类审美意识、审美理想和审美体验的集中体现,它可以传达给处在成长期的学生,并且经由学生自身的情感和经验内化为他们自己的审美体验。

文学是人类的精神创造,文学的欣赏需要调动学生的形象思维,需要丰富的联想力和想象力,可以促进学生的智力发育。

由于文学教育可以促进学生德育、美育、智育多方面的发展,它应该受到教育工作者的重视。我们常常提到,21 世纪呼唤新的人才观,那么,新型人才的素养应该包括一定的文学素养,从人的全面发展的角度来看,文学素养也应该是一个健全的人的基本素养。

二、文学历来是语文教育的重要内容

人类早已认识到文学教育的重要性与必要性。在世界范围内,许多世纪以来文学课就是学校课程的一部分。以往,学生主要通过阅读经典文学作品学习识字,或者学习外语(例如拉丁语),或者获得宗教知识,或者学习阅读方法。直到 20 世纪,文学成为一门独立的学科,文学教育才走上关注文学自身的道路。学生阅读文学作品主要是为了体验、感悟和学会评价。

西方的母语教育一直有重视文学教育的传统,虽然随着社会生活的发展,人们日益感到应加强母语教学的实际应用色彩,但文学教育仍然受到普遍的重视。一种共同的看法是在母语教学中把语言教育与文学教育加以区分,这和张志公先生提出的从初中开始在语文课之外增设文学课的看法是一致的。例如在美国,由全美英语教师委员会制定、对美国中小学的英语教学具有指导意义的《英语教学纲要》(1982)指出:"英语研究包括语言知识本身,包括作为交际手段的英语应用的发展,以及对文学作品所表现的语言艺术的欣赏。"这份纲要把语言应用与文学欣赏区分开来,要求通过文学教育,使学生认识到文学是人类经历的一面镜子,把文学当作与他人联系的方式,从与文学相关联的复杂事物中获得洞察力。德国的母语教学分为德语课和文学课,法国也十分重视文学作品和文学史的教学。至于苏联,十年制的中小学语文教学一直采用两套教材,即俄语和文学。文学教材又分为《祖国语言》(一至三年级用)、《祖国文学》(四至七年级用)和《俄苏文学》(八至十年级用)。

中国有着悠久的文学传统,唐诗、宋词、元曲、明清小说等都是我们宝贵的文学遗产。中国传统语文教育也是十分重视文学教育的,能否吟诗作赋一直是一个人是否有文化的重要标准,不过,传统的文学教育是和历史、经学教育等糅合在一起的。而21世纪以来的文学教育则是作为语文教育的一部分存在的,我国的语文教材中也选用了大量的文学作品。

1956年,我国曾经学习苏联母语教学的模式,把语文课分为语言和文学两科,并为此编写了两套教材——语言教材和文学教材。现在语文界一种普遍的看法是:1956年的分科是失败的。但是究竟失败在哪里,有没有合理的成分,却很少被研究。其实,即使那次分科教学不成功,也不能因此而否定文学教育在基础教育中应有的位置。目前在基础教育阶段应当重新认识文学教育的地位、功能,应当重视基础教育阶段的文学教育。

三、儿童文学在文学教育中的重要作用

不论是从文学在人的发展中所产生的重要作用这一角度出发,还是从中外母语教学的历史演变来观察,文学教育都是教育的一个重要组成部分。那么在基础教育中,考虑到学习者的心理发展、审美趣味等特点,儿童文学应该成为文学教育的主要载体。

什么是儿童? 1989年11月联合国大会通过的《联合国儿童权利公约》界定:"儿童是指18岁以下的任何人。"什么是儿童文学? 儿童文学是以18岁以下的儿童为本位,具有契合儿童审美意识与发展心理的艺术特征,有益于儿童精神生命健康成长的文学。[①] 众所周知,中小学语文教学的对象正是18岁以下的学生,因而在很大程度上,儿童文学与语文教学可以说是"一体两面"之事。儿童文学理应成为语文教学尤其是小学语文教学的主体教学资源。儿童文学作为语文教学主体资源所具备的特别优势,来自儿童文学

---

① 王蕾主编《儿童文学与小学语文教学》,人民教育出版社,2015,第4页。

自身的性质与特征：

第一，儿童文学是以儿童为本位的文学。

儿童文学是指"在文学艺术领域，举凡专为吸引、提升少年儿童鉴赏文学的需要而创作的且具有适应儿童本体审美意识之艺术精神的文学"①。儿童文学独立于成人文学之外，从本质上说，是因为它将儿童当作首要的读者对象，对儿童文学的儿童中心、儿童本位立场，儿童文学作家们都有明确的认同并反映于他们的创作中。特别是现在的儿童文学作家经过长期的探索已经认识到，为儿童写作并不是把成人的思想、信条强加给儿童，儿童文学必须要让儿童读者能够理解和领会，儿童文学的内容和结构都应该激发并符合儿童的兴趣。儿童文学作家必须了解儿童读者的年龄特征、身心发展特征、思维特征与社会化特征，在具有文学才能的同时还需持有与儿童共鸣的思想和心绪。

作为儿童本位的文学，所有体裁的儿童文学作品，都会尽可能贴近儿童的生活和心理，反映儿童的现实生活和想象世界，表达儿童的情感和愿望，具有儿童乐于体验、能够接受的审美情趣。尤其对于学龄前的儿童，儿童文学具有天然亲和力和吸引力，是其他品种的读物无法比拟、不可替代的。

第二，儿童文学是具有教育性的文学。

虽然儿童文学已不再被视为教化儿童的工具和手段，现在的儿童文学也摆脱了过去教育和想象的矛盾冲突的处境，教育性还是隐含在儿童文学的内容和形式之中。当然，人类社会，包括儿童文学世界，对教育的理解也已发生了深刻的变化。

事实上，世界儿童文学已经多样化地呈现了上述理念。与 19 世纪的儿童文学相比，20 世纪的儿童文学明显更具有社会的、文化的责任感，注重加强儿童与现实、历史、未来的联系，注重向儿童表达人与人相互间的平等、友爱、宽容、理解以及人与自然的和谐相处，注重培养和增进儿童的审美意识和审美能力，以全面促进儿童精神和个性的成长。儿童文学之所以和先进教育思想同步，是因为它是人类提供给后代的精神产品，传达着社会的理想，也凝聚着人类最进步的文化和文明，即使儿童文学不再承担宣传成人的

---

① 王泉根：《现代中国儿童文学主潮》，重庆出版社，2000，第 551 页。

思想、向儿童进行直接的道德教育的任务而转向想象和娱乐,其陶冶性情、培育心智的作用,它对儿童审美的熏陶和浸染,对儿童情感、态度、价值观的潜移默化的正面影响,也是非常突出的。

小学的语文资源,需要直接呈现给成长期的儿童,对思想性、教育性有着很高的要求,在这一点上,儿童文学已经具有明显的优势。与此同时,由于儿童文学向儿童传达的多是人类社会的基本美德、共同理想,不会受到意识形态的影响,不同国家、不同民族、不同宗教信仰背景的儿童文学在传播、交流方面享有更为广泛的自由,儿童文学这一资源也因此更为丰富,应用上更为便利,可以在很大程度上满足语文教学的需要。

第三,儿童文学是特别重视语言艺术的文学。

儿童文学对于小学语文的资源优势还突出表现在语言方面。

儿童文学和成人文学一样,都是语言的艺术。在文学中,语言是第一要素,它和各种事实、生活现象一起,构成文学的材料,文学中鲜活的人物形象、生动的故事情节,作者深刻的思想和感情、艺术风格和个性,都必须通过语言呈现和表达。由于儿童文学是以儿童为主要读者对象的文学,因而对语言美有着更高的要求。

俄罗斯著名作家列夫·托尔斯泰(Лев Николаевич Толстой,1828—1910)晚年专门为乡村儿童写作。这位语言大师吃惊地发现,他需要花在语言上的功夫比创作成人文学作品时更多。为了让故事字字句句都做到简洁与精彩,他转而向民间文学学习语言。实际上,儿童文学的语言必须把简明、规范和鲜明、生动结合起来,同时还要符合儿童的审美趣味,这样才能吸引儿童,让他们感悟到文学语言的艺术美。从世界范围看,各个国家的儿童文学作品,都显示了其本民族语言的特性,具有较高的艺术品质,是儿童学习语言最理想的范本。

儿童文学在儿童成长的各个年龄段,都直接参与儿童的语言学习。学龄前期,儿歌、童话、故事由教师或家长以口头讲述方式提供给儿童;学龄初期、中期,儿童则自主阅读童话、小说。在口头语言、书面语言两个领域,儿童文学对儿童语言学习的影响都非常深刻。

小学语文作为为儿童开设的基础教育课程,致力于学生语文素养的形成和发展,特别强调语言学习中的工具性和人文性的统一。针对我们汉语言文字的特点,即使在小学阶段,语文的学习也注重语感和整体把握能力的培养。为了实现这一目标,学生需要直接接触大量的语言材料,通过具体的语言学习活动,掌握运用本民族语言的能力。在语感、整体把握方面,在人文与工具的统一方面,文学作品尤其是儿童文学作品较之一般的语言材料优势相当明显,也更形象、更生动,能够激发学生学习语言的热情和主动性。大量的调查证实,小学阶段语文素养较高的学生,都有从小阅读儿童文学的经验。要将小学语文建设成开放而有活力的课程,推动小学学生进行自主探究的语文学习,全面提高小学生的语文素养,应该重视开发和利用儿童文学资源,以促进课程目标的最终实现。

第四,儿童文学是传递人类价值的文学。

各国的儿童文学当然也具有意识形态性,"有着自己明确的美学原则",但同时也会反映一些共同的国际主题,如亲近自然、保护环境、热爱和平、种族平等,儿童文学比其他种类的文学更适宜表现、也更能表现这些主题。在社会道德价值上,儿童文学中传达的也多是人类共通的基本美德,如诚信、勇敢、合作、宽容等。

童话往往成为构建人性基础的重要方式,如果幼年时期受过相同童话的熏陶,那么在人格最根本的基础部分,仍会保持着共同的成分。《义务教育语文课程标准(2011年版)》中认为"语文课程是工具性与人文性的统一",因此儿童文学在人文性上有着不可取代的作用,儿童文学在陶冶性情、增进美感,对儿童情感、态度、价值观产生潜移默化的影响方面具有十分明显的优势,从而在语文教育中占据着越来越重要的位置。

小学语文寓言教学策略研究

A Study on Teaching Strategies of
Chinese Allegory in Primary Schools

孙素文　北京市东城区文汇小学

Suwen Sun, Wenhui Primary School, Dongcheng District, Beijing

作者介绍：孙素文，首都师范大学教育学硕士，北京市东城区文汇小学语文教师，教育部人文社科项目"'爱悦读'桥梁书"课题研究组成员，参与编著的作品有《小学图画书主题赏读与教学》等。

摘要：寓言作为文学领域里一种比较特殊的文学样式，具有其自身独特的文本特点。本文从寓言的特点出发，从品读寓言的语言形式、感知寓言的艺术手法、领悟寓言的教训哲理和激发学生的创作热情四个方面来阐述小学语文寓言教学策略。

Abstract：As a special literary genre, allegory has unique textual characteristics. Starting from the characteristics of fables, this paper expounds the teaching strategies of Chinese allegory in primary school from the following four aspects：studying the language form of allegory, perceiving the artistic techniques of allegory, comprehending the philosophy of allegory, and motivating students' to write.

关键词：小学语文；寓言；教学策略

Keywords：Chinese teaching in primary school；allegory；teaching strategies

寓言是文学领域里一种比较特殊的文学样式，它通常通过一个个生动有趣的故事向人们阐述人生哲理，以起到道德训诫的作用。由于寓言常常以人或者动物为主角，将生活中的道德伦理教训融入简短明了、妙趣横生的故事中，符合小学生的认知发展，深得小学生的喜爱，教师也乐于向学生授教此类文本。严文井说:"寓言是一个怪物,当它朝你走过来的时候,分明是一个故事,生动活泼,而当它转身要走开的时候,却突然变成了一个哲理,严肃认真。"①寓言鲜明的寓意,使得许多教师在教学时遵循"读课文——讲故事——析寓意"的教学方法,过多地探讨其中的哲理,将寓言教学变成了简单的说理教育,甚至把语文课上成了思想品德课。这是由于教师把目光集中于寓言明确的寓意这一特征上,忽视了寓言还具有的精练的语言、生动的比喻这两大特征,而新课标《义务教育语文课程标准(2011年版)》提到:"语文课程是一门学习语言文字运用的综合性、实践性的课程。……工具性和人文性的统一,是语文课程的基本特点。"②语文教师在注重对寓言人生道理的剖析、注重人文性的同时,也要注重语文课程工具性的特点,而寓言则为学生学习语言文字运用提供了良好的学习材料。本文根据寓言的特点,从品读寓言的语言形式,感知寓言的艺术手法,领悟寓言的教训哲理,激发学生的创作热情四个方面来阐述寓言的教学策略。

一、品读寓言的语言形式

篇幅短小、结构简单是寓言在形式上的一个显著特征。要想把深刻的道理蕴藏在一个短小的故事里,这就要求作者必须运用精练的语言来描述,表现了寓言高度的艺术概括力。

《母狮与狐狸》

狐狸讥笑母狮每胎只生一子。母狮回答说:"然而是狮子!"这故事是说:美好的东西在质不在量。

这则寓言故事由三句话构成,故事部分只有简短的两句,却精练地阐明了事物的价值应该以质而不是以量来衡量。只用三言两语便把要阐明的道理揭示出来,可谓惜墨如金。简洁而富有表现力的语言使寓言如同诗歌一

---

① 严文井:《严文井童话寓言集》,人民文学出版社,1982,第359页。
② 中华人民共和国教育部:《义务教育语文课程标准(2011年版)》,北京师范大学出版社,2012,第2页。

样耐人百般回味。俄国文学评论家别林斯基(B.Γ. БЕЛИНСКИЙ，1811—1848)就曾形象地将寓言称为"理智的诗"。① 教师应当把这种美与智慧分析呈现给学生。

再者，小学阶段是儿童语言表达能力的塑造期，教师的教学活动也应当给孩子提供学习和运用语言文字的环境，学生需要通过语言文字准确、熟练地从别人的语言材料中获取信息，再运用语言文字恰当地表达自己的想法进行交流和沟通。具有凝练语言形式的寓言为小学生提供了质量较高的语言学习材料，有利于其学习精简准确的表达方式。语文教师应当学会凭借不同类型的语言材料，培养学生吸纳、理解和交流、表达的能力，以及伴随这一过程中的理性思维与审美感受力。

二、感知寓言的艺术手法

寓言是比喻的艺术，是借助设譬立喻的艺术手法来表达寓意的故事。生动的比喻是一篇寓言成为优秀之作的基本保证。② 比如《滥竽充数》和《叶公好龙》两篇寓言，就是分别借南郭先生和叶公来比喻那些浑水摸鱼、表里不一、名不副实的虚伪之人，这样的比喻很容易在现实生活中找到与之对应的人与事，学生在学习过程中不难发现这一特色。寓言的比喻特点常常又是通过拟人、夸张、象征等多种艺术手法来表现的，以动植物为主人公的常采用拟人的手法，以历史人物或虚拟人物为主人公的常采用夸张的手法③，所以，学习寓言，是学生学习多种艺术表达手法的良好途径，能够为写作训练积累方法、奠定基础。此外，教师应该充分运用这些表现手法，带领学生重读文本，体会作者塑造的角色特点，体味寓言生动的情节，感受寓言学习的乐趣，激发学生课外拓展阅读的欲望。

---

① 王泉根：《儿童文学教程》，首都师范大学出版社，2008，第161页。
② 周晓波：《少年儿童文学》，高等教育出版社，2008，第89页。
③ 王泉根：《儿童文学教程》，首都师范大学出版社，2008，第158页。

三、领悟寓言的教训哲理

17 世纪法国寓言诗人拉·封丹（Jean de la Fontaine，1621—1695）说："一个寓言可以分为身体和灵魂两个部分，所述的故事好比是身体，所给予人们的教训好比是灵魂。"①身体和灵魂密不可分，寓言的"言"和"意"也是如此，学生学习寓言必然是要明白寓言所蕴含的道理，领悟寓言的教训哲理，但这必须是在深读文本、品味词句、感受人物形象与故事情节之后水到渠成的一个过程，这样也才是"言""意"兼得的过程。在品读语言形式和感知艺术手法的基础之上，学生必然会对文本内容产生属于自己的感悟，而学生理解能力上的差异，会导致对文本寓意的理解程度参差不一，这就需要教师和学生们一起来挖掘寓言文本更深层次的寓意或多角度的不同寓意。

真正生命力长久的寓言，它所蕴含的哲理通常不会局限于故事本身的浅层寓意，而常常具有深层寓意或多元化的寓意，需要读者有一双睿智的眼睛去发掘。作为教师更应承担起这一责任，带领学生们去探讨寓言的多元寓意，开拓学生的思维。比如《南辕北辙》，劝阻魏王进攻赵国都城邯郸是浅层寓意，行动的目的、正确的方向、优越的条件和主观的努力之间的辩证关系是深层寓意，同时还体现了以德服人和以力服人两种不同的政治主张。再比如《守株待兔》，绝大部分人都能理解到不想努力而心存侥幸常常会失败这一寓意，但如果我们再深入探讨就会发现：复古守旧不知变通，必然会一事无成；仅凭偶然的一次经历就断定事物的结论会有失偏颇，不能把偶然当作必然。《狐假虎威》从狐狸的角度来看是讽刺依仗别人作威作福的人，从老虎的角度来看则讽刺了那些被小人利用而不自知的昏庸之人。② 寓言最吸引人的地方就在于它以润物细无声的方式向读者传达它最深刻的寓意。③

---

① 周晓波：《少年儿童文学》，高等教育出版社，2008，第 88 页。
② 王泉根：《儿童文学教程》，首都师范大学出版社，2008，第 157—161 页。
③ 朱龙文：《以〈揠苗助长〉为例谈小学语文中的寓言教学》，《读与写杂志》2014 年第 11 期。

四、激发学生的创作热情

在品读寓言的语言形式、感知艺术手法、领悟教训哲理的基础上，学生会对寓言这一文体产生一定程度上的理解和认识，教师此时可以趁热打铁，鼓励学生发挥想象，在相互启发中不断碰撞出思维的火花，激发创作的灵感，尝试着写简短的小故事，同时蕴含一定的人生哲理，再在教师的指导下稍加润色，使之成为一篇优秀的寓言。此外考虑到学生不同的学情，教师可准备一些不带文字却蕴含深意的图片，让学生依据图片的内容自行发挥，组织语言撰写成文，以照顾不能独立进行想象创作的学生。

教师还可以利用寓言文本，让学生展开想象，扩写故事或者续写故事，锻炼学生既能扩写又能缩写、收放自如的写作能力。例如《鹬蚌相争》，教师可以询问学生："当鹬、蚌被渔翁捉进笼子后，它们又会有什么样的对话呢？"以此激发学生的想象来续编故事。再如《滥竽充数》，南郭先生想在齐宣王那里蒙混骗钱，后来又怕在齐湣王面前独奏，前后这两种不同的心理动态可让学生进行扩写，既能锻炼学生的想象写作能力，又能够让学生体会到企图蒙混过关又担心被别人揭穿的那种惶惶不可终日的艰难心境，进一步懂得没有真才实学、企图靠行骗混饭吃的人终将被揭穿伪装的道理，使得学生督促自己勤奋学习、练就真本领。

通过扩写、续写、原创这样的写作训练，使学生亲身参与创作、融入寓言的大环境中，学生一定会对寓言的本文特点及寓言的寓意有更高层次上的认识。同时，写作训练中的积累也有利于提高学生的写作能力，从而更能激发学生的写作兴趣，使学生能够更灵活地运用书面语言表情达意，为其日后从事更多的文学创作打下坚实的基础。而且，学生能在这一饶有情趣的读写过程中发展言语的理解和表达能力，提升语文素养。①

教学有法，教无定法，寓言故事的教学绝不是仅仅在理解寓意的环节上煞费苦心，而应当依托文本，抓住寓言的特点，从特点出发设计教学活动，有

---

① 宋玉丽：《站在语文的角度，言意兼得教寓言——〈鹬蚌相争〉寓言教学案例及反思》，《语文世界》2013 年第 7 期。

意识地关注文本的语言形式、布局谋篇和艺术手法,感悟文本的结构之美、谋篇智慧和深刻寓意,在饶有兴趣地读、悟、写的过程中,发展语言的理解和表达能力,兼顾语文课程工具性与人文性的学习理念,以此提升学生的综合素养。

儿童小说对于小学生发展的重要性

The Importance of Children's Novels for the Development of Pupils

陈　萌　清华大学附属小学清河分校

Meng Chen, Tsinghua University Primary School, Qinghe Branch

作者介绍：陈萌，首都师范大学小学教育专业硕士，研究方向为儿童文学与儿童阅读教育。现为清华大学附属小学清河分校语文教师。

摘要：儿童小说具有通俗幽默的语言、丰富多彩的主题和有趣的情节，是小学阶段儿童阅读的重要组成部分，对小学生的发展具有重要的作用。阅读儿童小说能够引导学生树立正确的价值观念、获得不同的情感体验，从而健全人格、丰富想象力、增强阅读兴趣、提高语言表达能力。

Abstract：Owing to their popular and humorous language, rich and colorful themes and interesting plots, children's novels play an important role in the development of primary school students. Reading children's novels can guide students to set up correct values, acquire different emotional experiences so as to improve their personality, enrich their imagination, enhance their interest in reading and improve their language expression ability.

关键词：儿童小说；小学生发展

Keywords：children's novels；pupil development

小学阶段的儿童逐渐具有了独立的阅读能力，他们除了需要阅读课本上的文章之外，还需要从课外读物中获得更多的知识。儿童小说作为儿童文学体裁之一，由于其通俗幽默的语言、丰富多彩的主题以及有趣的情节，成为小学阶段儿童阅读的重要组成部分。本文将从五个方面探讨儿童小说的重要作用。

一、引导学生树立正确的价值观念

儿童小说积极向上的主题能引导学生树立正确的价值观念。人的发展是一个过程,对于儿童来说,小学阶段是他们养成性格和塑造观念的重要时期。小学生就像是一张白纸,可塑性非常强,只有教师和家长加以正确的引导,才能够让这张白纸变成美丽的画卷。另外,由于现在的信息媒体十分发达,小学生可以通过电视、互联网等各种途径获取信息,但是这些信息良莠不齐,小学生分辨能力差,自我保护能力有限,往往容易受到不良信息的毒害。为此,需要培养学生正确的价值观念,让正确的价值观念成为他们的行为准则,使他们能够明辨是非和真伪。

伏尔泰(Voltaire,1694—1778)曾经说过:读书使人心明眼亮。对于小学生来说,阅读更是不能缺少的重要环节。现在儿童小说的创作都是作者从儿童的角度出发,通过小说中的人物和引人入胜的情节来向小读者阐述立人、做事、为学的人生道理。由于儿童小说的创作基调都是阳光、健康、向上的,并且主人公形象几乎包含了所有类型的孩子,因此小学生在阅读儿童小说的过程中,就可能会认同某一个主人公的观点,并且潜移默化地接受故事中主人公的思想观念,应用到自己的实际生活中去。这种价值观念的塑造会随着小学生阅读数量的增多而加强。例如杨红樱《淘气包马小跳》这一作品就适合每一个学生去阅读。故事里的每一位主人公都很具有典型特征,他们都代表着现实生活中的一类孩子:既有机灵的捣蛋鬼马小跳,也有聪明的小大人路曼曼。小学生在阅读这套小说的同时,就很容易将故事中的人物看成自己,自己去设身处地地感受人物的情感,通过种种故事情节,从而成长为像故事中主人公一样的孩子。这样具有代表性的书目还有很多。

另外,儿童小说多表现"爱""美"和"快乐"等主题,展现的是童年时光的灿烂阳光,以寓教于乐的方式彰显真、善、美,以小说的诗性品格潜移默化地陶冶孩子的情操。虽然孩子们在生活中和阅读的过程中感受到的大多是阳光温暖的色彩,但是让孩子们阅读适量的苦难小说,了解与自己生活不同的另一面,也有利于健全儿童的人格。

例如《山羊不吃天堂草》中的明子为了帮家里还债,15 岁时就跟着同村的木匠"三和尚"到城里打工。他们租不起房子,只能在一片杂树林里用捡来的木头、油毡、纸箱搭建了个窝棚住。虽然明子住窝棚,整天土头土脑的,但此时的明子品性乐观善良,他甚至帮助已经被宣布永远都无法站起来的女孩紫薇重新恢复了战胜疾病的勇气。可当紫薇身边出现了徐达时,明子的性情就变了。徐达长期生活在国外,家庭条件优渥,他知识渊博,衣着考究,与明子只能住窝棚,只会干木匠活,拖鞋坏了都舍不得花钱买一双的处境形成了鲜明的对比。明显的贫富差距让明子陷入嫉妒、自卑、疯狂的状态,甚至在一段时间内改变了他的人生追求。衣食住行等这些物质需求是生命存活下去的必要条件,任何一样的缺失都会给人的生命带来莫大的威胁。这样的困境对于现在衣食无忧的小学生来说是体会不到的,他们可能满足于现在的生活,却不知道有些地方的孩子却过着衣食堪忧的生活。阅读这样的苦难主题的儿童小说,能够让小读者将自己的生活与主人公的生活进行对比,才更能突出现在生活的来之不易,才能让学生学会珍惜。

二、使学生获得不同的情感体验,健全人格

儿童小说人物情节的复杂多变使学生获得不同的情感体验,能健全他们的人格。儿童文学所反映的是创作主体自身或从他人那里获取的生活经验。由于小学生生活单调,生活体验较少,很多生活经验都需要从父母或者老师那里得来。其实阅读儿童小说对于小学生来说也是一个经验学习的过程。由于儿童小说故事情节丰富有趣,并且多讲述的是发生在学校和家庭中的故事,与小学生的生活实际十分符合,小学生能够从故事中的各种人物的情感经历、思想经历和认知过程中获得间接经验,从而不断丰富他们自身的情感,健全他们的人格。小说中提供的间接经验可能与学生的生活经验相吻合,这样能够给学生以后的生活提供参照,丰富学生的生活经验。可以说,学生阅读儿童小说的过程就是他们与作者和故事中人物对话的过程,是一次次全新的体验。优秀的儿童小说能够让小学生在阅读过程中与作品中的人物同欢喜、共悲伤。因此阅读儿童小说对于时间和其他条件有限的小学生来说,是一件非常值得去做的事情。

例如,曹文轩的《草房子》中对杜小康和父亲放鸭子的描写就反映了当时农村生活的艰苦。在农村生活的杜小康与同龄人过着不同的生活。当他的同学们都在上学的时候,他却早早担起家里的重担,经历了辍学、早早工作的磨难。这对于现在衣食无忧的小学生来说,确实体会不到杜小康当时的心情和处境。但是通过阅读《草房子》这本儿童小说,小学生通过作者细致的描写,不仅能够体会到农村生活的不易,城市生活的幸福美好,同时也能体会到农村生活的多姿多彩。虽然生活在城市,但是通过阅读,也就能够很好地想象到努力生活的样子。阅读让学生能够足不出户,便知天下事。

三、丰富学生的想象力

儿童小说强烈的画面感与丰富的题材能够开发学生的想象力。想象力的形成离不开人的想象的心理机制,离不开感知的事物,离不开人脑对感知事物的表象进行加工和创造。小学生已具有这些条件,而且他们的想象力有时表现得相当丰富。在进入小学以后,随着年龄和知识经验的增长,在教学和生活的影响下,小学生的想象力会产生相应的发展变化。如果能得到教师和家长的正确引导,就可以很大程度地激发小学生的想象力。从这方面来说,小学生可以通过阅读儿童小说,在感受小说情境的同时想象小说中的精彩画面,锻炼抽象思维能力,获得更多的情感体验。

同时,儿童小说的创作本身就是从儿童本位出发,作家们会根据儿童的思维能力和兴趣所在创作适合儿童阅读的作品。另外,儿童小说的题材丰富,除了有与学生生活实际联系紧密的小说题材,很多科幻小说也深受学生的欢迎。阅读科幻题材的儿童小说,能够激发学生的想象力,丰富他们对未来和生活的思考,从而激发学生的创造能力。

中国科幻之父郑文光所写的《飞向人马座》[①]就是一部优秀的科幻小说,它讲述的是在未来战争中人类争夺地球的故事,阅读这部小说,可以学习关于宇宙飞船、太空、星座、黑洞等的知识。例如有一段太空中宇航员失重的情形,描写细致、生动有趣,能够让小读者宛如亲身体验到失重的感觉。

---

① 郑文光:《飞向人马座》,湖北少年儿童出版社,2006。

作者将这些科学知识渗透进小说之中,使学生在阅读的过程中就可以想象画面,从而获得科学知识,增加对科学技术的兴趣,产生对太空和星云的好奇。

另外,有很多的儿童小说会给学生提供很多想象的空间。例如《凡卡》这篇儿童小说就没有明确的结局,这时就能够让学生展开想象,让他们创造出令自己满意的结尾。

四、增强儿童的阅读兴趣

儿童小说曲折新奇、波澜起伏的故事情节能够激起和满足儿童读者的阅读期待和好奇心。接受美学理论强调,阅读的过程是读者期待视野与文本召唤结构的互动,并在这种互动中促使读者不断调整自己的期待视野,以不断提高审美能力。在接受美学理论看来,最好的作品能够给读者留下许多空白的、不确定的文本,以激发读者的理解和想象。儿童小说往往能够出现这样引人入胜的故事情节。另外,儿童小说的情节清晰单纯,故事线索单一不复杂,有时会设置悬念,引起小读者的好奇心和求知欲。就是这样的情节设置,才能够让小学生在顺畅阅读的同时不断思考,激发阅读欲望,引起阅读兴趣。

例如英国儿童文学系列小说《天使无极限》,是青少年题材作品中非常吸引眼球的一套作品。故事讲述的是 13 岁的小女生美兰妮,平时喜欢耍酷,喜欢时尚的衣服,喜欢追星,喜欢帅帅的男生……总之,她和任何一个让老师、家长有点头疼的青春期女生一样,敢想敢为、玩世不恭,喜欢与众不同,不喜欢受到束缚,但又心地善良、单纯真诚、聪明好胜,她老是在抱怨,抱怨学校生活太枯燥,老师太无聊,父母太啰唆。她的内心充满反叛的情绪,逆反心理和恶作剧的念头无时不在。在美兰妮的心目中,似乎只有童话和传说中的天使,才是最快乐、最自由的,她经常幻想着自己能成为一名天使。在她过完 13 岁生日的几个小时后,她因为一场车祸,进入了来世,真的变成了一名天使。

美兰妮这样的女生其实像极了高年级阶段的小学生,他们开始有自己的想法和主见,但是由于他们明辨是非的能力和判断力尚有所欠缺,不免会出现这样或那样的问题。这部儿童小说的情节设置与孩子们的日常经历十分相似，能够引起学生的共鸣，因此就能够增加学生的阅读兴趣。

另外，儿童小说的故事内容丰富多彩，小学生不仅能够通过阅读儿童小说体验情感、完善人格，同时也能够从小说的故事情节中了解到很多未曾听过和见过的事物，这不免会引起孩子们的好奇心和求知欲。他们可以通过询问父母和老师或者是查阅资料来进一步了解他们感兴趣的事物，这就开启了他们获得其他知识的大门。阅读一本某类型的儿童小说，还能增加他们对其他同类型或相似书籍的阅读兴趣。例如，通过阅读探险类儿童小说《鲁滨逊漂流记》，小学生就可能喜欢上另一本探险类儿童小说《金银岛》；通过阅读传记类儿童小说《爱因斯坦的梦》，小学生可能喜欢上同为传记类的《名人传》；通过阅读动物小说《狼王梦》，小学生可能喜欢上动植物科普类的《昆虫记》。

下面是沈石溪《狼王梦》[①]中的一段精彩描写：

> 紫岚本来并不想中途停顿的，但衔在嘴里的那头鹿崽的生命力实在太脆弱，开始还踢蹬挣扎，渐渐地就不动弹了。其实紫岚并没咬到它的致命处，大概是鹿崽惊骇过度而休克窒息了。这时，紫岚已把火光闪烁的养鹿场远远地抛在身后，枪声、狗吠声和鹿群的骚动声都已模糊得快听不见了，它认为自己已脱离了危险，慌乱的脚步变得从容。它一面踏着碎步向石洞奔跑，一面摇晃着嘴里衔着的鹿崽，鹿崽只剩下最后几口微弱的气息了。紫岚晓得，猎物一旦断气，身体便会慢慢冷却，血液也就凝固了。它实在太想喝滚烫的鹿血了，它实在太想在分娩前用鹿血滋补一下身子使干瘪的乳房膨胀起来了。它想，稍稍停顿一下，大概不至于会惹出什么麻烦来的。于是，它在一个蚂蚁包背后停下来，麻利地咬开奄奄一息的鹿崽的喉管。立刻，一股甜腥的芬芳的黏稠的滚烫的血液输进它饥渴的嘴，它浑身一阵惬意，一阵满足，干瘪的乳房似乎立刻就开始丰满起来。它拼命地吮吸着生命的琼浆，直到鹿崽的喉管里再也吸不出一滴血为止。它有点困倦了，伸了个懒腰，把狼脸在溅满露珠的草叶上蹭了蹭，振作了些精神，重新叼起鹿

---

① 沈石溪：《狼王梦》，浙江少年儿童出版社，2009，第16—17页。

愚,想回到石洞后慢慢享用。

这段描写写出了母狼紫岚捕捉到猎物之后的样子,作者生动细致的描写,能够让小读者真实地想象到狼在捕食之后的样子和心理状况,虽然小学生没有见过真实的场面,但是这可以引起学生接下来的阅读欲望和对狼其他习性的探索,这也是小学生开始探索新知识的很好的一个开端。

五、提高学生的语言表达能力

儿童小说独有的叙述方式能够提高学生的语言表达能力。小学阶段是儿童语言能力发展的关键期。《义务教育语文课程标准(2011 年版)》中的课程总目标中写道:"要使学生具有日常口语交际的基本能力,学会倾听、表达与交流,初步学会运用口头语言文明地进行人际沟通和社会交往。"[①]因此无论是课内阅读的教学还是学生课外阅读的实践,都要朝着这个方向不断努力。由于课内阅读的教学时间十分有限,学生更需要通过课外阅读来提高自己的语言表达能力。

儿童通过阅读儿童小说,可以从中学到叙述的方式,掌握叙述的方法。适合小学低年级段阅读的儿童小说一般比较简单,故事主题明显、角色单一,着重于对故事起因、经过、结尾的交代,较少着墨于环境描写、人物描写,多采用顺序的叙述方式。中高年级的叙事作品无论在形式或内容上都开始丰富起来,出现了倒叙、插叙、平叙的叙述方式,故事情节跌宕起伏,较少平铺直叙。小学生在阅读时进入作者所创设的情境,与主人公进行精神上的交流,便是在无意识地获得与学习语言。

例如,露西·莫德·蒙哥马利(Lucy Maud Montgomery,1874—1942)所写的《绿山墙的安妮》[②]中有很多精彩的描写:

> 从马修经过她面前时起,女孩就一直在注视着他,此刻她的两只眼睛正盯着他不放。马修的眼睛没有看女孩,即使他扭过脸来看,也不能看清楚她到底长什么样。而就算是一个观察力一般的人,也能看

---

① 中华人民共和国教育部:《义务教育语文课程标准(2011 年版)》,北京师范大学出版社,2012,第 7 页。
② 蒙哥马利:《绿山墙的安妮》,张炽恒译,安徽少年儿童出版社,2017,第 17 页。

出她以下这些特征：一个大约十一岁的孩子，身上穿着一件非常短、非常紧、非常难看的绒布连衣裙，裙子是已经泛了黄的灰色。她头上戴了一顶褪了色的棕色水手帽，一头浓密的纯正红发编成的两条辫子，从帽子底下钻出来，拖到背后和胸前。女孩的脸苍白瘦小，还长着不少雀斑；嘴大，眼睛也大，眼睛的颜色在某种光线和气氛下看上去是绿的，在别的情形下看上去是灰的。

这一段对安妮的一系列的介绍十分生动到位，让安妮的形象如在眼前。无论是在以后的写作中还是人际交往中，这种从上到下的细致、有条理的描写方式都会受到好评，这也是小学生学习借鉴的很好的模板。

另外，阅读儿童小说能够让小学生学会分享，并且乐于分享。小学生会在日常的生活交流中将小说内容分享给父母或者同伴，与他们一起探讨人物性格和故事情节。这样的交流和表达，既锻炼了学生的思维能力，同时更有助于他们语言表达能力的提高。

小学语文儿童小说教学的策略与方法

Strategies and Methods for Chinese Children's Novels Teaching in Primary Schools

沈　洁　刘为群　首都师范大学初等教育学院

Jie Shen, Weiqun Liu, College of Primary Education, Capital Normal University

作者介绍：沈洁，首都师范大学初等教育学院教师，研究方向为中国现代文学。刘为群，首都师范大学初等教育学院教师，研究方向为外国文学。

摘要：本文根据儿童小说的特点及《九年义务教育全日制小学语文教学大纲》的教学要求，以理论研究及教学实践为基础，对儿童小说教学的策略与方法进行了探究。儿童小说教学应做到情节梳理与人物品读相结合，通过多层次朗读法、多元解读法、品味语言及比较阅读等方法，进一步引导学生对作品的审美感受。

Abstract: According to the characteristics of children's novels and the teaching requirements of the *Chinese Teaching Syllabus for Nine-year Compulsory Education*, based on the corresponding theoretical research and teaching practice, this paper probes into the teaching strategies and methods of children's novels in primary schools. While teaching, the teachers should combine the plot arrangement with the character reading, and further guide the students' aesthetic feeling of the works through multi-level reading, multiple interpretation, language appreciation and comparative reading.

关键词：小学语文；儿童小说教学；教学策略与方法

Keywords: Chinese teaching in primary school; Chinese children's novels teaching; teaching strategies and methods

　　"儿童小说"指的是以塑造儿童形象为中心、以广大儿童为主要读者对象的叙事性儿童文学样式。它要求有以儿童形象为中心的人物形象或以儿童视角所表现的成人形象、以儿童行为为中心而串联的故事情节、以儿童生活的背景和场所为主的环境描写。但一般意义上的儿童小说的概念比较宽泛,常指从儿童观点出发,充满儿童情趣,能充分满足儿童审美需求,符合儿童好奇、好动的心理行为特征,以社会生活为内容,幻想性、故事性很强的叙事文学样式。

在义务教育阶段的语文教材中,有一定数量的课文属于儿童小说范畴,这些儿童小说从内容到形式都具有"儿童性",充满着儿童的想象与幻想,以儿童的视角和表达方式描绘了儿童的世界,表现着他们的生活与学习,表现着他们的理想与烦恼,所以受到学生的欢迎。儿童小说教学也就凸显了它的重要性。本文主要针对小学语文教育的现状,对儿童小说教学的策略与方法进行探讨。

一、小学语文儿童小说教学的策略

"教学并不是随心所欲;有责任感的教学需要站在儿童心理发展的高度,站在历史、文化与时代的高度。教学的指向绝不是儿童的简单快乐,尽管教学过程并不排斥学生愉快的心理感受,教学在任何时候所真正指向的都是,或者说应该是儿童精神世界的扩展。"①因此教师在儿童小说的教学中应针对其审美特性及语文教育观念的转变来设定自己的教学策略。

(一) 以人物品析为中心

人物刻画是儿童小说的核心内容,因此分析人物形象是儿童小说教学的重点。首先分析人物的语言、外貌、行动、心理等,确定人物性格,其次要分析人物活动的社会环境、自然环境和人物关系。儿童小说主要面向儿童,为适应其形象思维较强的特点,对人物形象的描写应更为重视。通过对小说的学习,学生能初步认识人物描写的基本方法,结合具体语段,对小说中的人物形象进行较为到位的分析,说出自己的喜欢、憎恶、崇敬、向往等感受,提出一些自己的见解。

---

① 刘铁芳:《教学过程与儿童精神世界的扩展》,《中国教师》2008 年第 15 期。

（二）情节梳理与人物品析相结合

情节是展现人物性格的舞台。成功的小说，其情节往往是为刻画人物服务的，让人物性格在矛盾斗争中展现与发展，并在读者脑海中逐渐变得圆润丰满。因而，在小说的教学中，应该注意两者的结合，使学生能够更好地读懂小说。比如，《少年闰土》中安排一段对闰土的回忆，就是要对其性格变化作前后的对比，以展现闰土的人生轨迹。又如，《凡卡》中凡卡写信、回忆、思念、希冀是其主要情节，在其中又细致地展现了小主人公的悲惨命运。教师在教学中要注意情节梳理与人物品析的融合。

（三）要引导学生对作品的审美感受

每一篇儿童小说都是一个生机勃勃的有机整体。教师应指导学生对小说的审美感受，引导并组织学生从小说的整体特征去把握小说的情节结构、典型人物群体丰富的性格特征和复合多义的主旨意蕴，多层面、多角度地从整体去感知小说的独特魅力，培养和提高学生对于小说的鉴赏水平和能力。

1. 创设美的教学情境

根据小说文体的审美特征和审美主体中学生的心理特点，精心创设审美情境，对学生审美意识的培养、审美感情的熏陶和感染起着重要的作用。小说具有各种审美因素，可以通过多种渠道，综合地、整体地对学生施加审美影响，有利于全面塑造学生的审美心理结构，能够使学生在潜移默化中得到审美体验和审美陶冶，把学生从"有我之境"带入到"无我之境"，变文本中的"此情此景"为"我情我景"。

2. 启发学生的审美想象

教师要把学生带入教材，培养他们的再造性审美想象。因为再造性想象是根据所提供的语言在头脑中再造出相应新形象的过程，教师应紧扣教材，把学生带进课文里，通过教学语言的描述和必要的补充，运用与作品相似的生活和事件，引起学生的联想，激发学生的审美想象。教师不仅要把学生带入教材，还要使学生跳出教材，培养他们的创造性审美想象。创造性想象是不依赖语言描绘而独立地创造出新形象的过程，因而它的特点是既具有新颖性，又具有创造性。

（四）文学世界与现实世界的结合

文学是为人生的。儿童小说的内容或多或少地影射了作家所经历的现实生活,而经典的文学之所以经典,又在于其所影射的生活具有普遍性。在小说教学中,教师应该在指导学生了解人物形象的基础上,结合学生已有的生活经验进行延展理解,以丰富其对小说的把握。比如,《汤姆·索亚历险记》中的时代已经过去,但汤姆·索亚的童真、富于幻想、对他人的友爱、机智勇敢的性格却十分值得当代少年学习,教师可引导学生思考:如果你是汤姆·索亚,将如何面对突如其来的危险? 如果你是汤姆·索亚,将如何在野外生存,你还缺乏哪些能力,在现实生活中应如何提高这方面的能力? 从而使得小说的阅读与学生的现实生命世界发生紧密联系。

二、小学语文儿童小说教学的方法

（一）对语言的多方位阅读

首先教师以生动活泼、饱含情感、富有儿童色彩的语言为儿童读文学作品,充分展现文学的语言美及蕴含在语言之中的情感美。其次,教师还要指导学生读,读那些语言优美、情感丰富的段落,读出汤姆的俏皮与聪慧,凡卡的纯真与悲伤,闰土的质朴与无奈,雨来的勇敢与机智等。读的过程应是语言、情感与思想和谐交融的过程。这种充分的言语实践,可以更好地帮助儿童品味并应用文学语言的情感美与形式美,使学生在读中整体感知小说的情境,在读中感悟小说的丰富意蕴,在读中培养语感,在读中受到情感的熏陶。

在不同的学习阶段,可以使用不同的方法来达到更好的教学效果。在整体感知阶段,可用集体朗读、个人自读等方法,使学生迅速把握小说的基本内容。在小说的细节分析阶段,可用有感情朗读、对比朗读、个性化朗读等方法,使学生进入小说的情境,进行情感的体验,并读出自己的理解与感悟。在小说的总结阶段,可引导学生进行分角色朗读、表演朗读,这样更有利于对已经掌握的课文内容融会贯通,并在实践中产生新的观点。

（二）多元解读

所谓儿童小说教学的多元解读,就是在尊重文本基本语义的基础上,引导学生进行个性化、多角度的理解。由于小说往往具有丰满的人物形象、深邃的主题,读者在理解的过程中,不可能只有一种看法,所以多元解读就应该成为小说教学的重要方法。教师应该注意通过多元解读培养学生的阅读能力、语文素养与思维水平。

在过去很长一段时间里,小学儿童小说作品教学受各种因素的影响,大多采用单一的社会学视角,特别注重具体作品与文章作者、社会环境的关系,以及作品所具有的历史性的社会价值,"社会主题"成为小说解读的出发点和归宿。这种作品解读的方式,在特定的时期具有特定的价值和意义,但是也容易导致教师在引导过程中出现问题。教师局限于教学参考书上的归纳,忘记了自己对作品的感受,忘记了学生本该有的独特的真切体验。而且这样的解读方式使我们误读了很多来自异邦的优秀儿童文学作品,比如契诃夫（Антон Павлович Чехов,1860—1904）的《凡卡》通常被解读成:"通过写在鞋铺当学徒的凡卡的苦难遭遇,反映了沙俄时代穷苦儿童的悲惨命运,揭露了当时社会的黑暗,表达了对劳动人民的深切同情。"这样的解读有其现实主义的意义,但缺乏对作品中深厚意蕴、充满想象的文学张力的关注,缺乏读者的情感体验,只是把结论直接上升到对社会尤其是资本主义社会黑暗面的批判这种政治性视角,最终简单地把生活的苦难归结为社会制度的黑暗和反动。

在人物形象的解析中,过去的一些做法也存在着价值观的唯一性,只肯定小主人公身上的正面色彩,而忽视对人物性格的复杂性和多元性的肯定,因此对儿童小说中的形象的分析带有浓厚的成人气息,无形中就拉开了作品人物与学生的距离,让读者产生了情感上的隔阂。

在进行多元解读时,一定要特别尊重学生不同寻常的提问和想法,并肯定其价值,不要过分追求所谓"共识",因为鉴赏者的多样性决定了感受文学形象的差异性,有时,看似偏颇的结论正是审美主体创新思维的闪现。文学鉴赏最忌讳的是给出"正确结论",教师要教给学生发现结论的方法,要培养学生的个体意识、独立观念,鼓励学生发表个性化见解,并作出理性评判。

三、结　　论

就文本方面来说,小说是作者心灵的倾诉。对教师来说,它是朋友,是引导者。教师要根据儿童小说的文体特征指导学生寻找审美切入点,以人物品析为中心,将文学世界与现实世界相结合,通过多层次朗读法、多元解读法、品味儿童小说语言及比较阅读等方法,鼓励学生探索美,引导学生进行审美感知、审美理解、审美体验、审美创造的活动。

儿童诗歌教学的文学活动圈

Literature Activities Circle in the Teaching of Children's Poetry

赵丽颖　北京第一实验小学

Liying Zhao, Beijing First Expriment Primary School

作者介绍：赵丽颖，首都师范大学初等教育学院硕士毕业，研究方向为课程与教学论（中文），发表论文《学会阅读，先懂得"阅读"含义》《学龄前儿童阅读的动机的激发与培养》，参与编写《非凡阅读——给儿童的文学分级读本》等图书。

摘要：诗歌教学是小学语文教学中的重点，学生对于同一篇诗歌的理解应是"仁者见仁，智者见智"，不应采用死记硬背的方法。本文提出的"文学活动圈"教学方法使诗歌教学与其他文体教学相区分，引导学生自主学习，并尊重儿童本身对诗歌的理解。

Abstract：Poetry teaching is a key point of Chinese teaching in primary school, students will apprieciate the same poem differently, so they shouldn't be taught in rote learning. The teaching method of "literary activity circle" proposed in this paper makes the teaching of poetry different from that of other styles, guides students to learn independently and respects children's understanding of poetry.

关键字：儿童诗歌；文学活动圈；教学

Keywords：children's poetry；literature activity circle；teaching

一、文学活动圈的简介

文学圈是一个协同探究和阅读的团体，在进行文学圈活动的过程中，圈内的每个人先选择读物，开始独立阅读，再分享个人对文本的看法和感受，然后共同决定探究的议题，随后进行深入探讨并向全班分享。

这个定义有几个重点。第一是协同，即是同学之间的平等讨论，教师身份特殊，不加入讨论，只是协助学生开展文学活动圈的活动并主持班级中小组的讨论；第二是探究，就是允许甚至鼓励多元的思维方向，对于表面的初步想法保留质疑态度，可以在讨论环节和大家一同讨论，也可以在询问环节向老师寻求帮助；第三是选择，文学圈所用的读物和讨论议题应由学生自己选择，要让学生了解到：并非为了考核的知识而阅读，而是为了练习阅读理解和思索而阅读。[①]

二、文学活动圈在诗歌教学中的应用

（一）准备

1. 读物的准备

诗歌读物的选择分为课本内诗歌读物和课本外诗歌读物，课本内诗歌读物是学生认识生字、生词，了解诗歌的一种有效途径，而课本外诗歌读物则是开阔儿童视野，开发儿童思维的重要途径，两者缺一不可。所以，在选择文学活动圈的诗歌读物时，教师需要结合课本内诗歌的内容、难度、结构等因素来搭配课本外的诗歌读物，若课本内诗歌篇目的主题内容不充分，则可根据实际情况选择课本外诗歌篇目进行额外补充。再依据儿童的年龄阶段特点制定主题，同一主题下可选择多篇诗歌，诗歌篇目数量根据班内学生数量制定。以教育部统编版教材二年级下册为例，班内 30 名学生，同一主题下则挑出 5 篇供学生自由选择。课本内篇目包括《雷锋叔叔你在哪里》《一株紫丁香》《神州谣》《祖先的摇篮》，课本外篇目包括《纸船》（冰心）、《勇敢的人》（吴望尧）。

2. 教师的准备

人们常说：给学生一杯水，教师要有一桶水。教师本人首先要形成大量阅读的习惯，只有教师多读诗歌，才能在课本外为学生挑选出更合适的文学活动圈的应用篇目。主题和篇目挑选完成后，教师需要在文学活动圈的

---

① 侯秋玲、吴敏而：《文学圈之理论与实务》，朗智思维科技有限公司，2005，第10—11页。

课程开展前,把所选篇目在班级内展示一周左右,让学生挑选出自己喜欢的篇目。在文学活动圈的实践中,与传统教学方式不同,教师需多听少说,寻找学生的优点,不吝惜自己的夸奖,激发学生的自主性。教师尽量不加入学生的讨论,只是主持讨论和管理时间安排,观察学生的一举一动,关注是否每一名学生都参与到了讨论中,并进行了回应和反思。但在低年级,教师可以介绍一下自己所选择的书的主题,以激发学生的好奇心。

教师除了要为学生提供课内外诗歌篇目,还需要根据诗歌主题设置任务单,目的是使组内每位成员都有自己的任务,有目的地进行学习和思考,也便于为他人讲解诗歌的内容,发表对诗歌的感想。任务单项目的设置也方便第二次讨论的分组。

在开展文学活动圈的诗歌教学之前,教师需为学生介绍此教学方法的相关注意事项。教师可以使用两种方法进行介绍和指导。第一种是让学生先看示范,教师请几个学生组成示范小组。这个小组讨论时,提醒他们面对小组成员说话,而不是面对老师。讨论大概 5~10 分钟后,教师对学生讨论的情况进行分析与解释。第二种方法是教师将讨论的记录进行分析,并将分析的结果念给学生听。可以用学生的讨论稿,也可以用其他真实或虚构的讨论稿。将这个示范录音并转成文字稿,再针对有争议的点,与学生一起进行讨论分析,这样效果会更好。在课程开始前,教师一定要向学生强调:你们才是课堂的主角,在有理有据的情况下,可以充分发挥自己的想象力。

3. 学生的准备

在课堂教学开始前,教师在班内展示整理好的诗歌篇目,学生在课余时间浏览篇目,并选择出自己感兴趣的一篇用作课上交流。在课堂教学中,学生小组一边讨论,一边在笔记本上作简单的记录,不限长短。学生须时常进行协同探究的讨论,可以先让每人阅读或说一说自己的想法,再由小组挑一个相关的话题来谈,逐步练习追问、解说、回应、举例、延伸等各种讨论模式。

(二)过程

1. 分组

文学圈活动根据儿童所选的书目来分组,选择同一本书的学生为一个小组。在分组结束后,教师根据小组的人数确定学生将承担的任务,并将任务分配给小组中的每个人,小组的讨论由学生自己主持,教师不进行干涉或尽量少干涉。

2. 重新分组

第一阶段讨论结束后,由教师主持进行再次分组,此次根据任务单角色分组,同一角色的学生在一个小组。第一次分组中,由于大家的任务单不同,所以不会涉及比较;第二次分组,大家的任务单相同,但是内容不同,所以不涉及比较问题,而是进一步互相学习,互相介绍对方没有读过的诗歌。这样可以使每位学生都有自己的话说,都可以加入别人的讨论,而不会因"答案"的好坏而进行比较,让每个学生都能因自己的"答案"而自信、自豪。

3. 分享

分享活动是课程的最后一个环节,在小组讨论过程中,学生可以自愿创作一些作品,也可以根据自己的意愿来选择是否进行展示。这里的"作品"有多种形式,例如:谈感想、讲内容、朗诵、绘画等。分享的目的有多种,不仅是对诗歌知识内容的理解和学习,更是对学生自我表达能力的锻炼。分享与展示也是对学生的一种肯定,有助于增强学生的自信心。

(三) 文学活动圈在儿童诗歌教学中应用的优点

1. 发挥学生学习的主动性

在文学活动圈的诗歌教学中,学生是课堂的主导,由他们自己选择所学诗歌和研究的内容,能够提高学生本身的学习主动性。教育本身并不是无趣的,学生自己选择所学内容,可以使其在探索过程中更有动力,能够主动进行思考和探索。

2. 锻炼学生自主学习能力和表达能力

学习,不仅仅发生在课堂,学生时时刻刻都会接收到来自各个领域的知识,那么就需要学生具备接受和分辨这些知识的能力,这样才能使知识的吸收最大化。文学活动圈的学习讨论能够训练学生的自主学习能力,使学生在讨论中不断思考,尝试理解同学讲话的重点。在交流过程中也能不断训练自己的表达能力,把头脑中想说的话用最简洁、最清晰的语言表达出来。

3. 增强诗歌课堂学习的趣味性

诗歌具有意象美、韵律美等特点，传统诗歌教学方式普遍为读、背，很多学生体会不到诗歌的美感，只是学习其中的字、词，使得诗歌学习没有起到应有的作用。在文学活动圈的诗歌课堂中，学生有自己的探索方向，可以用自己喜欢的方式展示自己的想法，使课堂变得更活跃，这大大增加了诗歌教学的趣味性。

4. 扩展学生诗歌知识，增加学生的诗歌储备

在学习中，教师会为学生增加一些课本外的诗歌篇目，大大增加了学生的诗歌阅读量，而且避免了给学生增加课堂外的阅读负担。这种教学模式能够使学生更全面地认识诗歌这一文体并学到更多的知识。

三、文学活动圈在诗歌教学法中的额外活动

（一）迷你课堂

迷你课堂是指教学时间短、内容少的小课堂。迷你课堂是一段直接教学的时间，教师可以利用这段时间针对教学需要或学生需求进行适当的讲解，以协助学生更好地在文学圈中学习诗歌。例如：在一节课的开始，教师集中讲授学习方法、朗读方法等；在一节课的中间，教师可以将课前准备的与本次所学诗歌相关、但学生不理解的词语或现象进行讲解。

（二）建立诗歌角、诗歌墙

诗歌具有音乐美和绘画美的特点，诗歌的创作有助于精练和规范儿童的语言，有利于实施美育。作品的展示和收集更会促进学生的创作热情，提升成就感和自豪感，诗歌作品展示也营造了儿童身边的诗意氛围。儿童常用的诗歌创作方法有：短语替换、诗歌续写、句子仿写、创编儿童诗歌等。再创造作品的展示方法多种多样，例如：建立诗歌角、诗歌墙，即在班级墙上展示学生的诗歌创作作品；建立诗歌画廊，即通过诗配画的形式创作作品，展示在班级外墙长廊中；绘制板报，即根据不同诗歌主题或意象，在班级后方的黑板上绘制板报作品，可以是原创诗和创编诗对比。展示方式可以根据班级和教室布置的具体情况进行调整，其宗旨就是让学生的作品展示

在学生和教师的眼前。

（三）分享课堂

分享课堂是学生根据自己感兴趣的诗歌的类型或是内容（例如：诗歌作者、诗歌主题、诗歌主角等），寻找班级内"志同道合"的同学，共同制作一个专题来为大家讲解。针对短期内学习的诗歌，可以利用一节课的时间专门供学生对最近所学诗歌的感受与收获进行交流。如果有内向的学生，可允许其将感受与收获写成文字或是画成图画，由他自己决定是否要公开、以何种方式公开。

四、结　　语

儿童诗歌是学生学习语文的入门文体，提升学生对儿童诗歌的兴趣，进而可以提升学生对语文学习的兴趣。教学过程中如果能够很好地发挥文学活动圈的交流、展示作用，将会使学生爱上语文课程，并提升学生的自主学习和探究能力。

小学低段《安徒生童话》阅读与
口语表达教学策略探究

Study on the Teaching Strategies of Reading and Oral Expression of *Andersen's Fairy Tales* in the Early Primary Years

刘泽宇　首都师范大学初等教育学院

Zeyu Liu，College of Primary Education，Capital Normal University

作者介绍：刘泽宇，首都师范大学初等教育学院教育学硕士，研究方向为儿童文学与儿童阅读。

摘要：阅读与口语表达原为相互依存、相互作用的两种语言文字运用能力。阅读本身就可以为儿童提供口语表达的内容、方式、情感等方面的启发和引导。阅读与口语表达教学相结合，能够实现二者的相互融合、相互促进，使学生在不断从阅读中汲取对语言文字的理解和运用的技能、知识的过程中，能够及时练习、巩固，克服"不会说、不敢说、不想说"的口语表达现状，有助于学生综合素养的提升。而经典儿童文学作品以其文学性、趣味性等特点可以作为小学阅读与口语表达教学的重要课程资源。如何为儿童选择适合其阅读及表达的篇目？如何组织课堂教学？本文将以《安徒生童话》为例对以上问题进行研究和探讨。

Abstract：Reading and oral expression are two language abilities of mutual dependence and interaction. Reading itself can provide children with the content, style, emotion and other aspects of oral expression inspiration and guidance. The combination of reading and oral expression teaching can integrate and promote the two abilities. In the process of constantly drawing skills and knowledge from reading, students can practice, consolidate and get rid of the present trouble："cannot say, dare not to say, do not want to say", which is helpful to the improvement of students' comprehensive literacy. Children's classical literature can be used as an important curriculum resource of reading and oral expression teaching in primary school because it has great literariness and is fun enough.

How to choose suitable articles for children to read and express? How to organize classroom teaching? This paper will take *Andersen's Fairy Tales* as an example to study and discuss the above problems.

关键词：阅读与口语表达教学；《安徒生童话》；分级阅读；小学低学段

Keywords：teaching of reading and oral expression；*Andersen's Fairy Tales*；graded reading；the early primary years

口语表达作为人们日常学习生活的重要交流方式，在社会交往中的作用是不容忽视的。如何准确、恰当地表达自己的想法和情绪在小学阶段的口语表达教学中同样重要，这一点在《义务教育语文课程标准（2011 年版）》中也有所涉及。但现今的小学语文课堂教学往往过于强调阅读层面的输入，而忽视了口语表达层面的输出。对此，笔者通过对儿童的认知发展规律、阅读与口语表达教学现状及作为经典童话读本且颇有研究价值的《安徒生童话》文本的探究，形成了对小学低段阅读与口语表达教学策略的思考。

关于如何组织课程内容的问题，美国教育学家泰勒（Ralph Tyler，1902—1994）曾提出三个具有指导意义的重要标准，即连续性、顺序性和整合性。其中，"连续性是指直线式地重复陈述课程包含的主要因素。顺序性则强调每一后期的内容都要以前面的内容为基础，同时又要对有关内容加以深入、广泛的展开"①。本文将以上述理论为主要标准，构建小学低段《安徒生童话》阅读与口语表达的相关课程教学策略。

一、讲读结合，熟悉内容

本文所涉及的讲读法主要适用于故事性较强的阅读材料。此方法主要包括"讲"和"读"两种教学形式。"讲"主要指讲解和谈话，"读"指运用多种方式对阅读材料进行朗读。

在《安徒生童话》阅读与口语表达教学中，教师可根据选定的童话内容

---

① 邓艳红：《课程与教学论》，首都师范大学出版社，2007，第 165 页。

进行讲解,如对于其中的描写性文字进行审美价值的挖掘或讲授叙述性文字的语意、情感内涵;也可讲解口语表达方法、规则等知识,讲授时间要控制在 10 分钟以内。此外,教师可以组织多种形式的朗读,如教师范读、学生分角色朗读、男女生分读、指名带读等,提高学生的课堂参与度。

二、先读再说,由说解读

(一)复述、转述情节、人物特征

"复述是为了保持信息而对信息进行多次重复的过程。"[1]本文提到的复述主要指的是理解性复述,即对童话故事情节、人物特征的再现性叙述,要求学生尽可能准确流畅地将内容进行回顾并表达出来。在叙述过程中,学生往往不自觉地会根据自己的实际感受对叙述内容进行判断、筛选出主要情节或使自己感触最深的情节加以陈述。设置这一环节的目的在于,以对内容的多次重复加深学生的记忆效果,为进一步深化理解作必要铺垫。

转述则是学生在认真倾听他人发言的基础上,对他人观点的二次叙述。这一点需要力求真实,需要转述者将被转述者的语言进行客观表达,不可添加转述者自己的见解。这一要求主要目的在于充分吸引学生注意力,调动学生兴趣,使之全程参与到课堂活动中,强化学习效果。

(二)集体交流

1. 讨论

本文提及的讨论主要以小组或班级为单位进行。教师需要给出指定的情境或问题,并明确规定讨论要求,如:轮流发言;每人都要参与;在他人发表观点时需要认真倾听,有不同意见可以在他人结束发言后进行补充或质疑等。围绕教师指定的问题或情境进行相关内容的讨论活动,对于低学段《安徒生童话》阅读与口语表达训练具有重要意义。从教学目标层面来讲,针对《安徒生童话》内容的课堂讨论活动,能够为满足《义务教育语文课程标准(2011 年版)》中对低学段口语交际提出的具体标准提供充足的平台。

---

① 全国十二所重点师范大学联合编写《教育学基础》,教育科学出版社,2008,第 220 页。

同时,讨论交流活动也为达成本文所构建的阶段性目标提供了保障。此外,长期开展讨论活动有利于发展学生思维能力、合作能力、理解能力等。

就教学内容来讲,讨论内容紧密围绕课堂所学,能够进一步启发学生思考,并通过借鉴吸收他人正确的观点,提升自身的认识程度,并加强学生对童话内容的认识。

就教学形式来讲,学生间的交流讨论有利于充分发挥学生主体性,引导学生认真倾听他人想法、自由表达自身观点。且讨论活动本身就具有口语交际的特点,为学生创设了真实的口语交际情境,有利于学生了解、实践口语表达的流程、方式等。在此过程中,教师应保持高度关注。在学生出现合作混乱或是参与度差等情况的时候,教师应及时给予指导,以保证讨论有序高效地进行。值得注意的是,训练中的课堂讨论活动不必要求学生在组内达成高度一致的意见,如果出现意见不统一的情况,可以鼓励学生保留自己的观点并在全班范围内交流分享。

2. 辩论

辩论是讨论的一种特殊形式,更为强调教师给予学生同一问题的不同观点,使双方通过符合规则的交流后,努力说服对方认同自己观点。

三、深入研读,斟酌词句

(一) 复述策略(有声朗读)

根据《义务教育语文课程标准(2011 年版)》提出的阅读层面的相关要求,我们不难发现,"用普通话正确、流利、有感情地朗读课文"[①]这一标准始终贯穿小学各个学段。由此可见,在小学阶段进行有声朗读训练是符合小学生认知发展规律和现实需要的,需要一以贯之地施行。

就《安徒生童话》阅读与口语表达训练而言,有声朗读更有着不可替代的重要地位。有声朗读可以使学生通过对文章内容的多次反复诵读,在熟悉内容架构的基础上,自觉运用已有的知识经验将所读内容进行加工、理

---

① 中华人民共和国教育部:《义务教育语文课程标准(2011 年版)》,北京师范大学出版社,2012,第8—15 页。

解,并形成对新知识的内化。整个学习过程是学生个体自觉生成的,具有隐性、形成性和独特性的特点,有利于学生阅读能力和思维水平的提高。另一方面,有声朗读使学生运用自己的声音,加上对文章的个性化理解将内容表达出来,这种表达形式具有很强的主体性。在表达的同时,学生能够真实生动地感受到自我呈现的过程和结果,体验到学习过程的参与感,有利于激发学生的内在学习动机。此外,有声朗读能够培养学生较好的汉语语感,极大地增强其对于汉语词汇、语法特点、语用功能等相关知识的了解。另需要说明的是,《安徒生童话》语言清新自然、风趣优美,具有很强的文学魅力,有声朗读亦可以促使学生有意识地进行情景再现,提高其审美能力。

(二)精加工策略

本环节主要运用看图说话的教学形式,帮助学生了解童话篇目中的语句和文段组织形式。具体指教师为学生准备好故事情节、人物形象等相关内容的多组图片,在课前可以让学生观察图片,对童话内容进行猜想、推测,并阐释依据;也可以在熟悉文本的基础上,由学生依照图片内容进行讲述,力求贴合文本、情节完整、生动具体;或者依照文本内容对图片进行排序或发挥想象力,重新将图片按照自己的构思进行排序,讲述时尽可能符合逻辑,语言通顺。

(三)组织策略

本策略主要以填空游戏的形式予以呈现。具体指教师在教学过程中呈现与童话内容相关的语句,并将需要学生掌握的内容设置空缺,进而让学生通过听讲或阅读的方式进行填空,激发学生兴趣和倾听的主动性,训练学生学会倾听和表达谈话中的重要内容,提高其口语表达能力。

四、情 境 创 设

(一)分角色朗读

在朗读时,教师需要提前明确相关注意事项及要求,如注重实词、语气词、标点和人物情感的变化,使学生能够逐步实现从正确朗读到流利朗读、再到有感情朗读的能力提升过程。当学生能够熟练复述人物对话后,可以引导学生结合自己对人物或情节的理解,在贴合文章内容、主旨的基础上进行自主创新,如换词、删词、加词等,以架构出学生对于人物形象的自身理解,激发学生学习动机和兴趣,提高其进行口语表达的主动性。

(二)教育戏剧

教育戏剧是一种用戏剧元素进行教学的方式。这种教学形式能够使学生通过自主观察、倾听、思考、表达促进其相关智能发展。同时,教育戏剧会呈现童话情境,使学生能够在身临其境的过程中,提高实践能力、沟通能力、创造能力,激发表达热情,促进与他人的交往。

五、想象空间

学生在充分理解童话内容、主题、文段构成形式等的基础上,应能结合自身认知和经验,充分发挥想象力、创造力,对童话故事进行再创造,并用口头形式表达出来,如改编、续编、新编,锻炼其思维能力、口语表达能力等。

六、延伸体悟

(一)绘画

绘画的教学形式沿用了跨学科教学的相关教育理念。教师可要求学生将再创造的故事场面或记忆中的童话场景画出来,进一步增强学生对文本的理解和感悟。课程融合有利于学生将各种知识能力进行延伸拓展,可强化其对所学知识与技能的理解与运用。

(二)演讲

演讲内容可以是围绕所学童话篇目的任意话题,需要尊重学生兴趣和需要,由教师进行筛选,并最终确定主题。教师需要提前告知学生演讲相关要求;给予学生充分时间进行准备。

七、谈 话 法

本文所涉及的启发式谈话主要指的是学生在阅读过《安徒生童话》所选篇目并对内容、人物已有一定程度的了解的基础上,由教师根据阶段性目标,针对所选文本内容,对学生提出启发性问题。其目的在于为学生完成更高层次的学习目标搭建"支架",使学生在已有的知识经验上,进一步对文章内容、主题或学习方式进行思考,获得新思路,以便深入理解文本内容并梳理阅读与口语表达的相关学习方法及步骤。[①]

同时,笔者认为谈话中还应包含师生双方的互动式提问,学生有时会针对自己在学习过程中遇到的问题或思考得出的结果与教师进行询问交流。而低学段学生正处于学习习惯的养成阶段,因此培养其自主思考、自发提问的主动性是教学设计中需要着重考虑的。

八、确立过程性目标,即时评价

过程性评价具有较强的动态性、频繁性和生成性,可以使教师即时对学生的学习效果、课堂教学情况等进行客观判断,以便准确、及时地对未达到标准的学生进行更为有效的帮助和指导。此外,对学生的过程性评价也有助于教师发现教学过程中的不足,进而优化教学方法和能力,实现教学相长。

因此,结合《义务教育语文课程标准(2011 年版)》对低学段小学生提出的相应要求及《安徒生童话》的内在创作特点,同时立足低学段小学生阅读与口语表达现状,本人制订了《〈安徒生童话〉阅读与口语表达分级标准(低学段)》(如表 2 - 1 所示),同时,此标准可协助教师及时为学生选择适合不同个体要求的相应级别的阅读篇目。

---

① 全国十二所重点师范大学联合编写《教育学基础》,教育科学出版社,2008,第 226 页。

表 2-1 《安徒生童话》阅读与口语表达分级标准(低学段)

级别 项目	一　级	二　级	三　级
语言	能借助汉语拼音或上下文意思或运用周围资源(如查阅工具书、向他人询问等),**基本准确**地朗读文章**部分**语句;能**较为**准确地说出与教师出示的图片相对应的场景描写;能**在教师引导下**,结合文章语句,**尝试**说出对人物性格或故事结局的猜想;能够**大致**表达出文章中**部分**语言的深层含义;能**初步**表达对童话语言魅力的感受	能借助汉语拼音或上下文意思或运用周围资源(如查阅工具书、向他人询问等),**正确地**朗读文章语句;能**准确快速**地说出与教师出示的图片相对应的场景描写;能**在教师引导下**,结合文章内容,**准确流畅**地说出文中映射人物性格或故事结局的语句;能够**通过戏剧表演、与他人交流等方式**准确表达出文章语言的深层含义;能用自己的话**准确**表达出对童话语言魅力的感受	能借助汉语拼音或上下文意思或运用周围资源(如查阅工具书、向他人询问等),**正确流利**地朗读文章语句;能用**自己的**语言将文中的场景描写**准确通顺**地表达出来;能**举例说明**语句间的逻辑关系;能**自主**从文章中找到并说出能映射人物性格或故事结局等重点词句,且**能够说明原因**;能够**通过戏剧表演、与他人交流等方式**准确流畅地表达出文章语言的深层含义;能用自己的话**准确流利**地表达出对童话语言魅力的感受
人物	能结合上下文理清人物关系,并用自己的话**较为准确**地表达出来;能够结合人物语言的标点、词语使用,通过**朗读**等方式**较为准确**地表达出人物说话时的语气、情感的变化;能结合文章内容或生活经验**较为通顺**地阐释自己对人物形象(性格、外貌、职业等)的看法;能**基本分清**文章对人物语言、外貌、心理活动等的描写	能结合上下文理清人物关系,并用自己的话**准确**地表达出来;能够结合人物语言的标点、词语使用,通过**戏剧表演、角色朗读**等方式**准确、较为流畅**地表达出人物说话时的语气、情感的变化;能**在教师指导下**,删改文中的人物语言,进行再创作以体现个人理解;能结合文章内容或生活经验**较为准确流畅**地阐释自己对人物形象(性格、外貌、职业等)的看法;能**明确分清**文章对人物语言、外貌、心理活动等的描写,并**大致说明**判断人物性格特征的依据	能结合上下文理清人物关系,并用自己的话**准确流畅**地表达出来;能够结合人物语言的标点、词语使用,通过**戏剧表演、角色朗读**等方式**准确自然**地表达出人物说话时的语气、情感的变化;能**自主**删改文中的人物语言,进行再创作以体现个人理解;能结合文章内容或生活经验**准确流畅**地阐释自己对人物形象(性格、外貌、职业等)的看法;能**明确分清**文章对人物语言、外貌、心理活动等的描写,并**具体说明**判断人物性格特征的依据

续　表

级别 项目	一　级	二　级	三　级
情节	能**较为准确**地按照文章叙述顺序**复述**故事情节；能说出给自己留下印象最深的情节；能够按照教师的提问**较为准确**地说出相应情节内容；能够按照教师要求简单地口头**续编**故事情节	能**准确**地按照文章叙述顺序**复述、转述**故事情节；能说出给自己留下印象最深的情节，并**较为充分**地表达出印象深的原因；能够按照教师的提问**准确**说出相应情节内容；能对部分情节内容产生思考并**简单表达**出自己的看法；能够按照教师要求简单地口头**续编、改编**故事情节	能**准确流畅**地按照文章叙述顺序**复述、转述**故事情节；能说出给自己留下印象最深的情节，并**充分**地表达印象深的原因；能够按照教师的提问**准确迅速**地说出相应情节内容；能对部分情节内容产生**思考并表达**出自己的看法；能够按照教师要求简单地**口头新编**故事情节
主题	能结合文章内容，**较为准确**地表达出对文章主题的思考和认识	能结合文章内容，**准确**地表达出对文章主题的思考和认识；能结合实际生活，**明确**地表达自己与之相似的生活经历或者谈谈如何将所认识到的道理和观点运用到未来生活中	能结合文章内容，**准确流利**地表达出对文章主题的思考和认识；能结合实际生活，**明确通顺**地表达自己与之相似的生活经历或者谈谈如何将所认识到的道理和观点运用到未来生活中
结构	能结合文章内容，用自己的话说出文章的结构脉络，如总分式、并列式等（不要求说出方式名称）	能够结合上下文内容，**大致**说明文章情节的插叙、补叙等叙述方式（不要求说出方式名称）；能结合文章内容，用自己的话说出文章的结构脉络，如总分式、并列式等（不要求说出方式名称）	能够结合上下文内容，**举例**说明文章情节的插叙、补叙等叙述方式（不要求说出方式名称）；能结合文章内容，用自己的话说出文章的结构脉络，如总分式、并列式等（不要求说出方式名称）
仪态、表现	能够运用普通话**参与讨论**交流；语言通顺流畅；发言声音**较为洪亮**；能够**认真倾听**他人观点。在戏剧表演、演讲等过程中举止大方得体	能够运用普通话**积极参与讨论交流**，**勇于发表**自己的看法；语言通顺流畅；发言声音**洪亮**；在交流中观点**较为正确**；**能够认真倾听并简要叙述他人观点**。在戏剧表演、演讲等过程中举止大方得体；能够运用态势语	能够运用普通话**积极参与讨论交流**，**勇于发表**自己的看法；语言通顺流畅，**有感情**；发言声音**洪亮**；在交流中观点**较为鲜明正确**；能够**认真倾听并简要叙述他人观点**；能够根据教师的启发谈话和引导，**逐步领会阅读与口语表达的学习方法**。在戏剧表演、演讲等过程中举止大方得体；能够**自然运用态势语**

级别 项目	一　　级	二　　级	三　　级
兴趣、 态度	对阅读与口语表达兴趣**较为浓厚**;在学习过程中能**在教师指导下与他人交流感受**,学习态度**积极**	对阅读与口语表达兴趣**浓厚**;在学习过程中能**主动与他人交流感受**,学习态度**积极**	对阅读与口语表达兴趣**浓厚**;在学习过程中能**主动与他人交流感受,有不清楚的问题能够主动向他人请教**,学习态度**积极认真**

（一）学生自评

学生进行自我评价,属于反思性评价,是一种自我监控的行为。这有利于增强学生对自身阅读与口语表达能力的了解,能够及时发现自身问题并寻求教师的指导。同时,学生自评也有利于培养低年级学生自我反思的习惯。在学生进行自我评价之前,教师需要明确相关要求,如可从内容是否具体、语言是否流畅、逻辑是否合理等方面进行评价。

（二）学生互评

学生互评指学生间根据对方表现,按照某一标准进行评价的方式。学生互评使学生在评价过程中暂时充当教师的角色,由被评价者转变为评价者。这一身份的转变有利于提高学生对于学习活动的兴趣和参与度。同时,此教学方式符合《义务教育语文课程标准(2011 年版)》对低学段学生口语交际学习的要求。在学生进行相互评价之前,教师需要明确相关事项。

（三）教师评价

《〈安徒生童话〉阅读与口语表达分级标准(低学段)》(见表 2－1)是本文为教师提供的对于学生学习状况的测评标准。除此之外,教师也可在课堂教学过程中对学生进行表现性评价和形成性评价。

需注意的是,三方评价均应以学生个体的综合素质完善和发展为前提,使教师通过客观评价及时准确地发现学生学习过程中存在的问题并予以指导,以促进学生阅读与口语表达能力的发展。因此,在评价过程中不应专注于成绩本身高低,应注意学生个体的差异性和其在学习过程中的表现转变。

九、长期训练,注重实效

(一) 练习法

根据美国心理学家桑代克(Edward Lee Thorndike, 1874—1949)的练习律原则[1],低学段学生在教师的指导下,不断在实践中对阅读与口语表达的方法进行重复练习、巩固,增强对童话材料和教师教学所给予的刺激而形成反应的联结,能够逐步领悟阅读与口语表达的联系并通过阅读促进口语表达。

(二) 教师强化

斯金纳(Burrhus Frederic Skinner, 1904—1990)认为:"行为之所以发生变化就是因为强化作用,因此对强化的控制就是对行为的控制。"[2]针对低年级学生心理发展特点,笔者认为应主要采取给予愉快刺激(正强化)和消除厌恶刺激(负强化)[3]两种强化形式以肯定学生正确的学习态度、方法或行为,增强学生进行口语表达的信心。

---

[1] 陈琦、刘儒德:《当代教育心理学》,北京师范大学出版社,2007,第 136 页。
[2] 同上书,第 138 页。
[3] 同上书,第 136 页。

童话中的道德隐喻与儿童道德教育
——以"彩虹鱼"故事为例

Moral Metaphors of Fairy tales and Children's Moral Education
——Taking the "Rainbow Fish" Story for Example

杜传坤　山东师范大学教育学部

Chuankun Du, School of Education, Shandong Normal University

作者介绍：杜传坤，山东师范大学教育学部教授，儿童文学博士。主要研究儿童文学与儿童教育。

摘要：童话因其普遍存在的道德立场和隐喻叙事可以作为儿童道德教化的重要形式。然而当代儿童道德叙事对童话中的道德隐喻缺乏深入省察，这可能比低效或无效的道德教育更有害。以"彩虹鱼"故事为例，它作为"分享"主题的童话影响深远，但本故事所隐含的群体与个人之道德关系表明这是一种"伪分享"，分享的名义之下隐藏着自私、掠夺与平庸，显示出群体道德的可疑与危险。"彩虹鱼"故事揭示了人性中相通的东西，具有打动人心的文学品质，这是一个好故事，但不是一个关于正当分享的好故事，错误的使用不但无益于真正的分享品质的培养，还会破坏儿童的同情心与正义感。借助童话故事对儿童进行德性教化应有审慎的态度。

Abstract: Fairy tales can be used as important materials of children's moral education because of their widespread moral position and metaphor narrative. However, the contemporary children's moral narrative lacks a thorough review of moral metaphors in fairy tales, which may be more harmful than inefficient or ineffective moral education. Taking an example of "rainbow fish" story, it has a far-reaching influence with a theme of "sharing". But the moral relation between the group and individual in this story shows that it's a "false sharing", because in the name of sharing it hides selfish, plunder and mediocrity, which indicates the group moral is suspicious and dangerous. The fairy tale reveals the universal human nature and can tug at readers' heartstrings with high literature quality, so it's a good story, but not a good story about sharing. Using this fairy tale as a teaching materials maynot be good to cultivate children's sharing character and will damage children's compassion and sense of justice. We should take prudent attitude to moral education of children through the fairy tales.

关键词：童话；道德隐喻；儿童道德教育；彩虹鱼

Keywords：fairy tale；moral metaphor；children's moral education；the rainbow fish

一、童话对儿童道德教化的意义

故事是一种古老的德性教化形式。伴随着现代意义上的儿童被发现，童话故事从改编民间口传故事到文人创作，越来越注重儿童性与文学性，逐渐成为儿童的文学，从而童话在儿童道德教育方面愈益自觉地发挥作用。这种作用的发挥盖源于童话的两大特征：一是童话故事普遍存在的道德立场，一是童话的隐喻叙事。民间童话通过讲述很久以前的故事来传递超越时空的善恶伦理观念，文学童话则以新的题材与人物形象表达现代清晰绝对的道德价值，即使是建立在互文性基础上的后现代童话，在对经典童话的戏仿与解构中也仍然隐含着多元、模糊、相对的道德观念，以颠覆传统叙述方式的方式或者以反对道德立场的方式确立它的道德立场。阅读童话故事如果抛开道德立场同样无法理解其意义。

童话对儿童道德教化之所以意义重大还在于它所使用的隐喻修辞与儿童的思维特点相契合。美国当代心理学家杰罗姆·布鲁纳(Jerome Seymorr Bruner, 1915—2016)曾提出两种思维模式，即例证性思维和叙事性思维，而且两者之间是不可相互转换的。前者依赖于对形式完备的命题的验证，告诉我们事物是怎样的，它是逻辑-科学的和范式的思维；后者主要集中在人物及其行动的原因、意图、目标和主观经验，"不是通向事物是怎样的，而是事物可能是怎样或曾经可能是怎样的"①。儿童所具有的主要是叙事性思维，他们经常运用自己的想象，把周围的一切看作是有生命、有联系、有故事

---

① 杰罗姆·布鲁纳：《故事的形成：法律、文学、生活》，孙玫璐译，教育科学出版社，2006，第83页。

的世界。而童话借助象征性符码和暗示为经验有限的儿童打开了一扇通往可能性世界的门，这是一扇隐秘的门，只有相信门那边的存在为真才能进入，叙事性思维赋予了儿童这种信以为真的能力和兴趣，从而轻易就能跨入那个超越现实生活常规的关乎过去、现在以及未来的"隐喻空间"。弗洛伊德（Sigmund Freud，1856—1939）发现，童话对儿童的精神生活影响深远，以至于当他长大成人后仍会把童话当作童年经验的屏蔽记忆。德国诗人席勒（Johann Christoph Friedrich von Schiller，1759—1805）也坦言：更深的意义寓于我童年听到的童话故事之中，而不是寓于生活教给我的真理之中。就像《巫婆一定得死：童话如何形塑我们的性格》一书所主张的，儿童内心存在着善与恶的斗争，而童话通过善良战胜邪恶、巫婆必死的悲惨结局把善恶之争形象化了，这适于儿童具体形象思维的理解。[①] 童话可以跟孩子的潜意识对话，虚幻故事描绘的情节及主题映射了儿童的心理真实，对孩子的心灵而言是现实主义的，就如同神话是原始人信以为真的历史事实。同时儿童也知道，童话中发生的事情无论与他的内心多么吻合，他都不必担忧，因为最后他都会过上幸福的生活。

　　童话给予儿童的不是有关道德的知识，而是自我道德化过程本身。童话以"情境化"的方式让儿童体验人类实际的或可能的伦理与道德价值，并以直观可感的形象表征美丑善恶，它从来不像寓言结尾的训诫一样直接说出教导，甚至也不逼迫读者作出道德选择，而是邀请儿童去认同故事的主人公，这恰恰是童话在道德教化上的明智，因为"儿童的选择更多是基于谁引起了他的同情，谁引起了他的反感，而不是正确与错误"，对一个儿童来说，"问题不是'我想做个好人吗？'，而是'我想做一个像谁一样的人？'儿童在设想自己完全置身于某个人物的境地的基础上决定这个问题。"[②]借用科尔伯格（Lawrence Kohlberg，1927—1987）的"角色承担"理论来说，童话故事给儿童提供扮演不同角色的机会，从而能够从他人立场和观点去考虑问题，去体验不同角色的感受，是很好的虚拟换位道德实践，有利于形成儿童的道

---

① 雪登·凯许登：《巫婆一定得死：童话如何形塑我们的性格》，李淑珺译，张老师文化事业股份有限公司，2001。

② 布鲁诺·贝特尔海姆：《永恒的魅力——童话世界与童心世界》，舒伟等译，西南师范大学出版社，1991，序言第 9 页。

德认知、道德情感。在某种意义上甚至可以说"不是美德最终取得胜利这一事实促进了道德修养,而是主人公对儿童非常有吸引力,儿童在所有斗争中都把自己等同于主人公"①。亦如霍华德·加德纳(Howard Gardner,1943—　)所言,儿童并不学习道德原则,而是仿效有德行的人。由此也可以解释为什么灌输与说教对儿童来讲总是低效或无效,学校德育灌输的是关于道德的知识,是去情境化、去情感体验的冰冷枯燥干巴巴的道德教条,既不能吸引儿童,也不能真正养成儿童的德性,倒有可能破坏某些美好的道德观念。相反,童话阅读中的体验却可以迁移到生活中,以此塑造儿童对于世界的经验,塑造儿童的道德生活和道德自我。

　　童话叙事对于儿童道德教化意义重大,不得不慎察之。当代瑞士童话故事"彩虹鱼"具有经典品质,据报道,在欧美差不多每个家庭、每家儿童书店里都能见到它的身影,自 1992 年初版以来被译成几十种语言,销售上千万册,并荣获十多项国际顶级的童书大奖,受到无数儿童的喜爱。这条大海中最美丽的鱼有着闪亮的七彩鳞片,它的闻名不仅仅因为在儿童图书内文领域首次尝试"费用高昂的锡膜热压工艺",还在于它把一条最简单的讯息即"分享",作为一件"礼物"送给了世界上所有的人。"彩虹鱼"故事是系列图画书,汉译已出版 7 册,本文主要以《我是彩虹鱼》为例进行分析,这也是本系列中最知名的故事。在诸多的"专家导读"和幼儿园、小学的阅读实践中,"彩虹鱼"都被视为一个典型的关于"分享"的故事。甚至作者马克斯·菲斯特(Marcus Pfister,1960—　)本人也认同这一点,在 2008 年初版的《彩虹鱼的礼物》中,他以散文诗般优美的语言围绕着"分享"这一"礼物",对此前几个故事进行了总结,从分享鳞片获得朋友到分享藏身之处、问题和建议、食物和秘密、负担和光亮,强调分享的相互性和互惠性。仔细辨析,这些分享看起来确有正当之处,然则《我是彩虹鱼》故事中鳞片的"分享"却很可疑,其中的道德隐喻值得深入分析。分享是一种亲社会行为,分享行为亦被视为一种美德。然而"彩虹鱼"是一个关于"分享"的好故事吗?

---

① 布鲁诺·贝特尔海姆:《永恒的魅力——童话世界与童心世界》,舒伟等译,西南师范大学出版社,1991,序言第 8 页。

二、"彩虹鱼"故事的道德隐喻

《我是彩虹鱼》讲述了这样一个故事:在蓝色大海深处住着一条最美丽的鱼,他那五颜六色的鳞片就像彩虹一样,别的鱼都很羡慕。彩虹鱼先是骄傲地拒绝了鱼群喊他一起玩耍的邀请,然后又很不委婉地回绝了一条小蓝鱼讨要闪光鳞的请求,小蓝鱼把这件事告诉了朋友们,从此再没有一条鱼搭理彩虹鱼。彩虹鱼变成大海里最孤独的一条鱼,他不明白为何自己这么漂亮却没人喜欢,章鱼奶奶建议他把闪光鳞分给每条鱼一片。当小蓝鱼再次来恳求他,彩虹鱼犹豫之后终于"小心翼翼地把一片最最小的鳞片,送给了小蓝鱼"①。然后他立刻就被鱼群团团围住,大家都想要闪光鳞,彩虹鱼送了一片又一片,越送心里越快乐。最后大家齐声邀请他一起玩,彩虹鱼就欢快地朝朋友们游去。

彩虹鱼的道德困境。对彩虹鱼而言,"分享"与"不分享"的区别本质上是道德与不道德的区别,进一步讲,是幸福与不幸之别。彩虹鱼所面临的两难选择恰恰在于要在个体所属的"最美丽"和他者认同的"幸福"之间择其一端。在这里,他者的认同成了幸福的必要条件,而"不分享"的自私必定造成孤独的"不幸"。逻辑地看,美善二者未必不可以统一,但在这个现代童话故事里,彩虹鱼面临着不可兼得的道德两难——要么美,要么善。作为一种象征或隐喻,彩虹鱼是高贵而卓越的个体存在,"这可不是一条普通的鱼,就是找遍整个大海,也再找不到这么美丽的鱼了"②;他的闪光鳞则象征着一个人最宝贵最特别的拥有,一种属己的标志。面对小蓝鱼的索要和章鱼奶奶的建议,他都毫不犹豫地拒绝:"别开玩笑了!""开什么玩笑!"③换句话说,彩虹鱼感觉这种索要和建议是不可理喻的,从"道理"上讲,他没有"分享"鳞片的义务。可是,为什么这种"不可理喻"的索要和建议却都变成了现实?当彩虹鱼拒绝了小蓝鱼之后,并没有产生任何危机感,直到小蓝鱼把这事告诉了大家,群鱼都不理睬他了,彩虹鱼才开始无法忍受自己的孤独。

---

① 马克斯·菲斯特:《我是彩虹鱼》,彭懿译,接力出版社,2013,第20页。
② 同上书,第1页。
③ 同上书,第8页。

可见分享若只涉及两个人之间，被对方排斥并不会造成太大压力，但如果是遭到群体排斥，情况就严重了，一个人无法接受自己对于群体的缺席。这样看来，彩虹鱼的"分享"或"不分享"已经不再是个人简单的选择偏好问题，它背后隐含着个人与群体之间复杂的关系问题。

从彩虹鱼的角度来看，他付出闪光鳞片是真正有德性的分享吗？在这个故事中，彩虹鱼的闪光鳞是一种象征。一方面因其可以被索要或赠予的特点，可以代表一个人拥有的财富；然而从更深的层面看，它也隐喻着个体的独特品质：正因为拥有五颜六色的闪光鳞片，他才被叫作彩虹鱼，没有这些闪光鳞片，他就只是一条普通的鱼，而不是彩虹鱼，因此闪光鳞也意味着一种属己的本质。在故事中彩色鳞片的这两种象征并不矛盾，财富分享的方式和理由的正当性关涉个体品性，而品性本身不能以任何方式分享给他人。彩虹鱼最初把属己的宝贵与独特当作幸福的必要条件："没有了闪光鳞，还怎么能获得幸福呢？"[1]从开始的不情愿到后来的"越送越快乐"，最后"把自己最宝贵的东西都分给了大家，可他却觉得非常幸福"[2]。这种快乐和幸福难道不可疑？试想，假如彩虹鱼不需要付出他的闪光鳞就能被群鱼接纳，他还会自愿和主动地去分享吗？他还会把这"分享"本身当成一种快乐和幸福吗？作为美德与社会性品质的分享本身并没有错，问题在于分享的内容、方式和理由是否正当。按照亚里士多德（Aristotle，前384—前322）的观点，德性是选择性的品质，并且选择必须出于自愿，而被迫与无知皆属于"非意愿性行为"，因此也是违背德性品质的。彩虹鱼献出自己的鳞片，很难说是心甘情愿，更多是被迫或者说"被迫自愿"，这样的"分享"能否称得上是"道德"的？

分享还应是个体从"自愿"分享中获得"愉悦和满足"的行为，但彩虹鱼在无奈中的"分享"获得愉悦和满足了吗？即使他最后的幸福感是真实的，那么这种幸福是真实的吗？显然，为了获得朋友而被迫分享鳞片是功利性的，他用自己最宝贵的东西"交换"了普通小鱼们的接纳，"忍痛割爱"交换来的朋友是不是真正的朋友？改变或放弃自我才能获得的"友谊"是不是真

---

① 马克斯·菲斯特：《我是彩虹鱼》，彭懿译，接力出版社，2013，第16页。
② 同上书，第24页。

正的友谊？那些所谓的朋友理所当然地索要不属于自己的东西、享受无所付出的得到，而作为条件交换的是所谓的"友谊"，这难道是道德的吗？所以说，这是迫于外界压力与某种利益诱惑下所做出的"伪分享"，它在最高的层面上讲也只不过是一种功利性的不等价交换，并无道德可言。

以分享为名的自私、贪婪和掠夺。再从小鱼们的角度分析。群鱼先是"羡慕地睁大了眼睛"，然后就是以小蓝鱼为代表的"乞要"，遭拒之后群体以孤立的方式进行惩罚，得到满足之后则马上"尽释前嫌"给予"友谊"。而且这种索要开始或许只是很少量，让人接受的难度不算太大，"只要送给我一片最最小的闪光鳞就行"，然后可能就是你的全部，当小蓝鱼闪动着鳞片在海里一游，"彩虹鱼立刻就被别的鱼团团围住了。谁不想要一片闪光鳞呢！"①群鱼的索要是否合乎道德呢？群体要求彩虹鱼分享鳞片的理由仅仅在于"实在是太漂亮了"以及"你又有那么多"，这如何能构成要求"分享"的充分正当性？在要求他人分享时，顾及分享主体自身的权利、感受和需求了吗？这难道不是群体贪婪而自私的要求吗？当非分的要求被拒绝，就采取集体的冷暴力对付孤立无援的个人，这难道是道德的吗？其中章鱼奶奶的角色也意味深长，她神秘地住在黑乎乎的洞穴中，未等彩虹鱼开口便已得知他的事情。章鱼只是很节制地说了两句话，而且还是以"建议"的方式："我建议你把你的闪光鳞，分给每条鱼一片。这样一来，你虽然不是一条最美丽的鱼了，但你却能体会到什么才是幸福，如何获得幸福。"②没有长篇大论，更没有挖苦训斥，当然也没有给彩虹鱼任何"讨论"的机会，他只来得及说了声"可是"，章鱼已经消失在漆黑的墨汁里了。这里的"建议"与其说是建议，不如说是道德劝谕。应该说，章鱼奶奶不但扮演了长者、智者、无所不知的教育者，同时她也是群鱼背后的支持者与协助者。她的建议代表了群体的意愿与规范，规范背后却是群体的威胁，你别无选择。因为我们是"我们"，而你，只是"你"自己。没有你，我们的生活可以照样，可是你自己，却不能孤芳自赏到永远。

可见，这是以"分享"为名的群体对个人的掠夺，彰显出群体人性中的嫉

---

① 马克斯·菲斯特：《我是彩虹鱼》，彭懿译，接力出版社，2013，第22页。
② 同上书，第13页。

妒、贪婪和自私。小鱼们拥有了本不属于自己的美丽鳞片,却显得不伦不类更加丑陋。这更像是一群"乌合之众",借助群体的"人多势众"满足了不正当的私欲。这是一种残酷的"分享",一种不对等的付出,个人收获的是一份苦涩的"幸福"和虚假的"友谊"。这份代价太沉重。它以个人的"慷慨"牺牲成全了多数人的自私和贪婪,是一种名副其实的"遍体鳞伤"的付出。这怎么可能是有德性的真正分享?

还有一些问题值得深思:"即使有一身让人眼花缭乱的闪光鳞片,却没有人赞美,又有什么用呢?"①"你虽然不是一条最美丽的鱼了,但你却能体会到什么才是幸福。"②为什么美丽必须要有别人的赞美才有意义?为什么最美丽和幸福不能两全?一个人生活的意义从何时变得必须依赖他者的认同?一个人为何必须放弃独特与卓越才能被群体接纳?谁有权利谴责彩虹鱼不分享自己的鳞片?在怎样的社会结构形式和价值基础上群体才会拥有对个人进行道德谴责的优先性?这些问题或许置于现代公共生活的理论框架下才能得到合理解释。

卓越个体的平庸化。彩虹鱼开始时拒绝分享鳞片,是一种自私吗?彩虹鱼并没有损害别人的利益,他对自己鳞片的珍爱是保证自己生存、肯定自身生命价值的表现,与其说是自私不如说是自爱,可是这仍然导致了妒忌和敌意,为什么?原因就在于他违背了群体的要求,即"要求在受压制的平庸水平上的充分平等",古斯塔夫·勒庞(Gustave Le Bon,1841—1931)将其称为群体中的"扯平"趋势。③彩虹鱼放弃了自己不平庸的闪光鳞,群体"扯平"了他的卓越之后才接纳了他。然而,彩虹鱼还是他自己吗?失去了彩虹般鳞片的鱼如何还能叫作"彩虹鱼"?这意味着彩虹鱼失去了自我,变成了毫无个性的"群体人"。彩虹鱼需要反思的只是他当初的傲慢。但即使他不那么傲慢,会有不一样的结局吗?也未必。小蓝鱼在被"傲慢"伤害之后,不是仍然"忍不住"再次向他讨要鳞片吗?群鱼不也是轻易就"尽释前嫌"继续索要吗?即使彩虹鱼拒绝的方式再委婉一些,也避免不了同样的结局。因为,真正"伤害"到这些小鱼的不是傲慢,甚至也不是美丽,而是那份与众

---

① 马克斯·菲斯特:《我是彩虹鱼》,彭懿译,接力出版社,2013,第10页。
② 同上书,第13页。
③ 古斯塔夫·勒庞:《乌合之众:大众心理研究》,冯克利译,中央编译出版社,2004,第6页。

不同。当我们把第二个故事《条纹鱼得救了》结合起来看,就会更清楚地看到这一点。彩虹鱼把闪光鳞分给群鱼之后,他们天天一起游玩,却不再去理睬别的鱼。一条小条纹鱼恳求带他一起玩,鱼群凶巴巴地拒绝了他:"这可是闪光捉迷藏啊,你又没有闪光鳞!"①鱼群拒绝连一片闪光鳞也没有的鱼,却忘了他们自己曾经也是这个样子。曾经彩虹鱼有闪光鳞,其他的鱼没有,所以他们不跟他玩;现在小条纹鱼没有闪光鳞,其他的鱼都有一片闪光鳞,所以也不跟小条纹鱼玩。显然,群体是否接纳你,只有一个条件,那就是跟大家一样,不能与众不同。不管你有闪光,还是没有闪光。

加入群体之后的彩虹鱼,其个体道德一度也变得跟群体一样平庸。当群体断然拒绝小条纹鱼加入游戏时,"彩虹鱼犹豫了一下,不过他不想离开伙伴们,就没有去反对锯齿鲨。虽然有点自责,彩虹鱼还是慢腾腾地朝伙伴们游去了"②。彩虹鱼虽然纠结,但终究没有违背群体意见。之后,面对小条纹鱼的伤心,彩虹鱼想起过去自己孤零零的心情,想起不分给别的鱼闪光鳞,"谁也不跟自己玩,可谁也不觉得奇怪",然而令人意外的是,尽管想起这些,他仍然没有作出不同的选择,结果却是"彩虹鱼立刻起劲地玩起捉迷藏来了!"③这意味着什么? 意味着今天的彩虹鱼跟曾经的群鱼一样也"不觉得奇怪"了,个体道德彻底被强大的群体力量所吞没和消融。彩虹鱼在犹豫和回想了那么多之后,为什么仍能"心安理得"地与群体一起拒绝小条纹鱼?从大众心理学角度来看,其根源在于:"群体是个无名氏,因此也不必承担责任。这样一来,总是约束着个人的责任感便彻底消失了。"④或者说,是道德责任脱离了道德自我,群体道德脱离了个人主义道德基础,亦如尼布尔(Reinhold Niebuhr, 1892—1971)所言,当个人进入群体之后,"他通过把责任转嫁整个群体或分散给群体的每一成员而消减了个人的责任感"⑤,从而造成个人道德责任感减弱,导致道德的平庸化。启蒙运动之后的道德哲学方案都不同程度地注意到了最高的美德与最低的事实之间的矛盾冲突,而

---

① 马克斯·菲斯特:《条纹鱼得救了》,彭懿译,接力出版社,2008,第 4 页。
② 同上书,第 7 页。
③ 同上书,第 12 页。
④ 古斯塔夫·勒庞:《乌合之众:大众心理研究》,冯克利译,中央编译出版社,2004,第 16 页。
⑤ 刘时工:《道德的个人与邪恶的群体——尼布尔对个人道德和群体道德的区分》,《华东师范大学学报(哲学社会科学版)》2001 年第 3 期。

现代性对这一困难的解决,则是通过降低对人的要求,通过建立社会正义与激情、欲望的一致性来完成的。在现代政治哲学的设计中,教育被认为是屈从于现实政治需要的手段,一切都被拉平,众生平等,古典政治哲学所追求的品质高贵与德性完美成了历史的废物,道德上的放任却成为自由选择的象征,现代政治哲学正是建立在这个低俗但稳靠的基础之上,作为其结果,一种集体的平庸、普遍的市侩主义和媚俗主义形成了现代政治没有品格的"风格"。①

令人欣慰的是,故事很快发生了转机,当鱼群在大鲨鱼的袭击中躲进一条窄缝而外面就剩下条纹鱼时,彩虹鱼带头冲出去营救,大家尽管害怕得直哆嗦,竟也冒着生命危险加入救援,鱼群用这种方式向条纹鱼道歉,并最终接纳没有闪光鳞的小条纹鱼加入群体。彩虹鱼的英雄行为或许印证了尼布尔关于"少数先知先觉者"的观点,他们能够超出群体自私局限,限制或减轻群体的自私冲动从而促进个体道德感的回归与群体道德的进步。然而对这个故事而言,无法弥补的遗憾在于:大海里仍然少了一条最美丽的鱼。

三、审慎运用童话的道德隐喻培养儿童德性

彩虹鱼故事揭示了群体与个人之间深刻的道德关系,也以文学的方式揭示了人性中相通的东西,像是自私、嫉妒、贪婪、悔过等,蕴含着普遍的道德与伦理的基础,具有打动人心的文学品质。每个人都可能是彩虹鱼,因为每个人都有自己独特的闪光鳞片;每个人也都可能是那群小鱼中的一条,羡慕别人拥有自己没有的"闪光"。但无论如何,这条鱼能游遍世界各大洲,肯定不是因为怀揣着一个"分享"的秘密——这个道理早就不是什么秘密了,而是凭借着他的故事,游进了孩子们的内心。"彩虹鱼"就像一个脱缰的好故事,不再俯首听命于作者、教育者和阅读专家为它设定的道德目标,在每一个心有戚戚的读者那里,都可获得属于自己的感受和诠释。也正因为隐含着如此复杂而深刻的美学与伦理学的阐释空间,所以这是一个值得反复阅读的好故事。但这不是一个关于正当分享的好故事。错误的使用不但无

---

① 高伟:《论开放社会的公民教育》,《陕西师范大学学报(哲学社会科学版)》2013年第2期。

益于儿童真正的分享品质的培养,还会破坏儿童的同情心与正义感。

对童话道德隐喻的误读误用,主要原因盖有以下几方面:一是缺乏深度解读童话的意识。成人往往认为童话都是浅显易懂的,是用来"哄孩子"的简单小故事,其主题一目了然,因此低估了近现代以来创作的优秀童话深刻丰富的内涵,尤其是绘本童话这一新的讲故事形式,误以为这种带图画的书比纯文字书更为直观也更为浅显。这都是严重的误识。

二是阅读的功利性过强,将童话当作图解某种道德观念的形象工具,不尊重童话本身的生命价值,缺乏审美能力。比如对"糖衣药丸"类故事的偏爱,这类作品假设儿童存在各种缺点毛病,直接说教就像苦涩的药丸,孩子听不进去也就达不到"治病"的目的;既然孩子喜欢听故事,就把药丸包裹上一层甜甜的故事外衣,孩子在欢天喜地听故事的同时就把这药丸吞下去了。过去现在我们都不缺这类故事,但这类童话很多"编"得欠缺文学性,只有药丸之苦,没有糖衣之甜。虽然此类童话也有些讲得很精彩,但如此一来故事有了自己的生命,就会脱缰而去引得小读者沉浸其中,自己便从故事里寻出一些营养甜点来,将预设的药丸抛在脑后。一项实证调查也发现,幼儿园教师和家长为孩子们选择故事类图书表现出比较一致的价值取向,宁肯选择无趣但有明确教育意图的故事,也不选情节生动有趣却没有明显教育意图的,故事中的想象、幽默与美感等因其"不实用"而被排除在选择的标准之外。① 然而,如果童话故事不首先是一件艺术品,它又怎么可能触动孩子的情感对儿童产生道德影响?

其三,为了传达某种当下的道德训条而随意改编经典童话,破坏了童话原有的道德隐喻。比如《三只小猪》的结尾,把狼被猪炖了(或烫伤)改为狼跟三只小猪成为好朋友,目的在于培养孩子"团结友爱"的美德;还有的改为将狼送进动物园,以此培养孩子"爱护动物"的美德。前者无视故事自身逻辑和内在规则,借童话的虚构随心所欲"瞎编",将一种明显的不可能硬性地赋予故事,使故事丧失了应有的真实感;后者更是缺乏最基本的童话常识,将现实中的狼跟故事里作为象征和隐喻的狼混为一谈,不懂故事里的狼只是做尽坏事的恶人的象征,它跟现实中的爱护动物风马牛不相及。试想,如

---

① 周兢:《早期阅读发展与教育研究》,教育科学出版社,2007,第16页。

此虚假劣质的童话改编如何能打动孩子,让孩子信服其预设的道德?

其四,不懂得童话的文体性质,忽视童话阅读的情感体验,把童话当寓言读,非要孩子总结出某个道理。我们知道,"道德的基础是美好的情感而不是理性规范"①,基于规范伦理学的道德教育总是收效甚微,童话必须凭借情感之美触动孩子的心灵,而感受的丰富也未必能用抽象语言准确概括出来。在童话的美与善之间,儿童应先积累美感经验,涵养其审美能力,而后才是善恶观念的树立,正如卢梭(Jean-Jacques Rousseau,1712—1778)在《爱弥儿》中所言:"有了审美的能力,一个人的心灵就能在不知不觉中接受各种美的观念,并且最后接受同美的观念相联系的道德观念。"②

童话道德教化价值之发挥除了重视童话自身品质及其正确使用之外,必须重在培养孩子批判性的主体意识,在"对话"中促进儿童道德成长。比如,关于"彩虹鱼"可以跟孩子讨论:作为彩虹鱼,我们应该如何面对自己的独特闪光? 如何面对他人和群体的嫉妒或排斥? 作为小蓝鱼,我们该如何面对他人的独特闪光和自己的不闪光? 作为群体的一员,应该如何既融入群体同时又能做自己? 如何在群体中保持独立的道德判断? 如何在群体中承担个人的道德责任? 相信每个孩子只有学会并能够做与众不同的自己,才能学会接受与众不同的他人。同时,还可将同类道德主题的故事作参照阅读,从而将讨论扩展与深入。李欧·李奥尼(Leo Lionni,1910—1999)的《蒂科与金翅膀》跟"彩虹鱼"有相似之处:蒂科的朋友们能接受他没有翅膀的缺陷并悉心照顾,可当他有了金翅膀,朋友们立刻想当然地指责他"你觉得你比我们都强,是不是?"③"你就想和别人不一样",然后就都飞走了,最后又因"现在你和我们是一样的"④而重新接纳了他。但蒂科内心并不平静,他在想我们仍然是不同的,因为"各自都有属于自己的回忆,和看不见的金色梦想"。⑤ 蒂科的金翅膀跟彩虹鱼的闪光鳞一样遭到了群体的排斥,但是蒂科有一种清醒和自知,彩虹鱼却没有。

---

① 赵汀阳:《论可能生活》,中国人民大学出版社,2010,第263页。
② 卢梭:《爱弥儿 论教育》,李平沤译,商务印书馆,1978,第557页。
③ 李欧·李奥尼:《蒂科与金翅膀》,阿甲译,南海出版公司,2012,第11页。
④ 同上书,第28页。
⑤ 同上。

　　事实上，当我们充分信任孩子，他们就会回赠我们惊喜与惊叹。我们曾跟幼儿园大班孩子分享"彩虹鱼"的故事，对于"小蓝鱼做得对吗"这一问题，孩子们大多认为做得不对，理由是"彩虹鱼揪下鳞片会特别疼""小蓝鱼只关心自己身上的鳞片，只关心自己漂亮，不关心别人""他身上已经有一些鳞片了"等。然后面对进一步的追问：假如彩虹鱼拔下鳞片的时候不疼，你觉得小蓝鱼做得对吗？多数孩子坚持认为还是"不对"，"因为就算是别人不疼，你也不能光想自己吧，如果别人找你要你的鳞片，你拔下来也会不高兴的""因为小蓝鱼本来就有鳞片，再贴上去多热啊""如果他还想要彩色鳞片的话，可以买一件有彩色鳞片的衣服，不能要别人的"，等等。孩子们的回答令我们激动不已，不管它是再次印证了科尔伯格等人的儿童道德阶段理论，还是超越了这些阶段理论，我们都认为这样的讨论很有意义。

在浅语中书写温暖的爱
——谈林良浅语艺术的魅力

Writing Warm Love in Simple Language
——the Charm of Linliang's Art of Language

孙淑芳　云南师范大学初等教育学院

Shufang Sun，Primary Education College，Yunnan Normal University

作者介绍：孙淑芳,文学博士,云南师范大学中国现当代文学专业副教授,硕士生导师,主要从事中国现代文学、儿童文学的教学与研究。

摘要：林良基于丰富的生活感悟和创作经验,将儿童文学定义为浅语艺术,并一生执着于浅语艺术的创作。在其众多的多种文体的儿童文学经典作品中,温暖的爱永远是感人至深的主题。爱家、爱儿童、爱动物等无所不爱的情感,彰显了林良民胞物与的博大胸怀。林良作品中爱的情感是一种浅语的表达,也是一种幽默的表达。在浅显中见智慧,在风趣中见深刻。平凡、淡泊中流露出来的真诚,是读者心目中永远温暖的光源所在。

Abstract：Based on his rich life experience and creative experience，Lin Liang defined children's literature as simple language's art and devoted his life to the creation of the art. In his many children's literary classics of various styles，warm love is always a touching theme. Loving home，loving children，loving animals and other all-loving emotions demonstrated Lin Liang's great mind. Love in Linliang's works is an expression of simple language and humor. We can see wisdom in the simple，see depth in wit. Sincerity flows out from ordinary and simplity，and is always a warm light source in the reader's mind.

关键词：林良;浅语艺术;爱;家庭;民胞物与

Keywords：Liang Lin；simple language's art；love；family；love all things

　　林良,这位享誉台湾,有着"台湾现当代儿童文学之父""台湾儿童文学界常青树、大家长"之称的儿童文学巨匠,一生执着于儿童文学领域的耕耘,为儿童创作了儿童诗歌、儿童散文、儿童故事、童话等大量多种文体的经典作品。林良还将丰富的生活感悟和创作经验凝结成为两部著名的儿童文学理论著作:《浅语的艺术》和《纯真的境界》。浅语的艺术是林良"对可爱的儿童文学的可爱的阐述",是林良以"可爱的孩子,可爱的语言,可爱的故事,可爱的笑容和笑声"共同塑造的一个定义。这种浅语艺术适合全世界的儿童来读,更容易为儿童所接受。林良以毕生的心血和精力倡导并践行着他的浅语艺术理论,执着追求儿童文学的纯真境界,传递着温暖与博爱。林良的作品最为动人的是,用浅白质朴的语言书写温暖的爱。这种浅白质朴的语言,是不着任何修饰的白话口语,是最常用的汉字组织的语言,只要小学四年级的水平即可阅读他所有的作品。然而,林良浅白质朴的语言似乎有一种魔力,这种魔力可以深深地打动人,带给人智慧、温暖和浓浓的爱。林良作品中的爱,主要有爱家、爱儿童、爱动物。

一、爱家、爱家人的人性美

爱家、爱家人的人性美是林良笔下永远的"小太阳",温暖着无数儿童的心。林良希望每一个孩子都能学会爱自己的家、爱自己的家人,只有这样才能懂得爱及其他——爱别人、爱集体、爱祖国、爱人类、爱自然。爱家庭是爱及一切的源泉,一切爱皆始于家庭。林良一生都致力于在孩子的心中播撒爱的种子,而爱家、爱家人则被其视为培养孩子爱心的基础。林良的儿童散文集《小太阳》,童话《汪汪的家》《我要一个家》,书信集《爸爸的 16 封信》《林良爷爷的 30 封信》等都洋溢着对家和家人的挚爱和深情,令人感到无比的温暖亲切。

《小太阳》被称为"家的文学""幸福感最高杰作,和谐家庭的幸福圣经",40 多年重印 100 多次。读了《小太阳》之后,我们会发现:原来我们每一个人的家可以如此可爱。在《小太阳》中,林良给读者呈现了一个平凡家庭 15 年间的日常生活。他饱蘸着深情的笔墨所书写的自己与夫人、三个女儿和一只狗的生活,充满着温馨和谐的亲子之情和家庭生活情趣。林良说:

"我以愉快的心情写我跟这些'家庭成员'互动的情形。"①林良心中有太阳，生活中自然也处处感受到温暖和快乐。

《小太阳》这部儿童散文集是以其中的一篇散文《小太阳》的篇名来命名的。在这篇散文中，林良将出生的大女儿称作"小太阳"，这个"小太阳"在台北阴冷潮湿、令人发霉的漫长雨季里，给家庭带来了温暖和阳光，带来了快乐和甜蜜，尽管她使父母"半夜失眠，日间疲惫不堪"。林良以饱含挚爱的文笔写道："这是人间最快乐的痛苦、最甜蜜的折磨""我们的小太阳不是我们生活的负担，她是我们人生途中第一个最惹人喜爱的友伴！"②读完整部散文集《小太阳》之后，我们就会明白，"小太阳"并不仅仅指大女儿，更是指温馨、可爱的家庭，以及源源不断地制造温暖和爱的家人。这一切也温暖、感动着无数读者的心，成为他们心中永远的"小太阳"，让他们深感家的幸福、温情与快乐。如《家里的诗》一文，全篇由9个日常生活琐事片段构成，每一个片段都是一个家的温馨的镜头，这些家里的日常生活琐事在林良的笔下充满着诗意，令人感动和留恋。下面是其中的一个片段：

> 为了一点很小很小的小事，有时候会跟敬爱的太太辩论起来。含怒拿一本书，躺在床上含怒地看，含怒地进入了气氛不佳的梦乡。半夜里被轻轻的脚步声惊醒，有人来替我拿走压在胸口的书，有人来替我拉好被窝，有人来替我灭了床头的灯。轻轻的脚步声又走了，回到育婴卧室去。含怒地睡，第二天，在"处处闻啼鸟"的时候，含笑地醒。③

家庭中，夫妻之间总免不了辩论、争吵，然而令人感动的是，争辩之后家里依然如此温馨，充满了关爱。这些关爱发生在夜里，轻轻地来，轻轻地去。身处妻子、女儿无声的爱的包围之中，"我"自然会在第二天早晨"含笑地醒"。家人之间的那种习惯性的默契、相互之间的深爱满满地溢出文字，流进读者的心中。

林良的童话《汪汪的家》同样让人感到家的无限温暖，家人之间浓浓的爱的情感。故事中写了三个主要的人物：狗爸爸、狗妈妈和小狗汪汪。爸

---

① 林良：《小太阳》，福建少年儿童出版社，2014，第9页。
② 同上书，第10页。
③ 同上书，第17页。

爸很有责任心,不怕吃苦,是一位很好的爸爸;妈妈很慈祥,做的饭菜很好吃,是一位很好的妈妈;汪汪很听话乖巧,学习爸爸妈妈的好处,是一个很好的男孩子。他们都是"很好很好"的狗,都很爱这个家。林良在这篇童话中实际上是以狗写人,用他自己的话来说:"我要让出现在故事里的人物都是'狗人'。'狗人'都是'人身狗脸',他们的身体和身上的穿戴都跟'人'一样。他们的心也都是'人心',只是有一张忠厚可靠的'狗脸'。"[①]这些"狗人"都是"好人",是善良、正直的人,这正是林良选择故事中角色的标准。

狗爸爸为了养家外出奔波的十天,狗妈妈和汪汪在家里挨饿受冻、相依为命,等爸爸回来和坚信爸爸"今晚"一定会回来温暖着他们彼此的心,使他们在又冷又饿的环境下相互关怀、相互慰藉。汪汪十分懂事:问妈妈饿不饿,要去给妈妈倒杯开水缓解饥饿;主动要求出去找树枝生火;还提出要和妈妈一起挨饿受冻;当听到爸爸马车的铃声响,忍着寒冷跑出去开大门迎接爸爸。当看见一家人团聚的一幕——爸爸从车上跳下来,抱着汪汪,拉着妈妈的手,我们心里也都将是暖暖的,被这相亲相爱的一家人所感动、所融化。正是对家、家人的深情厚爱,也使得他们懂得感恩别人、关爱别人。当爸爸打算关起大门和家人享受温暖、美食时,汪汪提出要给曾经分给他们三天粮食而正在忍饥挨饿的前村张伯母家送去粮食和劈柴。爸爸、妈妈二话不说,搬出了他们一半的粮食和劈柴,一家三口一起赶往张伯母家,共同聚餐,共同享受着冬天里的快乐。

林良作品中爱家、爱家人的情感是人世间真挚的一种感情,平凡中见真情,淡泊中有深意,是读者心目中永远温暖的光源所在。

二、健康、快乐——对儿童精神成长的深切关爱

林良十分重视儿童美德的培养和塑造,他认为:"在人人重视品德追求的社会里,我们的孩子会过得更安全,更幸福,会有一个更快乐的明天!"[②]并"希

---

① 林良、何云姿:《汪汪的家》,福建少年儿童出版社,2013,第 32 页。
② 林良:《早安豆浆店》,福建少年儿童出版社,2014,第 2 页。

望读者能从阅读中跟'美德'亲近,培养人格美质"①。林良《早安豆浆店》这部美德故事集中共收入 31 个短篇故事,故事中的主人公基本上是以初中生为主的青少年,涉及善于计划、关怀别人、学会照料、信守诺言、冷静面对、勇于尝试、与人为善、善用时间、管住自己、值得信赖、热心助人、爱护环境、关心父母、敬爱老人、会说好话、践行和平、随机应变等 20 种个人品质。《会走路的人》又收录了 30 篇美德故事,谈到负责、耐心、细心、谨慎、宽恕、亲切等品质。这两本故事集中,每一篇美德故事的后面都有一篇"心灵悄悄话",从正面阐释各种美德的价值和意义。这些个人品质都是永远也不会过时的!在我们现代社会,对少年儿童品德教育的重视程度远远不够。现在家庭基本上是独生子女,一些家长娇生惯养,重视的是孩子的竞争力,重视的是孩子的学习成绩和才艺的培养,却忽视了其美德的教育。

读初中的少年处于青春躁动期,情绪波动不能自我控制,十分关心自己的人格特征和情绪特征,自我意识也在飞跃发展。这个年龄阶段的孩子其实最需要他人的关心,最需要有人能以他们朋友的身份帮助其解决困惑、打开心结、疏导心理、指引迷津。林良关注到了这一特殊群体——少年儿童的心理。《林良爷爷的 30 封信》和《爸爸的 16 封信》即是林良针对初中生所提出的有代表性的问题,专门提炼出一个主题进行创作的文集。信中均以讲故事和自己的经历经验举例明理,读来十分亲切,毫无说教感,而且言简意赅,很有文采。林良在信中如此轻松地做到了主编的要求,没有"写得像一篇作文""训话""演说",而是具有说服力、感染力,关键在于他有与自己的女儿和外孙女交流问题的珍贵经验,他懂得少年儿童的接受心理,知道怎样与他们沟通,不"炫学",可以说,林良是一个好父亲、好外公,也是所有少年儿童的知心朋友和精神上的引路人。由此,我们可见林良对少年儿童这一特殊群体的深切关爱。在《林良爷爷 30 封信》中每一封信最后都有同样的一句"祝你健康快乐"的祝颂语,"健康快乐"就是林良对于儿童成长的由衷愿望。

以儿童文学工作为生平职志,为儿童写作长达 60 多年的林良是一位真正理解儿童的作家,一位自觉为儿童创作的作家,一位真正能够陪伴儿童精神成长的作家。

---

① 林良:《会走路的人》,福建少年儿童出版社,2014,第 2 页。

三、"民胞物与"的博爱胸怀与狗叫声的翻译

"民胞物与"是一种"天人合一"的宇宙观,也是一种无所不爱的博大胸怀。在林良看来,狗也是家里的成员之一。众所周知,对动物的拟人化描写是很常见的,但将动物的叫声"翻译"得如此具有特色而富有乐趣却是十分少见的。林良说尝试这样的语言翻译"是受到'民胞物与'这句话的启示。'民胞物与',就是把一切动物看成我们的同类"①。在儿童故事《我是一只狐狸狗》中,狐狸狗斯诺的叫声被根据不同的情境和心理并按照狗平时叫的节奏翻译成不同的人类语言。如,看见陌生人就大叫:"是谁、是谁、是谁?"当斯诺被小女儿玮玮提起来时会大叫:"难过、难过、难过、难过!"夜晚守夜,发现异样,总要大骂:"坏人、坏人、坏人、坏人!"

林良尤为擅长从狗的叫声中体悟其情感和思想,从而进行生动而富于其性格特点的翻译。和斯诺同住一条巷子里不同家的狗,夜里听到动静骂的声音、节奏和内容都不一样。自己家斜对面的狗叫声很低沉、雄壮、很凶,总是狠狠地骂:"不想活?不想活?"西边人家的阿富汗猎狗叫声庄严,有些懒洋洋地骂道:"胡闹!胡闹!"阿富汗猎狗隔壁一家养的英国老虎狗叫声像一只熊,废话很少,骂的是:"滚!滚!滚!"东边一家人家养的土狗叫声温和,骂的是:"坏坏坏!坏坏坏!"南边一家人家养的身体细小的猎狗叫声很怪、很难听,骂人的时候声音十分悲凉,很像哭声,骂的是:"欺负人家,欺负人家,欺负人家!"狗叫的这些细节都表现出林良在揣测动物心理语言上特有的细腻与童心。

林良将动物的叫声翻译成人类语言的尝试,给他"带来了写作的乐趣",也"为小读者带来阅读的乐趣。这种乐趣,有快乐的成分,也有感动的成分"②。在绘本《我要一个家》中,林良同样把一只名叫"哀哀"小狗的叫声翻译成语言。哀哀在寻找一个家的过程中,看见从大门走出的一个男人,会说"哀哀哀哀哀",意思是"我爱你的家";看见从大门走出的女人,会说"哀哀,

---

① 林良、张化玮:《我要一个家》,福建少年儿童出版社,2013,第 39 页。
② 同上。

哀哀哀哀",意思是"女主人,你好";看见月亮,会说"哀哀,哀哀哀哀,哀哀",意思是"只有你永远跟我在一起";看见从大门走出的两个孩子,说"哀哀哀,哀哀哀,哀",意思是"你们兄妹好吗?";当终于获得应允被收留时高声欢呼"哀哀,哀哀,哀哀",意思是"感谢,感谢,快乐,快乐",等等。

林良对狗叫声的拟声描写,并非通常的简单声音描绘。我们不难发现,哀哀每次表达不同的意思,拟声词重叠的形式也会不一样。林良对狗叫声颇为用心的模拟,一方面是对狗叫声的艺术性表达,另一方面是对动物内心情感和思想深入体会的结果。林良对动物叫声进行语言翻译的尝试不仅具有乐趣,而且十分有意义,它拉近了儿童与动物之间心灵的距离,使儿童能够把动物当作人来对待。这种将动物视作人的同类的思想在林良作品中传递给儿童的实际上就是平等、尊重、理解与关爱。

总之,林良作品中爱家、爱儿童、爱动物的情感是一种浅语的表达,也是一种幽默的表达。在浅显中见智慧,在风趣中见深刻。

小学语文教师儿童文学素养的培养策略

Strategies for Cultivating Children's Literary Literacy of Chinese Teachers in Primary School

李　繁　山西师范大学临汾学院中文系

Fan Li，Department of Chinese Language and literature，
Linfen College，Shanxi Normal University

作者介绍：李繁,山西师范大学临汾学院中文系副教授,主要研究儿童文学与小学语文教学,主持完成山西省教育科学"十二五"规划课题"山西小学语文教师儿童文学素养培养研究"。

摘要："山西小学语文教师儿童文学素养培养研究"课题组,基于实证调研数据,针对调查中发现的问题及分析,参考相关研究成果,对培养小学语文教师的儿童文学素养提出了相应的策略和建议。学校应通过开设儿童文学与小学语文教学的相关课程、利用网络资源、创建以儿童阅读为主题的名师工作室等方式,加强对教师儿童素养的培养。

Abstract：Based on the empirical data and the relevant researches, the research group of "the cultivation of children's literary literacy of Chinese teachers in Shanxi primary school" analyzes problems found in investigation and puts forward some strategies and suggestions for Chinese teachers in primary school to help promote their children literary literacy. Schools should strengthen the cultivation of teachers' literacy by the establishment of children's literature and primary school Chinese teaching courses, the network resources, setting up famous teacher's studios with the theme of children's reading, etc.

关键词：小学语文教师；儿童文学素养；培养策略

Keywords：Chinese teachers in primary school; children's literary literacy; cultivational strategies

小学语文教师儿童文学素养的缺乏,究其根本原因是没有全面、系统地学习过儿童文学相关知识,也缺少大量儿童文学经典作品的阅读体验。时代发展对小学教师的学历水平提出更高的要求,2001年经教育部批准新增设小学教育本科专业。在小学教育本科(文科方向)的专业课程设置里,儿童文学被设为学科必修课,个别院校还增设了与儿童文学相关的选修课,为新一代小学语文教师提供了丰富的儿童文学学习资源。

但还有一种情况更值得关注。自2011年开放教师资格证考试以来,有不少非师范毕业生考入教师岗位,这些新教师在学校基本没有系统学习过相关专业课程,失衡的专业知识结构还需要更多的时间和精力去完善。在职小学语文教师中,大半具有中等师范和师范专科学历,受20世纪儿童文学课程设置的局限,这一批小学语文教育的主力军对儿童文学也缺少系统学习。

课题组在小学调查和访谈中了解到,小学语文教学中的困扰主要在教师自身儿童文学素养的欠缺。在《山西省小学语文教师儿童文学素养的现状调研报告》中,笔者归纳出小学语文教师儿童文学素养的缺失所导致的教学中的问题,并进行了深入分析:教师文体意识的缺乏导致阅读教学中舍本求末,教师阅读量少导致阅读教学拓展不开,组织学生开展阅读活动的能力欠缺导致语文活动课形同虚设,儿童文学创作和指导儿童创作素养不足导致写作教学成为语文教学中的软肋。①

为此,小学语文教师必须把儿童文学素养置于专业素养的核心位置,在入职后的专业成长中逐步培养。笔者从以下几方面对此提出相应的策略和建议。

一、在各级各类的教师培训中,重点开设儿童文学与小学语文教学的相关课程

2010年以来,中小学教师国家级培训计划全面推行实施,小学教师成

---

① 李繁、李茜:《语文教师儿童文学素养调查——基于山西省小学语文教师儿童文学与小学语文教学问题分析》,《教育》2018年第6期。

为第一批受惠者。接着,国家级、省级、地市级和区县级等各级培训相继展开,短期集中培训、脱产置换研修和网络研修等类型的培训形式如火如荼。但是这些培训的课程中,与儿童文学和儿童阅读推广相关的专题内容却很少。

对于小学语文教师来说,集中培训和脱产研修的机会很是珍贵,这是职后集中学习从而获得专业成长的最好途径。教学实践中的问题和缺失,亟待在专家的引领下得到解决和弥补。由于儿童文学的课程内容涵盖中外儿童文学发展史和作家作品,而为数不多的学时很难保障全面系统的讲授,学习只能做到浅尝辄止。儿童文学的课程内容与儿童阅读和小学语文密切相关,这门课的学习直接影响小学语文教师儿童文学素养的养成。笔者建议在职后培训中把儿童文学基础课与小学语文教学实践结合起来,开设如儿童文学经典导读、儿童文学与小学语文各种文体教学、儿童文学与儿童阅读指导等实践性较强的专题课。教师对经典的儿童文学文本有了阅读经验,建构起儿童文学理论的知识体系,了解中外儿童文学的发展史,可以初步形成儿童文学各种文体鉴赏的能力和组织儿童阅读活动的能力。这样的培训课程设置才能切实解决小学教学中的困惑,才能把小学语文教师的专业成长落到实处。

二、"互联网+"背景下,拓宽提升小学语文教师儿童文学素养的多元化渠道

网络和信息技术已然覆盖我们的日常生活,学习的途径也呈现出多元化的倾向,广泛的学习资源和途径给小学语文教师提升儿童文学素养提供了多元化渠道。

(一) 在线教育平台为网络学习提供了最便利的学习资源

近年来,基于网络发展的新型教育形态正在全球范围内掀起热潮。网络用户个体对碎片化、多样化的学习需求已经很普遍,在线教育凭借自由便捷的优势,成为很多人自主学习的网络平台。"在国内,微教育、网易公开课、百度教育、腾讯微课堂、YY教育、淘宝同学等,都想在在线教育领

域一试身手。"①各级教育部门也积极利用网络带来的学习便利,鼓励和组织中小学教师进行网络学习。与小学教师相关的在线学习平台有"国家教育资源平台""中国教育在线""基础教育培训网""全国中小学基础教育网""国家基础教育教师培训网""继续教育教师培训网""一师一课网""云教云平台"等。与小学语文教师相关的专业学习平台有"中国语文教育网""新语文在线""亲近母语官方网站""小学语文资源网""语文线上教育""语文云学习"等,"名师云课堂"还创建了小学名师在线工作室。这些网络平台从宏观到微观,从教育政策解读、课标解读、教材分析到教学环节的具体指导,给小学语文教师提供了丰富的学习资源,成为他们最喜欢、受益最大的网络学校。其中,与小学语文阅读和写作有关的资源很丰富,如"亲近母语"官方网站提供的整本书阅读指导和"新语文在线"提供的群文阅读指导,都是提升小学语文教师儿童文学素养的好课堂。

与学校正式集中学习相比,网络教育对在职小学语文教师的学习环境要求相对宽松,不受物理空间的限制,不受集体统一学习时间的约束。网络学习只是在一个虚拟环境中进行,只要有电脑或手机与网络连通,小学语文教师就可以利用业余的任何时间进行自主学习了。如果学校统一组织,也可以灵活安排每周教研时间或假期一起学习探讨,不影响常规教学任务的分配。

(二)借助微信公共社交平台,整合碎片学习资源

当下,最流行、使用最广泛的微信公共社交平台已经成为教育信息化的一种常用方式。仅从微信公众订阅号来看,就集中了大量的学习资源。如与小学语文教育教学有关的订阅号有"语文好教师""小学语文教师""一起学语文""小学语文教育""语文报社""千课万人语文在线""人教教材培训"等。还有不少小学优秀教师也创建了公众号分享他们的教学经验。如张祖庆老师的"祖庆说"、胡红梅老师的"胡红梅老师儿童阅读工作室"、何捷老师的"语文榕"等,都聚焦小学语文的阅读与写作指导,这些公众平台的

---

① 张晓鸽:《京华时报:在线教育加速行业洗牌》。据中国农业大学新闻网:http://news.cau.edu.cn/art/2013/11/13/art_11087_194776.html。

创建为小学语文教师的专业学习提供了便利的条件。

与小学语文教师的儿童文学素养直接相关的订阅号有"儿童文学""三叶草故事家族""童书悦读""童书妈妈三川玲""爱童书妈妈晓丽""亲近母语"等。"爱阅公益"公众号推出朱自强教授研制完成的《小学语文儿童文学教学法》和《小学生儿童文学阅读书目（300 种）》，为小学语文教师提供了儿童文学的阅读和教学指导。不少儿童文学作家也相继创建了公众号，推广自己的创作经验和儿童创作指导。如儿童诗作家雪野和王宜振分别创办了"节堂雪野"和"宜振谈诗教"，他们致力于儿童诗的诵读、创作指导和童诗教育教学。童话作家王一梅和张弘分别创办了"漂流的故事作文"和"魔法童书会"，她们致力于童话的阅读和创作辅导。儿童文学教育家、理论家、作家梅子涵创办了"梅子涵的绿光芒"，用微讲座的方式向大家普及儿童文学理论、儿童阅读推广等多层面的知识。作家们各尽所长，从自身的创作体验到文体特征的个性表达，涵盖了儿童文学作品的创作生成和阅读评鉴等内容。这一类订阅号的创建，为小学语文教师儿童文学素养的提升提供了学习的资源和具体的教学指导。

在"人手一机"的大数据时代，只要有手机和网络，小学语文教师就可以做到随时阅读学习。当然，这种学习都是零星的碎片化阅读，还需要教师自己对这些学习资源加以整合梳理，结合教学中的困惑和问题，做到学以致用。

三、创建以儿童阅读为主题的名师工作室，在名师引领下共同进步

据笔者了解，目前各级教育部门和学校都建有名师工作室，北上广深这几个大城市和江浙一带尤其普遍。近年来各省市自治区也选定了优秀的中小学教学名师作为培养对象，创建名师工作室，打造名师品牌，激励广大教师，充分发挥名师的示范指导作用和辐射效应，实现了优质资源共享和全员素质提升。有的教育机构把名师工作室"搬"进网络，通过网课的形式对学员进行培养和辅导。还有的教育机构把名师工作室"送"到学校。仅以目前在全国范围内形成广泛影响的"亲近母语"研究院为例，其中"点灯人大学"

是儿童阅读种子教师的在线学习平台;"点灯人行动"和"儿童阅读种子教师研习营"与各地合作举办儿童阅读种子教师培训和儿童阅读课程化培训;"名师工作坊"交流活动每年举办 8~10 场,以儿童阅读、母语教育为主题,组织教师进行专题性研讨与交流学习。

但是,这样的帮带形式还没有普及到广大农村小学,以儿童阅读为主题的工作室更是少之又少。以课题调研对象临汾市为例,市教育局教研室成立的名师工作室已经惠及临汾各县市的几百名小学语文教师,丰富的教研活动促进了他们的专业成长。但从课题组收回的临汾市 12 所小学的问卷调查情况来看,小学语文教师的儿童文学素养仍然不容乐观。所以笔者建议成立以儿童阅读为主题的名师工作室,推出在儿童阅读指导中表现优秀的小学语文教师,邀请当地师范院校的儿童文学专家进行指导,打造儿童阅读指导名师,全面提升小学语文教师的儿童文学素养,从而影响儿童阅读生态环境,带动广大小学语文教师积极开展多元化的阅读活动,以培养儿童优秀的阅读品质,形成终身学习的能力。

四、鼓励小学语文教师广泛阅读,形成浓厚的读写氛围

(一) 从教师阅读到推广儿童阅读,从校长的理念起步

校长的办学理念,就是一所学校的品牌。课题组在调查走访中发现,小学校长重视教师阅读和儿童阅读,这个小学的教师儿童文学素养普遍较高,教师的阅读量和组织阅读活动都表现较其他小学优越。全国闻名的小学校长如原清华附小校长窦桂梅、杭州天长小学副校长蒋军晶、原杭州拱宸桥小学校长王崧舟、苏州盛泽实验小学校长薛发根、深圳后海小学校长袁晓峰等,他们都是热爱阅读的读书人和儿童阅读的推广人。在这些爱阅读、重阅读、会阅读的校长的引领下,小学语文教师的阅读和小学儿童的阅读已经融入日常生活和学习中。

另外,一些教育机构也在致力于儿童阅读普及和推广。如深圳市爱阅公益基金以"共建有品质的阅读国家"为使命,推出"千所小学图书捐赠计划"和"乡村儿童阅读资助项目"。朱永新创建的"新教育实验"经过十几年的努力,已经推广到全国,近 3 000 所学校受益。"亲近母语"研究院的"亲

近母语实验基地学校"和"阅读地平线计划——书香区域解决方案"目前已经有 300 多所学校参与,"亲近母语实验基地学校"也成为推动当地儿童阅读和儿童母语教育改革的示范学校。参与以上计划和项目的小学校长,都是教学改革的先行者和儿童阅读的推广者。

(二)积极鼓励和组织教师广泛阅读,丰富教师的阅读经验

课题组在调查与访谈中不难发现一个阅读数量"倒挂"的现象,许多教师对儿童文学的阅读量,还不及学生多。在小学语文教学中,整本书阅读指导、以读促写课外拓展、组织阅读综合实践活动等,都对小学语文教师的儿童文学素养提出了高标准的要求。教师有了一定数量、广度和深度的阅读,才能产生优质语感的迁移和思维品质的提升,进而产生个性表达的意愿并生成文章。教师没有广泛阅读儿童文学作品的经验,就不能对各种体裁的儿童文学形成敏感的文体意识,就不能读解一篇作品的真正文学价值,更谈不上对学生进行深度阅读指导。

教师阅读氛围的形成,需要社会、学校和个人的多方努力。近年来,政府和民间组织借助各种媒体大力宣传和推动全民阅读,如进行"十大读书人物""最美读书人""十大儿童阅读推广人"等的评选活动。笔者建议各级教育部门设立各类读书奖,组织各种读书会和阅读教研活动,在语文教材和教学参考书之外,丰富教师的文学阅读经验。

(三)发动家庭教育的动力,带动亲子阅读

《全民阅读"十三五"时期发展规划》指出:"少儿阅读是全民阅读的基础。必须将保障和促进少年儿童阅读作为全民阅读工作的重点,从小培育阅读兴趣、阅读习惯、阅读能力。"[①]在少儿阅读活动中,父母是启蒙者和主导者,小学语文教师是引路人和指导者。只有家校合力,才能为学生营造良好的阅读环境。

家庭阅读环境直接影响儿童的阅读兴趣和阅读能力,较早进行阅读的儿童在生活和学习中都表现出更强烈的探索欲望。小学语文教师积极调动

---

① 国家新闻出版广电总局:《全民阅读"十三五"时期发展规划》,《出版发行研究》2017 年第 1 期。

家庭教育的动力,鼓励家长与孩子一起读书,把阅读实践活动延展到家庭,就能形成全民阅读的氛围。反过来,家庭阅读也能促进小学语文教师审视自己的阅读行为,树立指导儿童阅读的责任意识,开展多种形式的亲子阅读活动,在与家长、与孩子的阅读交流中教学相长,提升自身的儿童文学素养。

儿童文学与

绘本教育

小学低年级绘本阅读游戏化途径探究

Research on the Gamification Approach of Picture Books Reading in the Lower Grades of Primary School

毛　莉　北京市东城区府学胡同小学

Li Mao，Dongcheng District Fuxue Hutong Primary School，Beijing

作者介绍：毛莉，教育部儿童分级阅读研究课题组秘书长，首都师范大学小学教育专业硕士，研究方向为儿童文学与儿童阅读教育。参编图书有《小学图画书主题赏读与教学》、"海绵儿童分级阅读书丛"、"爱悦读，桥梁书——小豆包系列"等。

摘要：绘本是由图文共同表达内容的儿童文学体裁，在绘本阅读中加入儿童喜爱的游戏活动，实现绘本阅读游戏化，可以提高儿童阅读兴趣，进而提升儿童的阅读素养。根据小学低年级儿童阶段特点，绘本阅读可从预测游戏、观察游戏、问答游戏、表演游戏、创编游戏等途径入手展开实践。

Abstract：Picture books are a kind of children's literature with pictures and texts to express the content. Adding children's favorite games in picture books reading can make it gamified，which can arouse children's interests in reading and further improve their reading quality. According to the characteristics of children in the lower grades of primary school，picture books reading can be carried out from the perspectives of prediction games，observation games，question-and-answer games，performance games and creation games.

关键词：绘本阅读；阅读游戏

Keywords：picture books reading；reading game

　　绘本也称作图画书，是一种以图画为主、文字为辅，由图文共同讲述故事的儿童文学体裁，深受儿童喜爱，已经成为小学低年级儿童开展阅读活动的重要形式。《义务教育语文课程标准(2011年版)》第一学段阅读培养目标为"喜欢阅读,感受阅读的乐趣""借助读物中的图画阅读"①。因此,绘本阅读成为激发小学低年级儿童阅读兴趣、培养阅读习惯、获得阅读能力提升的主要途径,对于该阶段儿童的阅读素养提高具有至关重要的作用。游戏则是低年级儿童最喜爱的活动,将游戏元素融入绘本阅读中,实现绘本阅读的游戏化,将更大程度发挥绘本阅读对于儿童成长的促进作用。

一、绘本阅读游戏化的意义

(一)游戏能激发儿童对绘本阅读的兴趣

爱玩是儿童的天性,儿童成长过程中离不开游戏,因为游戏是一种符合儿童身心发展规律的活动。儿童对于各类游戏充满兴趣,在参与游戏的过程中,儿童的注意力、思维能力、记忆能力等与阅读活动相关的能力都呈现出积极状态。如若绘本阅读以游戏化的形式呈现,"在快乐的游戏情境下,孩子们的主动性是最强烈的,想象力是最丰富的,创造力是最别出心裁的"②。因此,将游戏活动与绘本阅读相结合,可以最大程度提升儿童对于绘本阅读的兴趣,使儿童真正喜爱绘本阅读,从而感受绘本阅读的乐趣。

(二)游戏能帮助儿童对绘本内容的理解

绘本通过图文内容共同进行信息传递,对于认知水平处于初步发展阶段的低年级儿童来说,绘本阅读存在一定阅读难度。同时在阅读过程中,儿童往往是在教师的引导下做阅读的倾听者和观察者,较少亲自参与到阅读中,不利于儿童对绘本的理解。而在游戏化的情境中,儿童对绘本故事产生强烈阅读兴趣,会从倾听者变为参与者,从被动转为主动,以自己的语言表达和肢体动作进行回应,与绘本之间产生积极互动。在积极的阅读情感体验下,儿童在无意间拉近与绘本的距离,理解绘本所表达内容的含义。

---

① 中华人民共和国教育部:《义务教育语文课程标准(2011年版)》,北京师范大学出版社,2012,第12页。
② 王雪莲:《绘本阅读游戏化途径探索》,《小学科学(教师版)》2015年第5期。

（三）游戏能促进儿童阅读素养的提升

阅读素养是指完成阅读活动所需的相关能力和阅读过程中呈现的情感态度及其品质，其核心在于阅读能力的培养。小学低年级儿童在进行绘本阅读游戏的过程中，自觉进入阅读情境，各种能力发展伴随着游戏潜移默化实现。猜想类游戏促进儿童想象能力发展；分角色体验游戏促进儿童人际交往能力发展；表演游戏促进儿童口语表达能力发展；创编游戏则促进语言运用能力发展，等等。此外，绘本的不同内容将丰富儿童的知识积累，开阔儿童阅读视野，激发儿童探究实践等多方面兴趣。

二、绘本阅读游戏化的途径探究

（一）预测游戏，引发想象

儿童的天性是充满好奇心，尤其是对未知的事物会更为迫切地想去了解，这种探究发自儿童内心，能够最大限度激发儿童的兴趣，引发儿童的想象。这时可以采取具有预测性质的游戏策略，在绘本阅读前，根据绘本封面进行故事内容的预测；在绘本阅读过程中，可以遮挡部分图文信息引导儿童进行后续情节的预测。游戏形式的设计上可以更富有趣味性，通过多媒体技术实现，如"预测密码锁"，即根据封面信息推断出正确的故事要素才可开启故事；"预测迷宫"，即根据已知故事线索正确预测后文情节才可以走向终点。

阅读前预测，如阅读《我爸爸》《我妈妈》，教师可以遮盖部分封面信息，渐显过程中，学生预测故事主人公是谁，他/她有着怎样的性格；阅读《迟到大王》，可以直接根据封面上的两个人物，预测故事主人公关系及可能的故事情节。阅读中预测，如阅读《犟龟》中陶陶前往狮王婚礼的路上，其他小动物劝它放弃，儿童可以根据陶陶的性格特征预测陶陶的决定；阅读《肚子好饿的毛毛虫》，可以根据毛毛虫肚子的形状预测它吃了什么东西。

（二）观察游戏，培养细心

绘本版式较为独特，包含封面、扉页、正文以及封底在内，形成了一个整体。在指导儿童阅读绘本时，要引导儿童关注正文以外的部分，观察画面的细节之处，儿童在细致观察的过程中，新奇的发现能带给他们愉悦的游戏体验。这类游戏的核心在于观察与发现，在形式设计上可采取"对比找不同"，发现绘本中容易忽视的细节；采取"火眼金睛找线索"，根据提示找线索，也可以分小组比赛收集线索。

封面封底暗藏线索，如《隧道》封面上是一个小女孩钻入黑漆漆的隧道，封底则是小女孩爬出隧道；故事中藏有其他故事，如《爷爷一定有办法》的页面底部，小老鼠利用爷爷裁剪下来的废布也在进行改造；以图画推动情节，如《母鸡萝丝去散步》中的文字仅仅介绍了母鸡散步经过的地点，其他情节都是通过画面上的变化来推进的①。

（三）问答游戏，促进理解

在传统的绘本阅读中，儿童往往处于单向获取信息状态，即听成人讲故事或者自己读故事，较少实现与读物、与其他读者的双向互动，而问答是解决这一问题很好的方式。但在以往的阅读课程中，师生间的问答并不少见，若能加入儿童喜爱的游戏设计，将大大提升儿童的参与度，真正促进儿童对于绘本故事的理解。游戏形式可以使用"计时抢答"，根据儿童喜爱比赛的心理进行设计；"转盘游戏"，运用多媒体技术设计转盘，抽取小读者进行问题回答；"问题纸条箱"，由儿童自行设计问题，互相抽取问题进行回答。

如阅读《大脚丫跳芭蕾》，儿童可以根据故事内容"大脚丫跳芭蕾的过程"进行问题设计后相互回答。阅读《活了一百万次的猫》，可以在读完故事后进行问题抢答："猫每一次都遇见了什么主人？"阅读《三个强盗》，可以利用转盘随机选择学生描述强盗做了什么事情。

（四）表演游戏，体验情感

阅读绘本时，可以通过表演游戏，让儿童尽情地展现绘本内容，根据一些有趣的情节或者角色，通过他们独有的语言动作来表达出他们此时的心情，可以更好地理解绘本②。表演游戏的核心在于尊重儿童的多元理解，允

---

① 蔡佳佳：《绘本游戏阅读活动开展的意义及其指导策略》，《陕西学前师范学院学报》2018 第 2 期。

② 夏志燕：《借助表演游戏进行绘本教学的研究》，《成才之路》2017 年第 12 期。

许他们按照自己对于绘本内容的理解,进行合理想象,适度夸张,以喜欢的方式进行表演。表演可以分为两种方式,一种是随文表演,即随着故事讲解的进度进行表演,另一种是在完成阅读后,以戏剧的形式进行完整演出。为达到更好的表演效果,还可以加入音乐、服装、道具等进行效果优化。

随文演出,如《大卫在学校》,在讲解大卫在学校的不同表现时,可以按照不同情节由师生共同还原故事现场情境,感受大卫的淘气;完整演出,如《我是霸王龙》,可以在完成阅读后,由学生扮演霸王龙和小翼龙演出故事情节,体会故事中两只恐龙的友谊;加入表演道具,如《城里最漂亮的巨人》,可以为表演巨人的同学准备裤子、鞋子、围巾等道具,同时可以配上音乐演唱绘本中的儿歌,感受小动物们对巨人的感谢之情。

(五)创编游戏,深化表达

绘本故事阅读的延伸是从说到写,即表达与仿写。[1] 但对于小学低年级儿童来说,受识字写字水平影响,仿写有一定难度,因此口头表达更适合这一阶段的儿童。《义务教育语文课程标准(2011 年版)》第一学段口语交际目标指出儿童要能"听故事、看音像作品,能复述大意和自己感兴趣的情节""有表达的自信心。积极参加讨论,敢于发表自己的意见"[2]。在阅读绘本后,引导儿童选择感兴趣的故事内容,结合生活经验进行故事创编,可以提升儿童的理解能力和表达能力。创编故事时需要遵循两个"一定",即所选内容一定是儿童感兴趣的,所创编内容一定是儿童发自内心想要表达的。

如《我爸爸》《我妈妈》为我们展现了爸爸妈妈在生活中的不同角色,儿童可以联想自己的爸爸妈妈,按照文中的语言表达句式"像……一样……"进行创编,丰富的生活经验可以让每个儿童有话说;如《大卫,不可以》塑造了淘气包大卫这一形象,儿童可以大胆想象当大卫改掉坏习惯后会变成什么样子,试着编写《大卫,你真棒》。

---

① 吴振兴:《浅谈绘本故事在小学低年级语文阅读中的教学策略》,《新课程导学》2012 年第 24 期。
② 中华人民共和国教育部:《义务教育语文课程标准(2011 年版)》,北京师范大学出版社,2012,第 12 页。

三、总结与反思

儿童绘本阅读的根本在于阅读兴趣的培养。对小学低年级儿童来说，阅读并非易事，初步发展的认知水平对流畅阅读会形成一定阻碍，无形转变的阅读状态即从伴读到自读对自信阅读也会产生影响。因此，如何让小学低年级儿童爱上绘本阅读乃至爱上阅读成为重中之重。绘本具有故事生动、图画形象的特点，可以帮助儿童实现阅读过渡，这时在绘本阅读过程中加入儿童喜爱的游戏设计，必将提高儿童的阅读兴趣，进而提高儿童的阅读素养。笔者根据绘本授课经验，尝试对不同绘本采取多样化游戏设计，但绘本与游戏的结合途径还需在教学实践中不断探索与完善。希望未来，绘本阅读游戏化能带给更多儿童愉悦的阅读体验！

小学中高年级绘本阅读教学的"情感与理智"

——以《安的种子》课堂教学设计与分析为例

The "Emotion and Reason" of Reading Teaching in the Middle and Upper Grades of Primary Schools

——Taking the Design and Analysis of Classroom Teaching of *An's Seeds* as an Example

李东萍　苏州国际外语学校

Dongping Li，Suzhou International Foreign Language School

作者介绍: 李东萍,苏州国际外语学校教师,毕业于首都师范大学,小学教育专业硕士,研究方向为儿童文学与儿童阅读教育。

摘要: 绘本本身以图片为主、文字为辅的独特阅读内容中蕴含着独特的审美感染力和多重的情感教育。在绘本阅读教学目标中,中高年级的学生不仅要能够收获文本中的知识,还要能够在阅读和学习的过程中增强自我意识、获得品格养成、提高文化认同和懂得生命关怀。小学中高年级的绘本阅读教学不应只满足于对绘本感观上的赏析和对故事内容初步的认识和了解,更重要的是要让学生走进作家的心灵,用语言、思维、互动和创作来读懂图片、读懂文字、读懂故事、读懂作者,甚至读懂绘本创造,进而实现小学中高年级在绘本阅读教学方面对学生情感的浸润与理智的触发。

Abstract: Picture books contain unique aesthetic appeal and multiple emotional education in their unique reading content, which is mainly composed of pictures and supplemented by words. In the teaching goal of picture books reading, middle and senior students should not only be able to harvest the knowledge in the text, but also be able to enhance self-awareness, develop good character, improve cultural identity and understand life care in the process of reading and learning. The picture books reading teaching in middle and high grades of primary school should first meet the basic requirements of the appreciation of picture books and the preliminary understanding of story content, and furthermore, to let students walk into the writer's mind, using language, thought, interaction and creation to read pictures，texts，stories，authors，even understand the creation of picture books. At last，it can realize the emotional infiltration and intellectual triggering of students.

关键词：中高年级；绘本阅读；教学设计
Keywords：middle and upper grades；picture books reading；instructional design

绘本，在儿童文学作品领域中占据着独特的地位。一本优秀的绘本作品，对于读者来说，是没有年龄限制的，任何人只要喜欢都可以拿来读。正如 19 世纪丹麦的童话作家安徒生所说："儿童读到的是我创作的故事，成人读到的是我作品中的思想。"因此，绘本也因其独特的文本阅读方式和阅读价值，让越来越多的语文教师开始尝试将优秀的绘本作为阅读课程资源引进课堂，将绘本阅读当作语文常态课的一种补充，进而发挥出绘本独特的阅读价值。

一、情感的浸润：小学中高年级绘本阅读的奥妙之美

绘本本身以图片为主、文字为辅的独特阅读内容中蕴含着独特的审美感染力和多重的情感教育。在绘本阅读教学目标中，中高年级的学生不仅要能够收获文本中的知识，还要能够在阅读和学习的过程中增强自我意识、获得品格养成、提高文化认同和懂得生命关怀。

（一）自我认知

从小学中年级开始，儿童的自我意识就变得越发显而易见。对于中高年级儿童这些心理发展水平的变化，作为教育者不能简单粗暴地使用自己的权威来压制他们，而应该学会利用一些儿童感兴趣的教学资源进行潜移默化的引导。而一些优秀绘本作品中就蕴藏着这样丰富的情感因素，能够触发中高年级儿童的情感共鸣。因此，在小学中高年级的绘本阅读教学课堂中，教师可以有目的地选择一些儿童自我认知情感因素较多的绘本展开教学，进而引导学生形成积极向上的自我评价与体验，理解和

尊重自我认知的独特性,帮助中高年级学生探索和形成自我认知的途径与方法。①

(二) 品格养成

什么是品格呢?品格指持久不变的正向行为模式,是个人的信念与行为的核心。品格是决定人生的终极力量,优良的品格是塑造个人成功的第一粒种子。一位古代哲学家曾说:"品格即命运。"品格养成对于小学中高年学段的重要性更是不言自明。自信、认真、踏实、独立、宽容、坚强、孝敬父母、有责任感、节俭、仁爱、谦虚、乐观、热爱学习、遵纪守法等,这些优秀品格的养成不能只靠教育者的说教,借助课外阅读进行间接教育也是一种可选的教育方式。而目前一些已经出版的图画书中就有专门的"品格养成系列图画书",如果能在阅读课堂中选用一些此类的儿童文学作品,也会有益于儿童品格的学习和养成。

(三) 文化认同

文化认同,是一种个体对群体文化认同的感觉,是一种个体被群体的文化影响的感觉。当前的中国学生发展核心素养也强调了要培养具有"文化基础"的学生。当前大量中国优秀传统文化绘本不断涌现,如有涉及中国各地方物质文化中的服饰、饮食、住房、交通的绘本,还有包含中国民族精神文化中的语言、文学、艺术、风俗、信仰、传统节日、地域及民族文化等方面的绘本。借助这些优秀的传统文化绘本来增加小学中高年级学生对自身文化的认同,不失为一项影响深远的阅读活动。

(四) 生命关怀

生活于社会与大自然中的人类需要有一种"生命共同体"的意识,懂得关怀人类的生命、关怀非人类动物的生命、关怀大自然的生命。处于小学中高年级的学生虽然具有了初步的自我意识,但是他们的生活方式比较简单,没有经历过各种世事,人生阅历暂时还很浅薄,对于生命的理解还只是一个

---

① 李超:《小学中高年级绘本阅读教学策略研究》,上海师范大学硕士论文,2016,第16页。

词语。如果借助于"生命教育系列绘本"中一个个形象生动的生命关怀的故事,就会在润物细无声的阅读教学过程中,让学生增强对于生命和生命共同体的敏感度,理解并关怀生命的必要性,形成一种阳光且正能量的人生态度。

二、理智的触发:小学中高年级绘本阅读的魅力所在

小学中高年级的绘本阅读教学不应只满足于对绘本感观上的赏析和对故事内容简单初步的认识和了解,更为重要的是在绘本阅读教学过程中让学生走进作家的心灵,用语言、思维、互动和创作来读懂图片、读懂文字、读懂故事、读懂作者,甚而读懂绘本创造。

(一)语言表达

绘本阅读教学的过程中离不开师生之间、学生之间、绘本与师生、作者与读者之间的沟通与交流。特别是在中高年级的阅读课堂中,更是以学生为主体,教师为主导。学生对绘本内容的理解和感悟的外显性的方式有语言的表达、文字的表达、画面的表达、情绪的表达、状态的表达等。因此,教师如果能充分挖掘绘本中的深层次的表达内容,那学生在阅读展示与阅读交流中的语言表达也将更具有逻辑性、深刻性和启发性。

(二)思维培养

思维能力决定着一个人的学习能力与创造能力,它是个体整个智慧的核心,参与和支配着个体的智力活动。阅读活动本身就是一种思维活动,而绘本作为一种特殊的儿童文学样式,其图画和文字的解读方式比较多元,例如故事的主人公和故事的结尾都不是单一的,因此,在绘本阅读教学活动中,针对小学中高年级的学生就不能只局限于分析、概括和总结,更应该创设问题与情境培养学生的创造力、想象力和创造性思维。[①]

---

① 陈丽玫:《关于影响小学高年级学生童书选择因素的实验研究》,苏州大学硕士论文,2009,第12页。

（三）社会交往

小学阶段的学生社会交往主要包括亲子交往、师生交往、同辈交往，其中，随着年龄的增长，到了小学中高年级，因儿童心理发展的特点，同辈交往变得更为重要。而儿童的人际关系直接影响其心理、行为、性格等的健康发展，甚而对儿童未来的学习与生活产生重大的影响。而绘本中的故事大多是围绕儿童生活中直接和间接交往的人与物展开的，因此，学生在阅读和学习的过程中会将故事中的情景投射到自己身上，并在这一过程中学会正确和恰当的交往方式与方法。

（四）创作体验

一个想法如何生成一个作品？一篇故事如何构架一部绘本？一张纸如何做成一本书？绘本的创作体验过程具有互动性、趣味性、创意性。在中高年级的绘本阅读教学过程中，设计绘本的创作体验会极大地调动学生的阅读与创作兴趣，同时也能培养学生阅读的自主性和实践性。

三、情感与理智的交融：以《安的种子》 阅读教学设计与分析为例

《安的种子》阅读教学设计与分析

教学目标

知识目标：通过绘本阅读，懂得关注绘本中的文字和图画，了解绘本故事。

能力目标：掌握阅读绘本的方法，学会读图，能对故事内容有自己的见解和看法，发现图画中隐藏的秘密。

情感目标：感受绘本魅力，挖掘绘本内涵，并培养良好的绘本阅读习惯。

【教学设计理念】小学中高年级绘本教学的教学目标仍要"以儿童为本位"，从儿童的立场出发，关注儿童的阅读兴趣与需求，从阅读知识、能力、情感来提升儿童的阅读素养。

教学重点

引导学生掌握阅读绘本的方法，学会读图，发现绘本图画中的秘密，培养学生的想象力。

教学难点

通过讨论三个小和尚的不同性格,学会辩证地分析和评价人物性格,最终明白做事情要遵循规律,要有耐心和学会等待。

教学过程

1. 聊聊种子,引出绘本

(1)同学们,你们知道世界上什么东西的力气最大吗?请你们来想一想,猜一猜。答案是植物的种子。自古就有赞美种子的诗句:野火烧不尽,春风吹又生(出自唐代诗人白居易的《赋得古原草送别》)。

(2)引入并介绍《安的种子》:今天老师要和同学们一起分享的这本绘本讲的是围绕种子而展开的故事。而且这本绘本可不简单,它值得我们骄傲和自豪,因为它是我们中国原创的经典绘本,不仅风靡于中国,而且走向了世界,让无数读者感动和震撼。今天就让我们一起走进这本优秀的绘本吧!

2. 观察封面,交流所获

(1)拿到一本绘本,我们应该从什么地方读起呢?请同学们仔细观察绘本的封面,你可以获得哪些信息?

引导学生交流:绘本名称、封面图片、作者信息、出版社信息。

(2)认真观察封面人物,通过人物的外貌特征,猜猜他的身份是什么?再通过观察任务的神态和动作,推测他的手里捧着一颗什么种子?最后,根据你的推理、判断,想象这会是一个怎样的故事呢?

【**教学设计理念**】阅读教学导入环节,由一个发散思维的问题入手,可以极大地激发学生的阅读兴趣,使学生带着一个思考开启绘本阅读之旅。紧接着,教师引导学生用心地观察绘本封面,捕捉细节信息,不仅让学生从阅读的开始就养成良好的习惯,还秉承了中高年级绘本阅读的"情感与理智"的特点。

3. 学生交流,走入绘本

(1)学生先自主阅读绘本故事。

(2)绘本中讲了一个什么故事呢?和大家猜的一样吗?请学生上台概述绘本内容。

(3)学生交流:通过这一遍讲述你读懂了什么?还有什么不懂的地方吗?请学生互相谈谈自己的所得和所感。

(4)教师小结:第一遍我们通过阅读文字了解了绘本《安的种子》的故事

内容,这是阅读绘本的第一步——初读,读懂故事的内容。

4. 指导读图,发现秘密

(1) 经过初读,同学们还有许多疑惑的地方,想要解开这些疑惑,需要我们再次走入绘本,这一遍请大家认真细心地观察图画,你一定会发现很多隐藏的秘密!

(2) 走进角色一:小和尚"本"。

① 小组合作,找出故事中的"本"的所作所为,并分析"本"的外貌特征和性格特点。提示学生抓住人物动作、神态展开想象。

② 小和尚"本"角色分析。

外貌特征:灰袍黄色背心、胖;

动作特征:爱跑;

性格特点:毛躁、急性子。

③ 教师小结:绘本中的图画是会说话的。

(3) 走进角色二:小和尚"静"。

① 引导学生观察图画,介绍"静"的外貌、动作和性格。

外貌特征:灰袍、清瘦;

动作特征:不慌不忙找材料、查书;

性格特点:心思细密。

② "静"拿到种子后的做法和"本"有什么不同?

③ 讨论:为什么"静"这么认真还种不出莲花?

④ 师生小结:过分呵护、过分溺爱,不遵循自然原本的规律,就是害了它。

(4) 走进角色三:小和尚"安"。

① 小和尚"本"因为种子不发芽急得团团转的时候,另一个小和尚"静"因过分呵护而害死幼苗的时候,第三个小和尚"安"在做什么呢?

② 出示图片,学生回顾,并分析总结"安"的角色特征。

外貌特征:灰袍、黑色背心、黄色布袋;

动作特征:打扫、念经、做饭;

性格特点:踏实、勤快、有耐心、热爱小动物。

③ 仔细观察图中小和尚"安"的动作、神态,你发现了什么秘密?

④ 讨论:"安"为什么这么淡定呢? 他到底知不知道莲花种子的生长规

律呢? 答案就藏在一幅图中。

⑤ 引导学生仔细观察图画:小和尚"安"手里拿着什么,他在和谁说话? 猜一猜他们说的是什么?

(5) 小结:再读绘本时,同学们仔细观察了绘本中的人物,能够通过抓住人物的外貌、动作、神态分析三个小和尚的性格特点,同时,同学们也发现了许多小秘密。这就是阅读绘本的第二步——重读,读懂图画的秘密。

5. "放大"绘本,发现细节

(1) 阅读绘本,除了观察图中的主要人物,同学们还可以通过读景、读物、读色彩等细节"放大"绘本,发现更多隐藏在绘本中的秘密,这就是绘本阅读的第三步——再读,品味绘本细节的内涵。

你还想发现吗? 请同学们自己静静再回顾一遍故事,细心观察绘本的前、后环衬,封面和封底,看看你还会有什么新的发现?

细节一 贯穿故事的时间:冬—春—初夏—盛夏的时间变化。

细节二 莲花种子的变化:从种子到开花的状态变化。

(2) 引导观察前、后环衬。

翻开绘本,我们看到了只有图画没有文字的一页,叫作环衬。静心观察前、后环衬页,你们有什么发现?

细节三 前、后环衬中的秘密:小狗一直陪着小和尚"安"。

细节四 前、后环衬中的信息:小和尚"安"一直在为寺院挑水。

(板书:安定、等待。)

(3) 小结:同学们,阅读一定要有耐心,而且一本优秀的绘本是常读常新的,仔细看图展开想象,每读一遍你都会有新的发现和新的收获。

6. 了解创作,理性思考

(1) 教师展示搜集的资料,讲解《安的种子》创作的故事。

(2) 一本优秀的绘本会让读者从书中看到自己的影子。你觉得生活中的自己像急躁的"本",像患得患失的"静",还是像安定等待的"安"? 还是三者都有呢?

(3) 学生交流分享自己阅读后的感性与理性思考。请把自己的所读所思所想写进日记中。

绘本在学生的阅读生活中发挥着启蒙与引导的作用,它对孩子情感的

浸润、理智的激发具有得天独厚的育人优势,因此,绘本独特的教学价值也
备受语文教师的关注。教师可以将绘本阅读教学当作日常语文课的有益补
充。同时,由于不同学段、不同年龄段学生的生理和心理特点存在差异,语
文教师在选择绘本时也要因材施教,只有这样才能发挥出绘本独特的阅读
价值与作用。

图画书教学中教师语言的思考

Reflections on Teachers' Language in Picture Books Teaching

陈小杰　北京市朝阳区白家庄小学

Xiaojie Chen，Baijiazhuang Primary School，Chaoyang District，Beijing

作者介绍：陈小杰，北京市朝阳区白家庄小学教师，毕业于首都师范大学。有《桥梁书怎么读?》和《知识付费时代儿童阅读推广新平台关于构建》等论文发表在全国核心期刊上；参与编写《幼儿图画书主题赏读与教学》《儿童文学与小学语文教学》等；教育教学论文曾获全国一等奖，北京市特等、一等、二等奖，朝阳区特等奖等。

摘要：图画书教学日渐兴起。在图画书教学中，教师语言的规范性问题引起了笔者的思考。通过对语文课程标准的解读和对低龄学生认知规律的研究，笔者分别从"规范教师语言的重要性"和"图画书教学中教师的语言策略"两个角度进行思考，得出了"教师运用有效的图画书教学语言，需要在图画书具体教学情境中结合学生具体的认知规律"的结论。

Abstract：Picture books teaching is getting increasingly popular day by day. In picture book teaching, the problem of the standardization of teachers' language has aroused the author's thinking. Through the interpretation of the Chinese curriculum standard and the research of the cognitive rules of the young students, the author thinks from the two perspectives of "the importance of standardizing the teacher's language" and "the teacher's language strategy in picture book teaching" respectively, and draws the conclusion that the effective use of picture book teaching language by teachers needs to combine with the specific cognitive rules of the students in the specific teaching situation of picture book.

关键词：图画书；语言；低年级；策略

Keywords：picture books；language；lower grade；strategy

近几年,随着图画书阅读的日渐兴起,图画书教学也如雨后春笋,蓬勃发展。在图画书教学中,教师的教学语言是课堂教学的重要组成部分,对学生的阅读成长起着关键的作用。对此,笔者通过对儿童的认知发展规律的了解和对图画书文本语言的探究,形成了对图画书教学教师语言的思考。

一、规范教师语言的重要性

(一)是提高学生基本的语文素养的需要

语文课程应激发和培养学生热爱祖国语文的思想感情,引导学生丰富语言积累,培养语感,发展思维,初步掌握学习语文的基本方法,养成良好的学习习惯。① 课标基本理念的阐释,启示教育者在图画书的教学中教师的语言需要给予学生有效的引导,且引导语有助于学生感知图画书丰富、生动的语言,对图画书养成良好的认真观察的习惯,并掌握一定的图画书的阅读方法和思考问题的方式方法,在阅读中促进学生深度理解文本内容和作者情感态度,最后让学生形成基本的语文素养。因此,规范教师语言,是提高学生基本的语文素养的需要。

(二)是正确把握图画书教学特点的需要

图画书是以图画为主、文字为辅或者全部用图画来表达内容的独特的儿童读物。在图画书中,图画发挥着与文字同样的叙事功能,它已远远地超过"照亮文字"的陪衬地位,而成为图画书的主体、生命。② 基于以上图画书的概念和特点,教师的教学语言需要富于启发性,启发学生自主发现文字之外蕴含的丰富、生动的图画语言。因此,规范教师语言,是提高学生基本的语文素养的需要。

(三)是了解学生对图画书阅读的需求

了解学生对图画书的阅读需求,首先得了解学生。瑞士著名心理学家

---

① 中华人民共和国教育部:《义务教育语文课程标准(2011年版)》,北京师范大学出版社,2012,第2页。

② 王蕾主编《儿童文学与小学语文教学》,人民教育出版社,2015,第377—378页。

皮亚杰提出了儿童和青少年的认知发展的四个阶段。其中 2~7 岁是儿童的前运算阶段,这个阶段的儿童开始形成初步的因果联系,做事以自己的身体和动作为中心,从自己的立场和观点去认识事物。7~12 岁是儿童的具体运算阶段,这个阶段的儿童思维具有多元性和可逆性,能够依据具体的客观事物进行深入的思考。[①] 皮亚杰的认知发展理论给予了笔者启示:教师在进行图画书教学时,要结合学生不同年龄阶段和不同的认知特点,遵循学生客观的身心发展规律,综合运用文字语言、肢体语言和相关活动,借助教师的评价语言让图画书的丰富内涵走进学生的心里。

基于以上对课标、文本和学生的分析和思考,结合在小学低年级图画书教学时的具体实践,笔者总结出以下几点图画书阅读的策略。

二、图画书教学策略

为了让学生更积极地参与课堂学习,在课堂中教师可以使用一些小策略。笔者日常小策略主要有:第一,吸引注意力。当学生大脑的视觉皮层区接收到老师的肢体语言信号时,学生会利用简单易操作的动作,条件反射地给予回应,形成互动。教师可以采用的方法是"情景对话法",即用师生约定好的小口令适时吸引学生已分散的注意力。第二,自己制定规则。在运动皮层区,学生的大脑会根据设计"动"的驱动性任务,有目的地感知发言人的信号,从而提升倾听实效。教师可以指定"倾听与发言"的主题,通过全班讨论,确定出"当别人发言时,我做些什么?"制定出一些具体、可操作、实用的规则。如,别人读课文时,我用手指指着默读,然后听他读得是否正确、流利、有感情,最后给予评价。第三,让学生当小老师。两个学生一组,老师先分步骤讲述一个重要知识点,然后鼓励学生在同伴之间传授老师刚刚讲的内容,梳理思路。老师在教室里四处走动,观察学生的理解情况和遇到的困难,及时给予帮助或调整课堂。第四,同伴交谈。教师提出一个本课核心的探究问题,学生先独自思考,然后再讨论交流,进行质疑或思辨,最后达到意见的统一。

---

① 刘萌生:《分层教学中分层基础的确立——基于皮亚杰的认知发展阶段理论》,《吉林工程技术师范学院学报》2014 年第 8 期。

（一）运用简洁、押韵、多样化的教学语言

低年级的孩子正处于前运算阶段和具体运算阶段,因此思维认识具体,好奇心强,喜欢新鲜的事物,在语言方面同样如此。如果教师课上总是用一成不变的语言进行教学,时间长了学生就会感到乏味,不知不觉中产生疲劳感和倦怠感,学习的积极性也会不知不觉随之下降,出现走神等常见现象,学习效果也会不尽如人意。这时学生还会很委屈,因为他们也不是故意的,多数原因是控制不住自己。在这种情况下,教师如果使用吸引注意力的各种技巧,如加入韵语儿歌,就可以直接刺激学生的大脑兴奋区,在短时间内激发学生的兴趣,从而调动学生参与学习的积极性和主动性。如,表示要求学生注意倾听,教师可以将要求编成小儿歌,和学生形成"暗号":"小嘴巴,不讲话;小眼睛,看老师;小耳朵,要听清;小脑袋,快思考。""老师嘴里说什么? 大家耳朵要听好。"等等。又如,要表达让孩子坐好的要求,我们可以说:"一二三,请坐端。""谁最认真? 我要看眼神。""看看哪位同学的背最直呀! 像棵小松树!"来将开小差、打瞌睡的孩子唤回到课堂中。正如绘本《猜猜我有多爱你》中小兔子和大兔子所说的:"我爱你有手臂这么宽;我爱你像小路延伸到小河那么远;我爱你一直到月亮那里!"同样是表达爱,小兔子的语言却妙趣横生,多彩纷呈。这样的语言,简洁生动而丰富,课堂教师使用这样的语言,儿童就像在阅读习惯培养的绘本小故事,十分喜闻乐见。久而久之,儿童在和老师"约定"的暗号中,逐渐将教师主动的"管理"变成自主的自我心理暗示,形成自我管理。

（二）运用商量、引导、倾听式的平等对话语言

在组织绘本活动时,我会更多地使用"你是怎么想的?""你为什么这样想呢?""你还有其他更棒的金点子吗?""如果是你,你该怎样做?"等诸如此类的商量的语句。有时也会用一些带有假设性的词语来设计相关的问题,目的是让学生敢说,不怕说错,在说的过程中鼓励和引导学生勇敢地去表达自己的见解。例如,在绘本《鳄鱼怕怕牙医怕怕》的教学中,为了让学生感受恐惧、害怕这一情感,教师可以这样问学生:"假如你是那位牙医,当你看到鳄鱼这个庞然大物后,你是什么反应? 如果你是鳄鱼,当看到一个拿着工具要拔掉你的牙齿的医生的时候,你有什么感觉?"通过一系列假设性的问题

来让学生获得体验，进而思考，让处在前运算阶段的他们充分从自己的立场和观点去认识事物，调动参与学习的积极性，尊重他们的意见，拓展他们的思维深度，从而进一步加深对绘本的理解。另外，教师还可以利用孩子已有的生活经验，通过让学生学一学、说一说，或者做一做的方法给予方向上的引导，进一步感受绘本的意义。例如这样问："生活中你害怕拔牙吗？如果你遇到害怕的事情，你会怎么做？"交流中，可以引导学生用动作、语言来表达自己的情感，在具体的角色体验中设身处地地感受鳄鱼和牙医之间相互恐惧、害怕的心理，这也遵循了皮亚杰理论中处于前运算阶段的孩子做事总是以自己的身体和动作为中心的特点。当学生进行回答后，教师可以借助引导语，促进学生思考或悄无声息地传递情感、态度和价值观。例如在执教图画书《阿利的红斗篷》时，在最后的结尾处，教师可以抛出启迪性的问题引导学生思考："阿利为什么非要千辛万苦地亲自制作红斗篷呢？"这时，学生会脑洞大开，进行各种猜测。在学生的猜测中，教师让学生充分发散思维，最后小结。借助小结语，教师揭示图画书故事中阿利努力追逐梦想的主题，将学生的思维聚合。

（三）注入生动、正能量、新颖的鼓励语

在《大卫，不可以》这个绘本故事中，大卫妈妈为了帮助大卫改掉生活中的坏习惯，口中常说的一句话就是："大卫，不可以！"再看大卫的表情，一脸淘气。这句话仿佛成了魔咒和兴奋剂，妈妈越是说，大卫越是花样翻新地搞破坏。直到文章结尾，大卫的妈妈把大卫搂在怀里，无比温柔地说了一句："大卫，我爱你！"此时的大卫仿佛变了一个孩子似的，竟乖巧地依偎在妈妈的怀里，笑了。这个故事折射出了许多"坏孩子"的影子。其实，无论是学习态度好的学生，还是学习态度差的学生，都离不开老师的鼓励。特别是低段的学生，他们将老师的表扬视若瑰宝，倍加珍惜，甚至作为同学之间可以炫耀的东西。在表扬孩子们时，老师表扬的语言也应该浅显、生动、儿童化。如一边竖起大拇指一边说："你真棒！故事讲得真生动！""瞧，我们班的故事大王又在展现他的魅力了，他/她观察得多仔细呀！"当有的学生读课文读得很好时，我们可以说："你就是我们班的小黄鹂！"如果教师只是单纯地在课堂上使用"你真棒""很好""大家说好不好"等老生常谈的语言，时间长了，学生会觉得老师的表扬很廉价，没有什么新意，也就不再全神贯注地倾

听了。因此,鼓励语要具体、生动、指向性强,契合学生直观形象的思维。

(四)富有感情的范读

如果教师的语言枯燥、乏味、没有情趣,就难以调动学生的感官,引起学生的共鸣,更不用说处于低年级的学生了。《狐狸和大熊》是儿童文学作家王蕾创作的一个绘本故事,讲述的是狐狸和大熊一起种地,狡猾的狐狸总是想方设法占便宜,最后却被憨厚而有智慧的大熊狠狠教训了一顿的故事。这个故事的情节十分丰富曲折,语言生动简洁而富有特点。在示范朗读时,教师的语气有时高、有时低。声音高而又有重音强调时,学生体会到了狐狸占便宜后一副得意扬扬的样子;声音低沉时,学生感觉到憨憨的大熊虽本性老实,却十分有智慧,"以狐狸之道还治狐狸之身",特别了不起,特别痛快。在示范朗读中,儿童会用自己的心灵去体会,感受潜藏在故事背后的情感。平时教师的教学也是一样,枯燥乏味的课堂注定没有生气,没有活力,就像一潭死水。在这样的环境中,学生注意力自然无法集中,教学质量也难以提高。因此,结合低段学生心理和思维的特点,教师课堂的语言需要有趣、形象、富有感情。在课堂上教师可以声情并茂地范读一篇课文,或感伤、或兴奋、或激动抑或平静中带着重音和停顿,将孩子带入一种特定的图画书阅读语境,感受中华民族语言的魅力。久而久之,儿童的情感将会在"润物细无声"中得到熏陶和升华,同时积累丰富的情感经验,让课标悄无声息地落地。

以上,是笔者对图画书教学语言的点滴思考。课标中指出:语文课程是一门学习语言文字运用的综合性、实践性课程。[①] 因此,教师有效的图画书教学语言,还需要自身在图画书教学中结合具体学生的性格、心理等发展规律,不断摸索。路漫漫其修远兮,吾将上下而求索。

---

① 中华人民共和国教育部:《义务教育语文课程标准(2011年版)》,北京师范大学出版社,2012,第2页。

小学图画书阅读教学方法探析

Probing into the Teaching Methods of Picture Books Reading in Primary Schools

王　冰　许　欣　首都师范大学初等教育学院

Bing Wang，Xin Xu，College of Primary Education，Capital Normal University

作者介绍：王冰，首都师范大学初等教育学院讲师，从事儿童文学和小学语文教学研究。许欣，首都师范大学初等教育学院讲师，从事小学语文教学研究。

摘要：图画书这种图文结合的独特图书样式，已经成为小学语文教学的一种重要课程资源。小学语文教师要在充分认识这种优质资源的丰富价值的基础上，从图画书的艺术特征出发，探寻图画书阅读教学的有效方法。教师可以通过讲读故事情节，关注书中的图画，引导学生利用已有的知识经验猜想情节，进行角色扮演或是将阅读与写、绘结合起来等帮助学生阅读。

Abstract：Picture books，as a unique book style combined with pictures and texts，have become an important curriculum resource for Chinese teaching in primary schools. On the basis of full understanding of the rich value of this kind of high-quality resources，Chinese teachers of primary schools should start from the artistic characteristics of picture books and explore effective teaching methods of picture-books reading. Teachers can help students understand through telling and reading the story，paying attention to the pictures in the book，guiding the students to guess the plot by using the existing knowledge and experience，playing the role or combining reading with writing and drawing，etc.

关键词：图画书；阅读；教学方法

Keywords：picture books；reading；teaching methods

　　图画书这种图文结合的独特图书样式，以优美的图画、简洁的文字、动人的故事、巧妙的构思深深地吸引着孩子们。阅读图画书，对于儿童语言表达能力的提高、思维能力的发展、审美意识的培养、思想情感的熏陶、健康品格的建构,都有着不可忽视的作用。目前,图画书已经成为小学语文教学的一种重要课程资源。对于图画书的阅读教学,小学语文老师要认识到它不同于传统的语文课文的教学。教学时,应该从图画书的艺术特征出发,针对不同学段的学生情况灵活运用教学方法,从而实现教学的有效性。

一、讲读故事,注重方法

图画书图文结合的艺术特质,决定了图画书教学中的故事讲读特点,不能只讲文字的故事,而是要讲整个故事,把图画叙述的故事也讲出来。同时,教师在讲读图画书时,也不应机械地念书,而应包含讲述、朗读等多种形式。在图画书的故事讲读中,教师一定要对文本进行深度解读、整体把握,让自己的讲述或朗读能够再现故事的情感与趣味。而且,特别要注意把控好讲读的语言风格,是活泼的,还是优美的,一定都要契合图画书作品原本的风格。不同类型的作品,可以灵活采取不同的讲读方式。故事性较强的图画书更适合讲述,而语言优美、诗性或散文化的图画书就比较适合朗读了。比如《风到哪里去了?》通过母子之间诗意的对话,向孩子讲述了世界上物质不灭的道理。故事的语言文字非常优美,比喻、拟人等修辞手法的运用,使文字充满了诗情画意,因而这本书就非常适合朗读。在教师朗读的过程中,可以让学生从中感受文本传达的内涵,体会作品文字的韵味。

另外,图画书阅读教学过程中的讲述要与学生对画面的观察结合起来,让学生边听讲述边阅读画面。在讲述的过程中需要作一些停留,对一些在推动情节发展、展现人物情感或者表达作品主题意蕴等方面起关键性作用的画面要进行欣赏与解读。如引导学生对故事情节的后续发展进行猜想,引领学生在观察画面的细节中,去发现、感悟作品的内蕴。需要注意的是,虽然要对重点画面作停留,但是这样的停留要适当,不能破坏了故事的连贯性与完整性,因而一般选择两三个画面进行重点解读即可。讲述过程中的提问等互动也不宜多,这也是出于对保持故事完整性的考虑。如《城里最漂亮的巨人》讲的是一位心灵美好、乐于帮助别人的巨人的有趣故事:巨人乔治刚刚置办了漂亮的新衣服,但看到长颈鹿、山羊、老鼠、狐狸等的不幸时,就倾其身上所有来帮助小动物们。教学时,教师要把握住故事发展的关键节点,每一次都在"乔治会怎么做"处停下来,引导学生猜测再印证,使故事的讲述成为师生共同建构故事的过程。还有,教学中,图画书的故事不是讲一遍就结束了,是需要反复讲述的,要让学生在反复中一次次获得新的发现,一次次体验和回味阅读的愉悦和快感。

二、阅读图画,感受意蕴

图画在图画书中担当着重要的叙事功能,从封面、环衬、扉页、正文到封底的图画都在共同传达一个完整的故事。因此,在图画书教学中,对图的领悟是图画书教学中的一个重点。教师要指导学生认真地去阅读每一幅图画,千万不要匆匆翻页,要细致观察画面中人物的外貌、动作、表情等,发现并感受图画中的构图、色彩、细节等所流露的情感、所表达的意蕴,引导学生在读图中理解故事、感悟内涵、发展能力。如《团圆》中,爸爸刚回来时,一把抱起了毛毛,我们看到画面上的小女孩被吓得大哭,极力想挣脱爸爸的怀抱;而当爸爸要离开时,再次抱住她,我们看到的是毛毛和爸爸紧紧相拥,眼含泪花。语文名师岳乃红老师在教学时就指导学生对比前后两幅图,说说毛毛的两次流泪有什么不同。这样做能够让学生从毛毛的表情、动作的鲜明变化,来体会出她对爸爸由陌生到不舍的情感变化。

图画的细节体现着作者的匠心,有些是画家故意设下的悬念,让读者在翻页中寻找答案;也有些细节则关系着整个故事的发展或者感情的积淀,需要教师适当地引导学生去关注,启发他们思考其中的内涵。如在《大脚丫跳芭蕾》中,贝琳达非常喜爱芭蕾舞,而选拔会的评委却嫌她的脚太大而拒绝看她的表演。因此,贝琳达特别伤心。她躺在浴缸里的那幅图中,浴缸上方的花洒滴下了一滴水,整个画面的色彩是灰白色的。作者巧妙地用这一小细节和色彩来表达了贝琳达此时内心的情感。教学中,教师要启发学生观察画面细节,思考"这一滴水代表着什么?"引导学生体会贝琳达被人否定后难过的心情。

另外,图画书中图画所讲述的故事往往可以补充文字没有言说的内容。比如《母鸡萝丝去散步》中,图画讲述了文字没有言说的狐狸追逐母鸡的滑稽故事,这是作品的核心与精华,集中了故事的戏剧冲突、喜剧性和幽默感。因此,教师要指导学生仔细阅读画面,感受这本书由图文巧妙互动所带来的无穷趣味。

三、巧妙设问,引导想象

图画书简洁明了的文字、匠心独运的图画、翻页阅读的跳跃性,这些都能让学生的想象力与创造力得以自由飞翔。在图画书教学过程中,教师要善于引导学生利用已有的知识经验来猜想故事情节、体味人物,让他们的思想、情感和作品碰撞出思维的火花,从中获得阅读的乐趣。教师可以选择影响故事发展、能够引发学生的想象力的图画巧妙设问,引导猜想。教学时,可以先利用图画书的封面设问,让学生预测故事的内容,激发起学生阅读的兴趣;也可以利用图画书翻页营造的悬念设问,在翻页前让学生自由地猜测,想象人物的心理,推想故事的发展。例如《狼大叔的红焖鸡》中的一页,讲的是狼大叔蹑手蹑脚地跟在母鸡后面,越靠越近。当他正要伸手去抓他的猎物的时候……"的时候"后面用了省略号,没有讲这时发生了什么事。当讲完这幅画面时,教师可以让学生猜猜接下来会发生什么事,狼大叔有没有抓到母鸡?为什么?有些图画书在重复中推进故事情节的发展,教师可以利用文字的重复结构,引导学生猜测故事情节的发展趋势,让故事在孩子的充分想象中完成衔接,激发他们的创造思维。如约翰·伯宁罕(John Burningham,1936—2019)的《迟到大王》是一个非常滑稽幽默的故事。约翰·派克罗门·麦肯席每天都迟到,因为他在上学的路上总是遇到稀奇古怪的事情,老师却认为他在说谎,每次都严厉地处罚他。直到有一天,老师自己也遭遇了不可思议的事,被一只又大又黑的猩猩抓住了……教学中,教师可让学生从故事的第二天开始大胆猜想:男孩这天迟到的原因是什么?提示学生想得越离奇越好,让学生在自由想象中感受创造故事的乐趣。另外,画面的留白也为学生提供了想象的天地。如在《三只小猪》中,当小猪们乘着纸飞机飞向天空时,两个跨页的画面中有大面积的留白。教学中,教师可以根据跨页的留白设问,引导学生展开无限的想象:三只小猪在天空中会经历一段怎样的旅程?让学生感受三只小猪飞上天空的刺激和快乐。

四、情境表演，加深体验

　　情境表演可以说是孩子们最喜爱的表达自己的阅读感受的一种方式。在小学低年级的图画书教学中，可以让学生充分发挥表演天分进行角色扮演，再现故事情境，让学生在表演中感受图画书的魅力，通过表演加深学生的情感体验，发展他们的多元智能。一般来讲，故事生动，情节曲折离奇，人物形象鲜明，对话丰富的图画书，往往能激发起学生表演的兴趣，非常适合学生扮演。表演时，可以表演整个故事，也可以表演重点片段。如根据挪威民间故事创作的《三只山羊嘎啦嘎啦》，讲的是大小不同的三只山羊，名字都叫嘎啦嘎啦。他们都想让自己长得胖一点，于是要到山坡上吃草。但路上必须经过一座桥，桥底下住着一个可怕的山怪。最小的嘎啦嘎啦首先走上了桥，山怪要吃他，可是他说："一会儿第二只山羊嘎啦嘎啦就来了，他比我大多啦。"山怪放他走了。第二只山羊嘎啦嘎啦也一样逃出了山怪的魔掌。第三只嘎啦嘎啦却勇猛地冲过去，将山怪打得落花流水。然后三只山羊到山坡上美美地吃起草来。这是一个简单的故事，但是非常具有戏剧性，人物语言生动有趣，情节扣人心弦，以民间故事中常见的三次重复带给小读者三次惊险的体验，非常适合让学生角色扮演，表演完整的故事情节，在扮演中走进作品，体会三只山羊的勇敢机智以及山怪愚蠢的性格特征，感受故事的趣味性。

　　需要注意的是，表演要以保证作品的阅读为前提，以推动深入、个性化的阅读为目标。只有在学生对作品有了个性化的理解、体会之后，再结合他们的生活经验进行表演游戏，学生才能将自己对文本的理解和感悟创造性地投射进表演中，才能够真正表达他们内心真实的情感。

五、写绘延伸，创意表达

　　图画书有趣的故事、精美的画面、生动的形象、简洁明快的语言都会给学生带来无穷的阅读乐趣。在阅读中，学生的情感会自然地投射到故事的角色上，很容易产生情感的共鸣。小学图画书阅读教学中，教师要顺应学生的情感共鸣,寻找学生表达的兴奋点,引领他们通过写、绘或写绘结合来回应和延伸阅读,把阅读的感受、感动和联想等用书面形式表达出来,从而实现从读到写的自然过渡,提升学生的语言表达能力。特别是对书面语言表达能力有限的低年级学生来说,模仿图画书图文结合形式的写、绘是孩子们尽情抒发、自由表达的一个良好通道。

教学实践中,有几种常用的把图画书的阅读与写、绘结合起来的方法:一是仿写图画书中的语言表达方式。一些富有语言规律的句子,如重复的句式,可以作为学生仿写的素材。如《逃家小兔》中,反复出现了"如果你变成……我就变成……"的句式来表达爱,教师可以引导学生进行仿写并画下来:如果你是逃家小兔,在和你妈妈玩一场爱的游戏,你会变成什么? 你的妈妈又会变成什么来追你? 由此,让学生发挥想象,运用语言,迁移图画书中精彩的表达方式。注意这样的仿写,一定是巧妙自然地渗透在学生感受作品图画和文字的美妙的快乐中的。二是链接自我生活的仿写。这种仿写是把阅读向学生的生活延伸,引导他们去体验、发现、表达自我世界。如在《我爸爸》教学中,可以让学生模仿书的图画和表达,画一画、写一写自己的爸爸。三是故事续写。在学生对故事有了整体的感受和把握的基础上,可以延续作家的写作思维,拓展学生的想象空间,利用故事情境进行故事续写。例如讲读完《鸭子骑车记》后,延伸活动中可引导学生在意犹未尽之时续写故事:鸭子还会去做什么事挑战自己呢? 把想到的画下来、写下来。四是扩写补白。许多图画书在语言的叙述或画面的设置上,留有一定的空白,给读者留下了无尽的想象空间,教师可以抓住这些留白让学生进行想象。如在《鸭子农夫》中,当牛、羊、鸡聚在一起商量怎样帮助被农夫欺凌的鸭子时,有这样一段对话:"'哞哞!'牛说。'咩咩!'羊说。'咕咕!'鸡说。就这么说定了!"语言极为简单,到底牛、羊和鸡都说了什么? 是怎么说的? 可以让学生展开想象,将图画书中简单的文字进行扩充并使之丰满。

图画书阅读教学是小学语文教学的有力补充,教师要不断探索图画书教学的方法与策略,使之成为提升学生语文核心素养的有效途径。

绘本与小学语文
——教学设计案例与解读

Picture Books and Primary School Chinese
——Teaching Design Cases and Interpretation

高博涵　重庆师范大学初等教育学院

Bohan Gao, Primary Education College, Chongqing Normal University

作者介绍：高博涵，文学博士，重庆师范大学初等教育学院讲师，从事儿童文学教育研究。

摘要：在小学语文教学中，绘本具备教学价值，可用作阅读材料。教师可根据不同年级的教学特点，设计出不同的教学类型。针对低年级学生特点，以《跑跑镇》为例，可设计为一堂绘本剧编演活动课。针对中年级学生特点，以《今天，我可以不上学吗?》为例，可设计为一堂想象力拓展课。针对高年级学生特点，以《柠檬蝶》为例，可设计为一堂语文美术结合课。

Abstract：In primary school Chinese teaching, picture books have many values and can be used as reading and activity classes to promote. Teachers can design different teaching modes according to the diverse teaching characteristics targeted for different grades. For the characteristics of lower-grade students, taking *The Running Town* as an example, teachers could design an activity class themed at creating and performing the plot of a picture book. When it comes to the characteristics of intermediate-grade students, taking *Can I Not Go to School Today* as an example, teachers could design an imagination development class. Concerning the characteristics of higher-grade students, using *Lemon Butterfly* as an example, the class activity can be designed as a Chinese-art combination course.

关键词：绘本；小学语文；教学设计

Keywords：picture books；Chinese teaching in primary school；teaching design

近年来,绘本的阅读与教育无疑是一个热门话题。在小学教学中,无论低年级还是中高年级,绘本都具备新颖且很有意义的教学价值,可用作阅读材料。作为小学教师,学会选择适宜课堂教学的绘本,并设计出适合不同年级学生的教学方案,显然具备极强的实践意义。本文将以《跑跑镇》《今天,我可以不上学吗?》《柠檬蝶》为例,分别针对小学低年级、中年级、高年级进行绘本教学设计,并作出教学设计解读。

一、《跑跑镇》:低年级绘本剧编演活动课

小学低年级学生注重作品的认知,写话能力的培养,情感的教育,教学过程注重游戏性与参与性。在教学设计上,可尝试主题认知、创作培养、编演游戏等类型。其中,绘本剧编演活动的尝试,可充分调动低年级学生阅读、仿写的参与热情,本文以《跑跑镇》为例,设计一堂绘本剧编演活动课。

教学类型:绘本剧编演活动课。

实施年级:小学低年级。

教学时间:40分钟。

教学目标:培养学生的复述能力,口头与肢体表达能力,团队合作能力。

教学准备:《跑跑镇》的PPT版本,或有声绘本视频。

教学过程:

1. 导入

播放《跑跑镇》PPT,请学生猜测小镇居民撞在一起的后果,并要求学生表述出来。

请学生回答:

(1)这么多碰撞,你最喜欢哪一个?

(2)碰撞前与碰撞后,小镇居民各自的特点是什么,为什么会形成碰撞后的效果?

2. 讲编故事

请学生口头讲出《跑跑镇》的故事情节。

请学生发挥想象力,尝试编写续篇。

3. 绘本剧排演

可以两两一组,进行碰撞表演的排练,可从《跑跑镇》的故事情节中选择一次碰撞,也可以采用学生自己的续写。

教师应指导学生进行语言、动作、神情方面的表达,比如,自我介绍("我是猫""我是鹰"等),比如,要有比较夸张的相对奔跑的动作,神情上要突出期待感,身体不要背对观众,等等。

排练结束后,即进入表演阶段,以两人一组为单位,依次请学生上台表演,要求有台词,有动作,有神情,等等。

4. 回味

表演结束,教师作总结。请学生评价自己及其他组同学的演出。

教学设计解读:

《跑跑镇》并不体现深刻的教育意义,也不承担复杂的主题内涵,而着意于大胆的想象和动态的趣味,使孩子们在阅读中感受绘本的魅力,了解动植物的不同特性和生活中的常识。更为重要的是,这部作品使得世间万物充满了神奇色彩,激发出孩子们更为广阔的想象力与思维空间,就连大人阅读之后,都会发出由衷的赞叹。

将《跑跑镇》设计成小学低年级教学课,一定不要错过绘本剧的编演,因为这部作品本身的动态效果与创新形态天然适合绘本剧的改编。设计成绘本剧编演活动课,首先,应注重培养学生口头复述故事情节的能力,帮助他们将绘本中直呈的不同"撞击"连成一篇完整的故事。其次,应培养学生的想象力,激发他们的活跃思维,让学生尝试续编"撞击"的其他可能,并让他们口述出来。再次,尽管在教学设计中,学生只是两两一组进行表演,但这样简单的表演形式,依然需以较为正式的状态与态度进行。学生必须有明确的台词、动作与神情,两人的配合也要求默契,以培养学生的团队协作能力。最后,教师需对学生的表演进行总结,学生也需进行自我评价,从而使得这次表演更有意义。

二、《今天,我可以不上学吗?》:中年级想象力拓展课

小学中年级学生注重作品的理解、语言的表达与抒写、想象力的拓展与

思维能力的养成,教学中需确立学生的主体性。教师可设计作品细读、想象力拓展、思维能力培养等不同类型的课程,夯实学生的语文素养,实现绘本教学的基本功能。其中,想象力的培养应与语文学习及作文创作密切相关,始终是一项重要培养目标。本文以《今天,我可以不上学吗?》为例,设计一堂想象力拓展课。

教学类型:想象力拓展课。

实施年级:小学中年级。

教学时间:40分钟。

教学目标:培养学生的想象力、语言组织能力、抒写能力。

教学准备:《今天,我可以不上学吗?》的绘本。

教学过程:

1. 导入

与学生讨论:

(1) 有没有不想上学的时刻?

(2) 如果今天不上学,会是什么感觉?

(3) 如果今天不上学,会干些什么?

2. 阅读绘本

与学生一起阅读这部作品。在阅读过程中,请注意突出兰兰的顽皮与开玩笑的特征,以及情节的想象性。目的在于调动学生的想象力。

阅读完毕,可以请学生回答这些问题:

(1) 最喜欢兰兰的哪一段想象?

(2) 还可以有哪些想象?

(3) 能否把新的想象写成一段文字?

3. 片段创作

请学生在阅读绘本后,展开想象:假如有一天不上学,会去做什么,会遇到什么样的人和事,会有怎样的心情?

请学生以此为题,创作一段文字。可以以兰兰的想象为蓝本,也可以拓展自己喜欢的内容。

可提醒学生注意呈现该种想象的过程,用自己的语言将它描述出来。教师可不对内容形式作要求,以呈现叙述为主。

4. 创作分享

请学生一一分享自己的文字。每位同学朗读之后,可以找其他同学进行点评,由此形成互动的效果。遇到想象力丰富的作品,可以请这位同学进一步表达:为什么会有这样的想象? 如何产生这样的感受?

5. 教师总结

分享完毕,教师总结有趣独特的想象画面,鼓励大家不断激发自己的想象力,同时总结大家创作的语言特点,提出问题,使学生注意到写作的行文特点与流畅性,从而更好地实现语文写作的表达。

教学设计解读:

幻想文学将现实和想象结合在了一起,有意思的是,在《今天,我可以不上学吗?》中,这些想象尽管天马行空,但却并未脱离实际,每一个想象都与兰兰起床后的活动有关。想当时装模特时,兰兰正在穿衣服;想潜水时,兰兰正在洗漱;想像公主一样吃早餐时,兰兰正在吃早餐……所有想象都与现实发生直接对接,而并非脱离现实,并且不与现实对立。更重要的是,它带来一种健康的理念:所谓想象,所谓"不上学",并不代表坏的念头,也并非不切实际,恰恰相反,它立足现实,并使现实看起来更加可爱而有趣。

我们可以将这一堂课设计成有关想象力的拓展培养课。教师可以通过绘本的阅读,引导并激发学生的想象力,让他们努力创造属于自己的想象天空。课程的前半部分仍然将是导入与绘本阅读,通过提出一些简单的问题,使学生对"今天不上学"这个话题提起兴趣,接下来,教师将带领学生阅读整部作品,尤其应使他们关注到不同的想象场景与这种场景的特点与表达方式。学生可以模仿这样的表达方式,进行新的想象内容的创作,这实际上也将想象力的培养与作文的练习有机结合起来。

三、《柠檬蝶》:高年级语文美术结合课

小学高年级语文教学注重文学作品深层次的解读、流畅的表达与富于主见的写作,教学中需突出学生的主体性。教师可设计演讲活动、写作培养、语文美术结合等课程类型,来提高学生的语文能力,实现绘本教学的基本功能。其中,语文与美术各自的学习特点,恰恰也是绘本的两大学习特

点,有助于学生从图像出发进而深层次理解绘本。本文将以《柠檬蝶》为例,设计一堂语文美术结合课。

教学类型:语文美术结合课。

实施年级:小学高年级。

教学时间:40分钟。

教学目标:培养学生的深层解读能力。

教学准备:《柠檬蝶》绘本,并请学生提前阅读。

1. 导入

请学生用一句话概述《柠檬蝶》的大意,并谈谈:柠檬蝶寻找花田的故事带给人什么样的感受?

2. 绘画:《柠檬蝶》的外形

请学生在纸上画出心目中柠檬蝶的形状及色彩。请两三位同学将柠檬蝶画到黑板上,并谈谈:自己为什么要这么画?

3. 欣赏:《柠檬蝶》的图画与文字

请学生仔细辨别白色的柠檬蝶、镂空的柠檬蝶、绿色痕迹的柠檬蝶,并谈一谈:作者为什么要这么画?柠檬蝶为什么与文字描述的不一致,为什么不是"颜色非常鲜艳"的?

教师可以引导学生寻找答案,例如,不画出颜色鲜艳的柠檬蝶,恰恰能留给读者巨大的想象空间,等等。

4. 思考:《柠檬蝶》的结局

请学生谈谈:柠檬蝶一共走过了几处地方,经历了几次波折,结局是什么?

教师可引导学生注意结尾的写法,也即,并没有明确说明柠檬蝶变成了鱼,但又直接使人产生联想,耐人寻味。

5. 总结

教师总结柠檬蝶的故事情节、绘画特点,结束本节课。

教学设计解读:

无论在作品深意上,还是图画设计上,《柠檬蝶》都别具一格。我们首先会被它的装帧所吸引,儿童在阅读过程中,也会将这本绘本"动"起来,不仅有书页的翻动,更有蝴蝶的立体变化与空间感的繁复营造。《柠檬蝶》图与文的互动与共生关系格外引人注目,文字中,蝴蝶的颜色"非常鲜艳",但在图画中,蝴蝶通常是白色或镂空的,这就形成了图与文的矛盾互斥关系。"在矛盾互斥的图画书中,文字和图画看起来是彼此矛盾对立的,这对读者来说是一个挑战,因为读者要在图画和文字之间寻求平衡,从而理解故事的真意。"①这就使得《柠檬蝶》具备极大的叙述张力。

《柠檬蝶》的教学设计可以有多种。可以是一堂主题活动课,也可以是一堂手工课,由学生自己设计和制作蝴蝶,等等。从艺术解读的角度看,我们可以将它设计成一堂语文美术结合课。我们可以尝试将美术中对绘画、颜色与形状的品读纳入语文课堂中,从绘画柠檬蝶、解读图画中的柠檬蝶入手,进而让学生尝试理解该绘本的意义。最终应使学生获取对《柠檬蝶》的基本艺术体悟,从而帮助他们尝试深度分析作品。

四、结　　语

依据低、中、高不同年级的不同特点与不同教学目标,本文以《跑跑镇》《今天,我可以不上学吗?》《柠檬蝶》为例,设计出绘本剧编演活动课、想象力拓展课、语文美术结合课三种不同类型的绘本教学课。在具体的小学语文绘本教学中,课堂的类型自然不限于此,只要符合小学生的阶段特征、具备小学课堂的操作基础,绘本自应展现出它无限丰富的解读与运用空间。在以后的研究与教学中,教师应更充分地拓展主体思维,以期开创绘本教学的更大空间。

---

① 白玲、陆继成:《低年级语文教学"读写结合"的几点尝试》,《黑龙江教育·小学》2018 年第 4 期。

小学低段生命教育绘本案例设计

Case Design of Picture Books of Life Education in Lower Grades of Primary School

张婧雅　清华大学附属小学清河分校

Jingya Zhang, Tsinghua University Primary School Qinghe Branch

作者介绍：张婧雅，北京市清华附小清河分校语文教师，担任班主任和语文教学工作，北京市朝阳区优秀青年教师。

摘要：现在，生命教育已经成为学校教育的一项重要内容，实施生命教育有很多途径。绘本故事生动、有趣，是低段学生喜欢的读物，可以更好地对低段小学生进行生命教育。本文依据生命教育的定义、校本课程的特点、低段小学生的特点，从人与自己、人与他人、人与生命、人与自然四个类别分别挑选了绘本并进行案例设计。

Abstract: Nowadays, life education has become an important part of school education, and there are many ways to implement this education. Picture books are vivid and interesting, and they are popular and good reading materials for junior students. According to the definition of life education, the characteristics of school-based curriculum, and the characteristics of low-grade primary school students, this paper selects picture books and makes case design from four categories: people and themselves, people and others, people and life, and people and nature.

关键词：小学低段；生命教育；绘本；教学目标；教学内容

Keywords: lower primary; life education; picture books; the goal of education; the content of education

一、研究目的与意义

生命教育应该受到各个小学的重视，但是，现在生命教育的形式比较单一,以绘本作为媒介可以更好地对低段小学生进行生命教育。研究生命教育绘本课程的目标及内容,也可以为课堂的实践打下基础。理由有三点。

第一,不同主题的生命教育绘本能够形象、直观地对小学生进行生命教育,因此,生命教育绘本课程能够使小学生更容易接受和理解生命教育。

第二,生命教育的绘本能够帮助小学生更好地感悟生命,健全他们的人格,而且能够更好地激发学生参与课堂的积极性。

第三,当前生命教育的方式方法有很多,但生动活泼的绘本在生命教育中是一种非常重要的教学资源,所以,笔者想了解当前已有的生命教育绘本课程设计,从而探究出生命教育绘本课程的教学目标、教学内容。这项研究是非常重要、非常必要的。

二、小学低段生命教育绘本案例设计

生命教育要引导人们围绕生命来思考自己、他人、社会、自然及其关系,通过生命认知、生命情感、生命意志的综合性体验学习唤醒和培养人们的生命意识和生命智慧,这是生命教育的使命。[①] 根据生命教育的这一维度,笔者从人与自己、人与他人、人与生命、人与自然四个类别分别挑选了绘本并进行案例设计。

(一)教学目标与教学内容设计的依据

小学低段生命教育绘本校本课程教学目标与教学内容的设计,首先依据的是生命教育本身。生命教育是以生命为基点,借助生命资源,唤醒、培养人们的生命意识与生命智慧,引导人们追求生命价值,活出生命意义的活动。[②] 所以,不同主题、不同内容的绘本,其教学目标与教学内容都是要培养低段小学生的生命意识与生命智慧,但每一本绘本的侧重点会有所差异,引导学生追求的生命意义也会有不同。

其次,该课程教学目标与教学内容的设计要依据校本课程的特点。校

---

① 刘慧:《生命教育的涵义、性质与主题——基于生命特性的分析》,《南昌大学学报(人文社会科学版)》2012 年第 2 期。

② 刘慧:《生命教育内涵解析》,《课程·教材·教法》2013 年第 9 期。

本课程,又称"以学校为本位的课程""学校课程",它是由实施课程的学校自己决策、自己设计的课程。每个学校的校本课程都独具特色,而绘本的教学目标与教学设计具有很大的灵活性,所以更要符合学校自身的特点。

最后,该课程教学目标与教学内容的设计要符合低段小学生的特点。教育要适合学生,要尊重教育的规律和小学生身心发展的规律。低段的小学生认知能力有限,社会经验还十分缺乏,他们对事物比较好奇,且好动、偏爱模仿,具有形象、直观和具体等思维特点。

(二)案例设计

1. 人与自己

对于小学低段儿童来说,需要从以自我为中心过渡到学会关注他人。也就是说,先要让孩子学会欣赏自己,肯定自我,找到自身的价值,之后再在这个基础上去关注他人,学习他人的优点,从而发现自身的不足并加以完善。《小火龙找工作》与《绿池白鹅》这两本绘本能够帮助孩子认识与完成这个过程。

《绿池白鹅》是一本充满童趣的绘本,讲述了两只白鹅和一群孩子的故事。绘本文字清新浅白,意蕴悠远深长,由两只白鹅的故事教导孩子要善待他人,而且使孩子懂得欣赏自己与别人的优点。在教学目标的设计上,首先要让孩子通过阅读与观察,感知两只白鹅的性格特点,抓住白鹅的心理活动,从而全面认识了解这两只白鹅;其次,要通过两只白鹅的心理活动以及成为挚友的过程让学生体会到人与人之间也要相互尊重,学会欣赏对方。该绘本图画突出,文字相对较少,所以在教学内容的设计上,要让学生充分观察图画,在图画中搜索信息,同时要让学生想到自身:这两只白鹅最后成为好朋友,在生活中,如果以后你遇到了新的同学,会怎么做呢? 由此,对学生进行生命教育。

《小火龙找工作》讲述了小火龙菲穆找工作的艰辛历程。在找工作的过程中,虽然被拒绝过很多次,但小火龙没有放弃,依然努力地找工作,追寻着自己的梦想。在设计教学目标的时候,要让学生在质疑过程中整体感知小火龙的形象,运用图文结合的方法,通过阅读与观察,把握小火龙的性格特征,提升对小火龙的认识。其次,通过小火龙一次次地被拒绝,让学生感受到小火龙找工作的艰辛,同时,从小火龙找工作的经历类推到现实生活,让学生感悟出成长的道路是不会一帆风顺的。通过努力,小火龙终于在面包店找到了工作,让学生认识到只要坚持不懈,不轻易放弃就会成功。在教学内容上,教师要带着学生一步一步地体会到小火龙菲穆找工作的不顺,最后终于找到工作后的欣喜,让学生认识到小火龙从来没有放弃自己找工作的梦想,从而体会到小火龙的坚持。

"人与自己"还包括很多其他的方面,比如管理自己的情绪,保护自己,等等,其生命教育的共同点都是自身,先了解自己,管理好自己,然后才能发展自己。

2. 人与他人

人不能单独存在于这个世界上,所以,教师要教会孩子合作与分享,尊重他人,与他人友好相处,感悟亲情的温暖,等等。

绘本《古利和古拉》以两只小田鼠为主线,讲述了田鼠古利和古拉在林子里发现一个大鸡蛋,可是鸡蛋太大没法搬走,于是他们齐心合力,共同在森林里制作大蛋糕,并且和森林里的小动物们分享蛋糕的故事。该绘本的教学目标要让学生通过阅读与观察,体验古利、古拉与他人分享的乐趣,从而联系到自身——即使是自己最喜欢的东西,也要能够与他人分享。在教学内容上,要充分发挥学生的主体作用,让学生细致观察图画,体验这个分享的过程;通过观察古利和古拉的表情,让学生认识到同他人分享是一件非常快乐的事情。分享是人精神境界的体现,善于与他人分享,不仅能够带给他人温暖,同时也能够收获快乐与幸福。

绘本《谁是第一名》讲述了一个叫大饼的小朋友很会画画,所以他总是涂改其他小朋友的画,并且以自己画画的标准要求别人,最后,通过当一次画画比赛的评审,大饼认识到了自己的错误,从此开始尊重别的小朋友,不再私自修改他人的作品了。在教学时,可以让学生观看安排好的表演,亲身融入绘本,然后运用图文结合的方法,培养学生细致观察的能力,通过对图画的观察,让学生感受到不被别人尊重时的悲伤与委屈。通过阅读,让学生认识到大饼前后行为的不同,从而使学生学会尊重他人。在教学内容上,要给予学生充分的表达机会,让学生自己感悟,自己体会尊重他人的重要性,从而联系到自身,尊重他人,尊重个体差异,学会换位思考。

3. 人与生命

生命是生命教育的核心,让学生认识生命、感悟生命的价值,从而保护生命,这是非常有必要的事。

"洞"是儿童在日常生活中经常见到、接触到的事物。绘本《我们身体里的洞》由生活中一些我们经常见到的洞引出了我们身体里的"洞",还关注了平常不被称为"洞"而又最为我们所熟悉的"洞",以及各种"洞"的作用。该绘本的教学目标是要让学生通过阅读与观察图画,了解身体中各种"洞"的功能,认识身体器官,从而激发学生保护"洞"的意识。教学内容上,让学生猜想这些洞洞都是什么器官,认识人体器官的重要性,从而保护好自己的器官。

小学低段正是儿童对自己身体感到好奇但又缺乏认识的阶段,因此这本绘本恰好能够很好地帮助孩子认识自己身体的部位与功能。绘本的画面以小朋友们为主,很容易引起孩子们的共鸣,而且画面中的人物非常可爱,很符合孩子们喜欢的画风。绘本将一些复杂的生理问题简单化,以一种充满童趣又不失实际的方式呈现在孩子面前,使得孩子阅读后能够很好地认识自己的身体,并学会保护自己的身体。

"人与生命"还有许多其他的方面,但是最终要让学生认识到生命的价值与意义,从而更好地成长。

4. 人与自然

大自然是地球村的一部分,是人类赖以生存的基础,大自然的给予是优厚的,她就像我们的母亲,给予人类丰富的资源。现在有很多关于大自然的绘本,教师可以运用绘本让学生认识大自然,了解大自然,从而增强保护大自然的意识。

绘本《我们的世界》主要呈现的是一个童年生活的场景,世界中的一切都是那么美好,天空是湛蓝的,海水是咸咸的,田间、树林、街道到处充满着生机,每一个人、每一户人家都充满着浓浓的爱。这本书之所以适合小学低段儿童阅读,是因为它的情节简单,画面精致,色彩非常鲜艳明亮,透露着一种清新自然的感觉,而且每一幅画都宛如一个幸福生活的小片段,孩子们在大自然中尽情地玩耍,尽情享受着大自然带来的乐趣。对于生活在城市中的孩子来说,如此亲近自然的可能性很小,在田野间、农田中、森林中、大海边玩耍穿梭的可能性更小,因此这本绘本能帮助孩子们认识世界、感受自然,以一种有趣、甜美、温馨的方式让孩子们体会世界的美妙。所以,该绘本的教学目标是让学生在阅读中体会世界的美好,感受大自然的美好,从而激发学生对大自然的热爱之情。

《再见,小树林》表达了主人公小绿对树林的喜爱与想念之情。小树林还在的时候,小绿喜欢趴在窗台上看小树林,他把小树林当作自己的秘密基地。后来树木都被砍了,小树林也没有了,小绿的生活也失去了原有的色彩与欢乐。该绘本的画面十分精致,美丽的树林让人感受到了大自然的勃勃生机;故事情节简单易懂,适合小学低段儿童阅读。而且,城市中的学生亲近自然的机会很少,该绘本能够唤起学生对大自然的向往与喜爱之情。同时,小绿前后心情的变化也能够引起学生的思考,帮助学生认识自然,树立保护自然的信念。所以,在教学目标的设计上,可以让学生在阅读过程中感知小绿的人物形象,运用图文结合的方法,通过阅读与观察,体验小绿的内心世界,感受小绿对小树林的爱。通过对比伐木工人与小绿对树木的不同态度和行为,让学生了解现实生活中有些人为了自己的利益不惜毁坏大自然,激发学生对大自然未来命运的同情以及保护大自然的强烈愿望。树木是人类生活中的一部分,大自然是地球村的载体。通过阅读绘本故事内容与体会小树林消失前后带给小绿的不同感受,可以让学生认识到大自然是小动物的家,大自然是孕育小动物的摇篮,树木是人类的朋友,只有保护大自然,与动植物和睦相处,人们才能拥有一个和谐的生活环境。教学内容上,可以让学生看着绘本故事尝试填写学案,带着音乐朗读故事,体会小绿的心情,从而激发学生保护树木、保护大自然的愿望。

"人与自然"主要是要让学生感悟自然的美好,认识自然的重要,从而树立保护自然的意识。

贴近图画书阅读的本质
——关于幼儿园图画书教学的几点建议

Close to the Essence of Picture Books Reading
——Suggestions on the Teaching of Picture Books in Kindergarten

李英华　石家庄幼儿师范高等专科学校

Yinghua Li, Shijiazhuang Preschool Teachers College, Hebei

作者介绍：李英华,石家庄幼儿师范高等专科学校教授,主要从事儿童文学和语文教育研究、学前教育研究。

摘要：针对图画书教学中出现的一些争议问题,本文从图画书阅读的本质出发,探讨了阅读对象(儿童)、文本、指导者(教师或其他成人讲读者)三者的关系,提出了幼儿园图画书教学的三点建议：充分了解阅读对象,合理解读文本；为孩子提供一个体会的过程；重视指导者的重要媒介作用。

Abstract：In view of some controversial problems in picture books teaching, this paper discusses the relationship among reading object (children), text, guide (teachers or other adult readers) from the essence of picture books reading, and puts forward three suggestions for kindergarten picture books teaching: fully understanding reading object and interpreting text reasonably; providing a process of experience for children; attaching importance to the key media role of the instructor.

关键词：图画书；儿童；阅读本质；阅读教学

Keywords：picture books；children；the essence of reading；reading teaching

图画书又称绘本,是以儿童为主要对象的一种特殊的儿童文学样式,是绘画和语言相结合的一种艺术形式。它的基本特点是以图画为主,文字为辅,文字大多简短、浅近。① 21 世纪以来,随着图画书的普及推广,越来越多的幼儿园开展了图画书教学,有关图画书阅读的内容也被纳入各级学前教育的师资培训中,图画书教学受到了前所未有的重视。由于学前儿童年龄阶段的特殊性,图画书的最佳阅读方式是教师(或其他成人指导者,如家长、图书管理员)和孩子一起阅读。阅读对象(儿童)、文本、指导者(教师或其他成人讲读者)就成为图画书讲读过程中的三个重要因素。笔者从图画书阅读的本质出发,探讨了教学中这三个因素的关系,以期更加明了图画书教学的努力方向。

一、充分了解阅读对象,合理解读文本

在图画书的选择和阅读过程中,我们发现成人和儿童会产生差异。不少教师和家长问:"一本看起来不是那么美的图画书,不明白孩子们为什么那么喜欢?"与其发出这样的质疑,不如认真了解儿童的阅读心理,了解优秀图画书是如何叙述故事的。纵观世界图画书的发展成熟历程,也是成人发现儿童、确立以儿童为本位的儿童观的过程。一本优秀图画书往往体现和反映了作者的现代教育理念和儿童文学观,作者善于体察儿童的内心世界,善于从儿童的角度构思、绘图、讲故事。"我们做绘本,要了解对象,要明白阅读的本质,才能抓住要领。"②图画书能够为孩子创造故事的情境,唤起他们内心某种生活感受,使儿童在情感体验中获得心理的满足。

以《野兽出没的地方》为例,书中讲述了小主人公麦克斯的奇妙经历。麦克斯因为捣乱受到妈妈惩罚,被关进小房间,不许吃晚饭,就在小房间中开始了幻想之旅——他驾驶着麦克斯号小船来到了野兽出没的地方。此书刚刚出版时,一度受到许多成年人的批评。人们批评这个绘本的主要原因之一是那些野兽的造型比较吓人——巨大的身躯、尖牙利爪、黄眼睛,成人们担心这些野兽会让孩子们做噩梦。但阅读实践证明:这本书受到广大儿童的欢迎,几十年畅销不衰,还被公认是"美国第一本承认孩子有强烈情感

---

① 王泉根:《儿童文学教程》,北京师范大学出版社,2009,第 253 页。
② 郝广才:《好绘本如何好》,二十一世纪出版社,2009,第 39 页。

的图画书"。究其原因,我们发现儿童在阅读图画时会自然进入小主人公的角色,充分体验小主人公的情绪情感。"一旦我们对角色产生认同,原有的价值判断、道德标准,也会在故事中跟着改变。"①因此,可以说儿童在阅读中对野兽们畏惧与否取决于主人公麦克斯对野兽的态度。儿童在阅读中充分感受着麦克斯的勇敢与自信、尊严与权威,他们和小主人公一起在奇妙的旅途中宣泄着内心积压的负面情绪,最后心平气和地回到真实的世界。作者对儿童情绪的准确把握及艺术表现得到了阅读对象的充分肯定。

阅读的本质是读者与文本的情感共鸣。优秀的图画书往往在人物造型、情节铺陈、构图、色彩、版式等方面努力吻合儿童的审美情趣和阅读趣味,由此获得儿童情感上的接受与认可。这就启发指导者在选择图画书时,要充分考虑儿童的喜好。教师要善于观察、理解儿童,了解孩子们的阅读倾向,在图画书阅读中给予儿童选择的权利;同时,从儿童心理特征出发,对图画书进行合理解读。这样的讲读必然能够深深地吸引孩子们,把他们带入有趣的阅读中。

二、图画书阅读要为孩子提供一个体会的过程

随着图画书的推广、图画书教学的开展,人们关于绘本教学的争议也逐渐增加。许多争议直指一个焦点问题:图画书阅读的理想状态是怎样的?或者说儿童阅读图画书的最主要目的是什么? 日本图画书研究者说:"打开图画书的封面,……孩子们就渐渐进入了故事的世界,踏上了故事世界的旅途。……可就是在这段珍贵的时间里,大人们却无情地用各种问题践踏着孩子们的幻想世界。请问,能不能站在孩子的立场上念图画书给孩子们听呢?"②由此可见,阅读图画书的理想状态就是一个体会的过程。由于以形象思维为主,儿童往往出于感受的本能,欣赏的注意力在图画书中有趣的形象、色彩或者图案上。"从图画书中获得快乐是儿童阅读图画书的最直接的动机。……寻求感情的体验和心理的慰藉是儿童图画书阅读潜在的动

---

① 郝广才:《好绘本如何好》,二十一世纪出版社,2009,第39页。
② 松居直:《我的图画书论》,郭文霞、徐小洁译,上海人民美术出版社,2009,第4页。

因。"①这是每一位阅读指导者要把握的基本教学理念。

艾兹拉·杰克·季兹(Ezra Jack Keats，1916—1983)《彼得的椅子》讲述了小主人公彼得的成长故事。6 岁的彼得和爸爸妈妈怄气，原因就是妹妹出生了，爸爸把他的摇篮、婴儿床、高脚椅改漆成了粉色。彼得想要离家出走，虽然他没有走多远，但是对于幼儿来讲这已经是一种强烈的反抗了。每一个孩子都有成长中的问题，彼得的内心因为妹妹的出世感到不安。儿童是有尊严的，他在尽力维护父母给予自己的爱。儿童在阅读中感受着彼得的焦虑，体会着成长的烦恼。这些内心感受儿童不一定能表述出来，但他们能够体会到。彼得的心理转折是他坐上小椅子的一刹那——他已经坐不进去了，他突然意识到自己长大了。这是一个孩子对自己成长最初的一种自觉，也是长大中的孩子必定经历的阶段。结尾的画面中彼得和爸爸一起在给小椅子涂色，暗示了小彼得内心的释然，这同样也为小读者的情感找到了出口。

"一本好书未必能找到最完美的解释，也未必能回答孩子的疑问。但它能提供一个'体会的过程'，让孩子学会打开情感的出口和入口。"②图画书讲读的方式很多，无论用哪种方式，都要在讲读指导中给予孩子充分的体会过程。讲读过程及氛围应该是美好的、充满人文艺术气息的。教学设计不要过多地关注技术操作，过多地提问，过度地诠释。图画书阅读可以有相关的教学拓展活动，诸如美工、表演、续编等，但这些活动都应该在儿童充分体会作品之后进行。

三、重视指导者的重要媒介作用

图画书的阅读主体是 3 至 10 岁的儿童。无论是认字的孩子还是不认字的孩子，我们都主张图画书要成人与儿童共读。"握着孩子的手读图画书……图画书不是识字书，不是让孩子自己看的书，是大人读给孩子的书。"③理解图

---

① 陈晖：《图画书的讲读艺术》，二十一世纪出版社，2010，第 75 页。
② 郝广才：《好绘本如何好》，二十一世纪出版社，2009，第 41 页。
③ 彭懿：《图画书：阅读与经典》，二十一世纪出版社，2007，第 10 页。

画书的图像内涵以及文字意义,需要成人的引领。尤其对于画面叙事而言,图画书中有直接的描绘表现,也有间接的暗示和象征。儿童在阅读中往往对直观的呈现反应较快,也会感兴趣,对间接暗示层面的意思不容易把握,可是这部分内容又往往是图画书艺术的奥妙之处,因此需要成年讲读者的指导。

正是因为成人指导者在图画书阅读中不可忽视的媒介作用,阅读教学也就对讲读者的作品解读能力提出了较高要求。许多幼儿教师以为自己只要把图画书中的文字讲读给孩子听,就起到引领作用了,这种想法是片面的。"读者(成人)对图画书的理解和共鸣越深刻,听者(孩子)就越能深入于图画书中,那么这种阅读体验也将会更为丰富。"[1]教师有了把图画书的内容作为自己的东西转达给孩子的权利,那么对作品的理解状态也自然会影响到传递的质量。

以李欧·李奥尼(Leo Lionni, 1910—1999)《小黑鱼》为例,指导者可以观察到迷离梦幻的海底世界,比较容易地理解小黑鱼的"了不起"——他把海底无数像它一样弱小的小红鱼组织起来,浩浩荡荡聚集成一个庞大的鱼形,吓退那些欺负它们的大鱼。但是,图画书作者要传递的信息还不止这些。如果阅读者细心观察、深入思考就会发现,书中用了大量篇幅描述小黑鱼孤单地在大海里徘徊,它的身边有五彩的水母、舞动的海草、摇曳的粉色海葵、游动的龙虾鳗鱼等等,这些场景不只是展示海底世界的美妙,同时暗示了小黑鱼对生存世界的思考:我生活在什么地方,我的存在又有什么价值? 小黑鱼正是由于学会了"想",才逐步成长日益强大起来。儿童在成长道路上知道遇事要"想"是何其重要的一件事。教师(成人讲读者)透彻地理解了这本书的画面及文字内涵,就可以在生动浅显的讲述中借助语气、语调、提示、讨论等把图画书丰富的内涵传递给幼儿,引导幼儿理解。因此,松居直(まつい ただし,1926—)始终强调"讲述者心中的故事形象化的质量与程度是非常重要的,这也是幼儿读书体验的一个要点"[2]。

综上所述,我们认为无论图画书阅读教学采用何种形式与策略,都要把

① 松居直:《我的图画书论》,郭文霞、徐小洁译,上海人民美术出版社,2009,第83页。
② 同上书,第30页。

阅读的本质作为重要因素考虑进去。指导者要了解阅读对象的特点,能够对儿童与图画书的关系进行诠释,通过生动的讲读引领,为儿童提供一个体会的过程,使儿童获得愉悦感和精神满足,这就是图画书阅读的意义所在。当然,我们不反对关于图画书的创意教学活动,图画书文本阅读结束之后,可以进行诸如多元智能的延伸教学活动。但是,延伸教学活动不能喧宾夺主,这一点很重要。

试论绘本教学整体设计的策略

Strategies for the Overall Design of Picture Books Teaching

孙凤岐　邢台学院初等教育学院

Fengqi Sun，School of Primary Education，Xingtai University

作者介绍：孙凤岐,教授,任教于邢台学院,从事写作理论和儿童文学研究与教学工作多年。著有《写作学技巧方法引论》《小学语文课程与教学论》等。

内容摘要：绘本是儿童喜爱的儿童文学体裁,绘本教学是儿童文学教学的重要内容,科学而合适的策略是教好绘本的关键。论文主要围绕绘本教学的整体设计的策略展开探讨,对绘本教学设计要素诸如文本、学情等进行了分析;从制定教学目标、确定重难点,到最终实施,探讨了绘本教学整体设计的一般策略;并且以一堂课的设计策略为例,探讨了绘本教学主题活动的设计策略,步骤为导入、初步品读、学习图画、讨论问题、为学生推荐相关作品。

Abstract：Picture books are children's favorite children's literature genre, therefore, picture books teaching is an important content of children's literature teaching. Scientific and appropriate strategy is the key to teaching picture books. The paper mainly discusses the overall design strategy of picture book teaching, analyzes the elements of picture book teaching design such as text and learning situation; discusses the general strategy of overall design of picture book teaching from the establishment of teaching objectives, defining the key and difficult points, to the final implementation. Taking the design strategy of a class as an example, this paper discusses the design strategy of the theme activities of picture books teaching, and the steps are introduction, preliminary reading, study of pictures, discussion of problems, and recommendation of relevant works for students.

关键词：绘本教学;整体设计;策略

Keywords：picture books teaching; overall design; strategy

　　绘本教学是运用图文并茂的绘本媒介,通过教师和幼儿的共同活动落实绘本教学目标的过程。绘本教学的整体设计是以先进的课程理念与教学理论以及传播学理论为指导,运用科学的系统方法来分析和探究绘本的教学需求,设计绘本的教学方法和步骤,形成完整的绘本教学方案,并对实施绘本教学方案的教学效果作出价值判断的规划和操作过程。绘本教学整体设计的目的就是优化绘本教学的过程,切实提高绘本教学的质量。本文将对绘本教学和主题活动整体设计情况作些分析。

一、绘本教学整体设计要素分析

　　绘本教学整体设计要素分析可分为绘本课程目标分析、绘本文本分析、绘本教学环境情况分析和学情分析。

　　绘本课程目标分析。对照学前专业培养人才目的,认真分析和落实绘本课程制定的人才培养目的和培养方案,分析绘本教学怎样促进儿童的发展,促进儿童的哪一方面培养目标的发展。譬如体育活动能培养儿童坚强、勇敢、不怕困难的意志力等。

　　绘本文本分析。包括对绘本的题目、封面、正文内容、封底等进行分析,对文本所蕴含的知识、情感与价值等诸多要素进行分析。如《鼠小弟的小背心》里,故事讲完后还有一幅插图,画面上鼠小弟在大象的鼻子上荡秋千,秋千在这里是被大象拉长了的小背心。

　　绘本教学环境情况分析。如绘本教学中对儿童活动场景的设计或对教学环境的布置等是否有利于激发儿童学习积极性。设计场景时,可以在教室里放上一些儿童喜欢的小动物、卡通人物等。

　　学情分析。包括对儿童已有经验、阅读背景、阅读需求与阅读任务等的分析。每个儿童的学情各不相同,甚至相差很大,教师要一一进行分析,做到心中有数,并针对每个儿童的具体学情开展教学。

二、绘本教学整体设计的策略

　　绘本教学整体设计的策略很多,但总括起来可以有以下几个方面。

（一）设计绘本的教学目标

根据布鲁姆（Benjamin Bloom，1913—1999）的分类理论，可以从认知、情感、动作三个方面来设计绘本教学的目标。从认知理论上，可以从儿童自身的知识、领会、运用、分析、综合、评价等方面进行设计；在情感上，可以从儿童发展的接受和反应两个方面进行设计；从动作理论上，可以从儿童的观察、模仿、练习、适应等方面进行设计。目前较为常见的还是从儿童发展的知识与技能、过程与方法、情感态度与价值观三个维度来设计绘本教学的目标。如教学《逃家小兔》绘本里兔妈妈和兔宝宝的对话，可以设计激发儿童的想象力、帮助儿童形成逻辑思维能力与让儿童体验母子情感等目标。

（二）设计绘本教学的重点与难点

绘本的教学重点指绘本教学中那些促进儿童发展的最基础和最重要的知识技能方法、情感态度与价值观等。绘本的教学难点指绘本里那些难以讲清楚或儿童比较难理解和容易产生歧义的教学内容。教师要精心阅读绘本内容，依据每一绘本的特点和教学目标，设计好每堂课的教学重点和难点。如教学《逃家小兔》，可以把激发儿童的想象力作为重点，把让儿童体验母子情感作为难点。

（三）设计绘本的教学过程

绘本的教学过程是一个依据绘本的内容与特点，采取适合而有效的教学方法与策略，围绕绘本的教学目标而展开的教师与幼儿以及绘本三者之间的交往认知和发展实践的活动。设计一个完整的绘本的教学过程需要围绕激发学习动机、领会内容、巩固知识、运用知识和检查评价五个阶段展开。

1. 激发学习动机

学习动机是推动和维持儿童学习的内在动力，与儿童的兴趣与求知欲密切相关。像《活了一万次的猫》《猜猜我有多爱你》，画面生动、色彩鲜明、形象优美，就能激发起儿童的兴趣，引起儿童积极的情感与强烈的注意力，刺激儿童的阅读欲望，能把绘本的教学目标内化成儿童的需求。

2. 领会内容

让儿童领会绘本的内容是绘本教学设计的重要任务，主要围绕两个环节来设计。一是初步感知环节。让儿童初步感知绘本的画面是为了使儿童在头脑中形成大量的想象,给儿童认识画面和理解表象做好准备。二是理解画面环节。儿童依靠自己的知觉能更好地理解画面的内容。在儿童感知画面的过程中,引发他们对画面内容的思考,感受画面蕴含的情感,能够积累他们对画面的认识,从而提高他们的综合素养。此外,领会内容还要设计好感知画面的情境,帮助儿童绘本领会内容。像《你看起来好像很好吃》《南瓜汤》《我要我的牙齿》等绘本通俗易懂,形象简单,只要给儿童提供一个独立的感知情境,儿童就能领会绘本的内容。

3. 巩固知识

设计好巩固知识环节也是绘本教学的重要任务,是帮助儿童真正领会内容的步骤。教师在这一环节要设计相当数量的问题让学生进行思考,安排儿童阅读相当数量的绘本。设计固化内容的环节,要强化绘本的教学目标,尤其是教学目标的难点和重点,也要兼顾绘本教学的一般性内容,要有助于加深儿童领会内容,提高儿童的综合素养。如学习《逃家小兔》后,可以设计"如果你变成一棵树怎么办?"或"如果你变成一条鱼怎么办?"等问题让儿童思考,就更能让儿童领会兔妈妈和兔宝宝间的母子情感,使儿童的想象力得到激发。

4. 运用知识

运用绘本知识也是教学设计的重要部分,它是固化知识的重要途径和方法,是提高儿童综合素养的重要环节,是学习绘本知识的最终目的。教师要合理设计一系列的绘本实践活动,让儿童运用学到的绘本知识去解决实际的生活问题,培养兴趣,建立情感,形成正确的人生态度和价值观念等。如教学《我爸爸》,教师可以让儿童用画笔画一画爸爸的形象,来达成加深印象的目的;教学《彩虹色的花》,可以让儿童唱歌、跳舞或朗读来达到相同的目的。

5. 检查评价

设计绘本教学的检查评价环节是绘本教学设计的最后一个任务。教师要设计好用以检查每一堂课教学目标达成情况和儿童对教学内容的领会情况的问题,并据此及时调整、完善绘本教学的设计方案。

三、一堂完整绘本教学课的设计策略

（一）设计好导入新课环节

设计好导入新课环节是绘本教学的重要任务,关系到绘本课堂教学的成败。设计这一环节的核心在于激发儿童的兴趣,在于设计问题的引人入胜,在于让儿童兴致盎然地走进绘本。兴趣是最好的老师,绘本教学要从激发兴趣开始。因此,导入新课的问题能否激发儿童的阅读兴趣是评定设计成功与否的关键。如教学《夏天的天空》,作者围绕白云把对大自然的种种奇思妙想倾泻在图画里,教师围绕白云设计几个问题就能让儿童产生兴趣,就能让儿童对绘本爱不释手。

（二）设计好绘本的初步品读

设计好品读的问题是绘本教学设计的重要任务,需要设计好导读、阅读、再次阅读等步骤的问题,核心在于能否让儿童了解绘本的内容。导读的目的是让儿童初步感知绘本的内容,设计阅读问题的目的是让儿童了解绘本的基本信息和情节等情况,设计好再次阅读的目的是让教师和儿童一起阅读,让儿童整体把握绘本的内容。如教学《爱心树》,要让儿童了解情感的细腻变化,教师可以设计"大树为什么有时快乐,而又有时难过孤寂?"等问题让儿童完成对情感细腻变化的初步了解。

（三）设计好思议图画的问题

设计好思议图画问题的关键是要能够随机设疑。教师要随机设疑,应围绕让儿童思考图画、议论图画的环节来设计好需要思议的问题,设计出让儿童反复阅读、反复思考、反复议论以及反复交流的问题,引导儿童走出绘本,走进生活,建立并加深儿童对生活的思考和理解,生成健康的生活态度和向上的情感,实现绘本的教学目标,提高儿童的综合素养。如教学《勇气》,可以设计"什么样的勇气才是令人敬畏的?"让儿童思考,让儿童围绕"勇气,是刚搬到新地方,你大方地说:'嗨,我的名字叫伟利。你们呢?'"展开交流。

（四）设计好让儿童整体回味的问题

设计好让儿童整体回味的问题是最后的教学任务。教师要围绕绘本的延伸活动来设计一些问题,让儿童从整体上回味绘本内容,反思自己对绘本内容的掌握情况,让儿童在活动过程中享受快乐。如学习《活了一万次的猫》后,让儿童扮演成猫,体验猫的一万次的活过来的感受,让儿童从整体上回味书中主人公的经历,从整体上把握书中的内容。

（五）设计好绘本的教学推荐

每堂绘本教学课结束时,教师可结合所学的绘本内容向儿童推荐一些优秀的绘本读物,帮助儿童选择并正确地阅读绘本,以期指导儿童今后的读书活动。如可向儿童推荐阅读书目:《100 只兔子想唱歌》《神奇的糖果店》等。

四、绘本教学主题活动设计策略

（一）设计好绘本教学活动的主题

根据 2001 年《幼儿园教育指导纲要（试行）》(以下简称《纲要》)确定的儿童教育内容和要求,围绕健康、语言、社会、科学、艺术这五个领域,教师可结合某一绘本的内容或整合相同与相似主题的绘本内容,来设计绘本教学活动的主题。如《纲要》里科学部分的目标包含"对周围的事物、现象感兴趣,有好奇心和求知欲;……关心周围环境,亲近大自然"[①]的要求,教师就可以据此延伸开去。

（二）做好主题活动背景分析

主题活动背景分析包括下面诸多方面: ① 政策情况。《纲要》提出了关注儿童的健康、语言、科学等五大领域,并在每部分提出了相应的"标准、内容与要求、指导要点",教师要对每个部分进行仔细分析,并加以落实。② 儿童情况。教师要对儿童的已有经验和兴趣进行分析,充分了解儿童的

---

① 中华人民共和国教育部:《幼儿园教育指导纲要（试行）》,北京师范大学出版社,2011,第 3 页。

需求。③ 教学情况。教师要根据绘本教学目标和教学进度情况进行分析。④ 时间情况。绘本教学内容可以与一些特殊时间节点进行关联,如仲夏、中秋等。

(三) 设计好主题活动的目的

教师应根据《纲要》和学前教育专业的《关于做好专业人才培养方案及课程教学大纲制(修)订工作的通知》,设计好绘本教学主题活动的目的。如围绕培养儿童科学的探索精神,根据某种植物或动物设计主题活动,可以激发儿童的探究意识以及求知的欲望,达成让儿童了解、亲近、保护、爱护自然等活动目的。

(四) 设计好绘本主题活动的指导要点

《纲要》中科学部分的指导要点里提出"儿童的科学教育是科学启蒙教育,重在激发儿童的认识兴趣和探究欲望。要尽量创造条件让儿童实际参加探究活动,使他们感受科学探究的过程和方法,体验发现的乐趣。科学教育应密切联系儿童的实际生活进行,利用身边的事物与现象作为科学探索的对象"[①]。教师应根据这些指导要点和教学目标来设计绘本主题活动的指导要点。如针对探究月亮奥秘的主题活动设计指导要点时,可以提出"月亮为什么是银色的?""月亮为什么圆了又缺、缺了又圆?"等问题。

(五) 设计好主题活动的延伸

主题活动正在进行时或结束以后,教师要围绕主题来设计一些横向或纵向的多方位的拓展活动,把主题活动延伸到与之相关联的其他活动中去。如以月亮为主题的探究活动,可以以绘本《中秋月》为基点,让儿童探究月亮的特点,思考农历每月十五时月亮的特点;让儿童围绕《中秋节》,搜集和整理有关月亮的其他资料,等等。

---

① 中华人民共和国教育部:《幼儿园教育指导纲要(试行)》,北京师范大学出版社,2011,第 3 页。

（六）设计好主题活动评价的问题

主题活动评价是主题活动的最后一个环节。教师要设计一些问题对主题活动开展情况展开评价，诸如活动的主题是否科学？设计的问题对主题活动的背景情况的分析是否全面？主题活动的目的是否实现了？主题活动的指导要点以及主题活动的延伸是否科学？等等。

总之，只有找到科学而合适的绘本教学整体设计的策略，绘本课堂教学才能取得实效，才能提高儿童的整体素质，才能为儿童一生的发展打下坚实的基础。

小学阶段图画书主题教学实施途径的思考

Thoughts on the Implementation Ways of the Theme Teaching of Picture Books in Primary School

冯璐艳　浙江省教育厅教研室附属小学

Feng Luyan, Primary School Attached to Trizped, Zhejiang

作者介绍：冯璐艳，首都师范大学初等教育学院硕士毕业，毕业论文研究方向为图画书。教育教学论文获区级三等奖，参与编写教育部、北京市、首都师范大学课题下的多部教材。

摘要：现今，图画书教学在小学阶段日渐兴起。在教学中，如何有效地利用图画书进行教学引起笔者思考。在参照主题教学的理念基础上，笔者对小学阶段图画书主题教学的实施途径进行了思考和研究。教师可以通过确立图画书教学的主题，在注重教育性、趣味性的同时，关注经典与本土原创作品，从而挑选合适的图画书以进行教学设计。

Abstract: Nowadays, picture books teaching is getting popular day by day in primary school. How to use picture books to teach effectively arouses the author's thinking. On the basis of the concept of subject teaching, the author has considered and studied the implementation of the theme teaching of picture books in primary school. By establishing the theme of picture books teaching, teachers should pay attention to both classics and original local works while focus on education and interest, so as to select appropriate picture books for teaching.

关键词：图画书；图画书主题教学；实施途径

Keywords: picture books; the theme teaching of picture books; implementation approach

图画书主题教学，顾名思义就是图画书教学和主题教学的融会贯通，也就是说在图画书教学的过程中要兼顾到主题教学的理念。本研究引入主题教学的理念来引导图画书教学,形成了对小学阶段图画书主题教学实施途径的思考,以期为小学图画书教学提供一种可行性参考。

一、主题的确立

主题教学是围绕着一定的主题展开的教学形式,相应地,图画书主题教学也应该有明确的主题为前提,故而图画书主题的确立是图画书主题教学的基础,即为"教什么"的问题。可以说图画书主题的确立是图画书主题教学下的教学起点。

图画书主题教学可以划分为独立型和整合型两种基本类型。根据二者在实施过程中的不同特点,在主题确立方面的切入点也不同。

(一)独立型图画书主题教学:联系学生实际,符合年龄特点

所谓独立型图画书主题教学,就是专门开设一门图画书课,并围绕相应主题选取图画书进行教学,类似于单学科主题教学,以主题的形式来贯穿和支撑图画书课程,是图画书教学与主题教学的有机融合。

陈晖在《图画书的讲读艺术》一书中指出:"图画书主题是作者创作的宗旨、观念、态度和情感倾向的集中反映,体现着作品文学价值和思想意义,图画书可以没有文字,但不会没有主题。"[①]图画书的主题,因受创作者个人风格和艺术表现个性的影响,造成主题层次上儿童与成人的差异、理解上作者与读者的差异,以及鲜明单纯与敏感严肃的倾向等,总体上呈现一种复杂的形态。

那么,教师在确立图画书主题的时候就应该着眼于儿童实际,符合所教学生的年龄阶段和心理特点。小学阶段图画书的选取应以儿童图画书为主体,面对图画书主题的多重性可以选择最符合学生实际和理解水平的某一主题切入。主题的鲜明单纯与敏感严肃也是相对而言的,如蒲蒲兰出版的性教育图画书《小鸡鸡的故事》《乳房的故事》,就是通过让孩子认识身体的一些特殊部位来教导孩子学会认识和保护自己,这样的图画书就让大多数

① 陈晖:《图画书的讲读艺术》,明天出版社,2016,第5页。

时候有些敏感的性主题也适合于低年龄段的儿童。

（二）整合型图画书主题教学：配合教材内容，统整学科主题

所谓整合型图画书主题教学，就是结合不同学科教材内容、教学活动，基于更好地提高教学效率的目的，根据实际需要选取整合相同主题的图画书融入学科的教学活动中。在具体的整合过程中，既可以是图画书与某一学科的主题整合教学，也可以是图画书与多门学科的主题整合教学。

从 2019 年开始，人教版、北师大版、苏教版等众多版本并存使用的现状将转变为统一使用部编版教材，但在使用的方式上一般还是随着教材的编排按部就班地安排教学活动。在这种以教材为导向的教学大环境下，如果强行要求打破教材的束缚，自由地整合各学科的教学内容，难度可想而知。笔者认为生硬地要求整合型图画书主题教学突破教材、谋求课程统整，既不明智，也不现实。逆水行舟不可得，不如顺水行舟求变通。既然现今小学以教材为教学依据，那么整合型图画书主题教学为了更好地适应当前的形势，谋求更大范围的推广实施，也应该学会融合现有教材。教师可以通过仔细研读各学科教材，在尽可能最大限度地确保整合型图画书主题教学的独立性和完整性的基础上，配合现有教材的内容与编排，选择统整整合型图画书主题教学的主题，借教材的这个顺风车开展整合型图画书主题教学。

整合型图画书主题教学既可以是图画书与某一学科的主题整合教学，也可以是图画书与多门学科的主题整合教学。以整合型图画书主题教学与语文这一学科的整合为例，人教版小学语文是以主题的形式编排单元教学。如人教版小学语文三年级下册共有八个单元，其中第五单元以可贵的亲情和友情为主题，教师不妨选择一些以亲情和友情为主题的图画书，如《猜猜我有多爱你》《我妈妈》《阿秋和阿狐》，通过图画书阅读加深学生对于亲情和友情的感受和体悟。

二、图画书的选取原则

确立了图画书主题教学的主题之后，如何选取与教学相适应的图画书，是图画书主题教学接下来需要考虑的步骤。结合图画书主题教学的理念，图画书的选取可以从以下两点入手。

（一）注重教育性，兼顾趣味性

1. 注重教育性

学校是培育儿童成长的场所，一种教育教学行为的背后总会或多或少地带有目的性，试图引导儿童朝向所期待的方向发展。图画书主题教学作为一种教学形式，自然也希望学生通过一系列的教学行为，在知识习得、能力提升、情感态度积极发展等各方面实现其教育目的。基于对图画书主题教学教育性目的的肯定，教师在选取图画书时也应该注重图画书的教育性功能，明确通过所选取的图画书希冀达到什么样的教育目的。在具体的图画书挑选过程中，教师可以从以下几个方面审视图画书的教育性功能：

（1）作者写作的风格、使用的语言是否适合学生的年龄？是否能吸引学生？

（2）图画书的内容、情感基调是否可以被学生所理解和接受？

（3）图画书所传达的信息与我希望学生能够接收到的信息是否一致？

（4）学生通过图画书的学习能够得到哪些方面的发展（认知、能力、情感等）？

2. 兼顾趣味性

趣味性作为儿童文学必不可少的一个特色，也是吸引儿童的重要法宝。在教学中，只有选择吸引孩子眼球、能够打动孩子心灵的资源进行教学，才能收到较好的教学效果。图画书既非教科书，也非习题集，并非以传播知识与教育教学为直接目的，而是希望通过艺术的手法唤起儿童的感知，洋溢着童年天真、诗意、趣味盎然的生命意向。不论是成人图画书还是儿童图画书，童真童趣始终是图画书这一文学载体的精髓所在。从文字、图画到造型结构，图画书始终关注儿童欣赏的趣味性，力图满足儿童好奇、探索和寻找乐趣的天性，让儿童在趣味阅读中快乐成长，获得知识的充实以及精神的满足。例如，从图画书造型结构方面的趣味性来看，图画书中特有的立体书就是专门针对儿童开发的趣味书籍，其与传统平面阅读迥异的立体阅读更容易吸引儿童的目光，使儿童在阅读的过程中拥有不一样的趣味体验。当然，每一本图画书的趣味性会有所差异，不同年龄阶段、不同个体的儿童对图画书中趣味性的理解和接受能力也各不相同,教师在选取图画书的时候要注意平衡把握,尽量做到教育性与趣味性兼顾。

(二)侧重经典作品,关注本土原创

1. 侧重挑选经典图画书

儿童是一个民族的未来和希望,儿童时期的文化启蒙能决定人一生的精神价值,故而,儿童在成长的过程中离不开阅读文学经典,尤其不能缺少经典儿童文学作品对于个人精神成长的熏陶。小学阶段图画书主题教学的实施既是一个力图以图画书整合学科教学的过程,也应该是一个注重儿童阅读兴趣激发以及阅读习惯养成的过程。图画书领域历经百年的发展,也产生了很多的经典作品,这些经典之作具有更高的文学性和艺术性,是儿童阅读的首选,同理也应该是图画书主题教学书目的首选对象。既然要选取图画书经典作品,衡量的标准在哪? 一个简单便捷的方法就是参照各类图画书奖项的获奖名单。一般而言,全球儿童图画书有三大著名奖项,即国际安徒生奖、美国的凯迪克奖和英国的凯特·格林威奖。此外,中国国内目前主要的图画书奖有信谊图画书奖和丰子恺儿童图画书奖,这类奖项主要针对中国本土的优秀图画书作品。上述奖项的获奖作品大多比较经典,出版社为了提高销量一般也会在书上标明,获奖作品的相关信息可以在网络上查阅到,在此就不一一赘述。值得关注的是,国外引进的图画书似乎更被儿童和成人所期待,这本身也的确缘于目前国内原创图画书作品的数量和质量与国外的相比仍然存在着差距。我们应正视差距,但同时也应该肯定中国原创图画书所取得的成就,在选取图画书时应给予关注和期待。

2. 关注中国原创图画书

民族文化是一个国家、一个民族传承千载的根基,是生活在这个民族里的人们血脉里流淌的记忆。中国作为一个拥有五千年发展历史的文明古国,积淀了宽厚博大的民族文化,这是对中华民族灿烂过去的记录,也是中华民族光明未来的发展动力。中国原创图画书多取材于中国优秀的民族文化,或者取材于春节、端午节、七夕节等各种传统节日(如北京师范大学出版社出版的《中国记忆·传统节日图画书》),或者活用后羿射日、牛郎织女、精卫填海等各种民间故事(如北京师范大学出版社出版的《绘本森林·中国

民间故事与神话传说》），或者采用传统的剪纸工艺展现四季之美（如新世纪出版社出版的伊安的《剪纸绘本》），或者吹响十二生肖传说在现代的号角（如湖北少年儿童出版社出版的《十二生肖传说》），等等，用图画书这一崭新的文学形式向读者揭开这个古老国度的神秘面纱，创造了独具中国特色和中国韵味的图画书作品。阅读这些真正具有中国气质、中国特色的优秀原创图画书，有利于培养儿童对于祖国的认同感和自豪感，延续和传承中国的优秀文化，具有很好的现实意义。

总而言之，教师在选取图画书时，一定要充分尊重学生这一阅读主体，为学生提供自由宽松的选书环境，在理论上掌握所教学生的普遍特点的同时，也要及时了解学生的阅读喜好，顺势引导。除了选择具有教育意义的图画书外，也要注意图画书的趣味性因素，围绕着主题，让不同风格、类型的图画书在非拘囿于某一学科领域的碰撞交融中帮助实现学生的全面发展。

三、小学阶段图画书主题教学的教学策略

针对以图画书来整合教学的图画书主题教学这一教学形式，又该采取何种策略来切实保障教学的顺利实施呢？根据主题教学的基本理念并基于图画书主题教学这一视角，笔者认为以下几个方面的教学策略对于实施图画书主题教学是非常重要的。

（一）自主建构的策略

建构主义强调激发学生已有的知识经验，在学习的过程中不断地与新的知识经验进行重组，关注个体知识的自主建构。为了更好地实现学生个体在图画书主题教学中的建构性，教师必须创设一种以学生参与为中心、以学生为本的教学情境，引导他们围绕某主题进行主体性的学习和探究，使学生从"被动接受者"转变为积极建构的"主动发现者"。倡导自主建构的策略，就是期望在图画书主题教学的过程中，学生是一个个完全独立的个体，学生个人的思想是自我在课堂学习中汲取营养获得成长的，而不是教师灌输造就的。

（二）多元发展的策略

多元智能理论除了关注不同智能结构的组合造成的个体之间的差异，还关注不同学科教学活动对于人的智能培养的作用。虽然在多元智能指导下的主题教学的理想是实现多元智能与学科课程的整合以及学科间课程的整合，但是关于主题教学和学科课程的关系这一问题，一些研究者比如加德纳（Howard Gardner，1943—   ）都充分肯定了学科的价值，轻视或者脱离学科的主题教学将可能导致主题学习的肤浅化。因而，图画书主题教学必须将多元智能与教学进行整合，根据学科所涉及的知识结构和智能结构来选择主题，设计的主题活动也不能每个都一味地强求每种智能面面俱到，应力图在图画书主题教学的过程中有意识地促进学生多元智能的发展。

（三）多法并用的策略

"多法"的"法"字，在这里特指教学方法。现今图画书教学的常见现象是，教师在教学的过程中往往重视文本的故事性，这也就直接或间接地导致了教师在教学方法上主要采用讲故事的方式，在课堂上营造一种故事氛围，儿童尤其是低学段儿童从中获得一种倾听故事的满足。这不是在批判图画书教学不应讲故事，教师的讲述能力也是重要的教学能力之一。这里所要传达的信息是，教师除了在图画书主题教学的过程中采用讲故事的方法之外，也应该融入其他的教学方法，如读图法、赏读法、表演法、想象法、自制图书法、提问法等。

图画书因其独特而丰富的教育价值，作为一种新兴的课程资源走进了小学，成为小学生尤其是小学低年级学生阅读的重要内容。但由于图画书教学仍属于一种新兴事物，在具体的学校教育教学实施过程中也存在着很多的问题。以上是笔者关于小学阶段图画书如何使用的点滴思考，在今后的工作中仍需不断摸索研究。

幼儿图画书阅读指导的策略研究

A Strategic Study on Reading Guidance of Children's Picture Books

许玉宏　包头师范学院教育科学学院

Yuhong Xu, School of Education Science, Baotou Teachers' College

作者介绍：许玉宏，包头师范学院教育科学学院副教授。研究方向为儿童文学、学前教育。

摘要：图画书阅读对幼儿的成长有着重要的意义。儿童阅读能力的提升需要成人的帮助，幼儿教师是儿童阅读的启蒙者之一。因此，本文着重介绍了幼儿图画书的阅读指导策略，从封面、环衬、扉页、正文、封底入手，解读故事内容，引导儿童关注书中细节，同时在情感上产生共鸣。希望为幼儿教师的图画书阅读教学提供参考。

Abstract：Picture books reading plays an important role in children's growth. The improvement of children's reading ability needs the help of adults, and preschool teachers are the initiators of children's reading. Therefore, this paper focuses on the reading guidance strategies of children's picture books, starting from the cover, interlining, title page, text, back cover to interpret the story content, guide children's attention to the details of the book, and produce emotional resonance at the same time. This paper will provide reference for kindergarten teachers' picture book reading teaching.

关键词：幼儿；图画书阅读；指导策略

Keywords：children；picture books reading；guidance strategies

学前儿童文学教育系统由施教者（幼儿教师）、受教者（儿童）、教育媒体（文学作品）等共同组成，幼儿教师是文本与儿童之间的中转站，在这一系统中，幼儿教师是主导因素，调控与规范着文学欣赏过程，是教育成败的关键所在。所以,幼儿教师如何指导幼儿阅读图画书,一直是我们关注的焦点。

一、幼儿阅读图画书的意义

图画书是儿童阅读的启蒙读物,在阅读过程中,儿童使用他们的视觉,观察每一幅生动有趣的图画,这个过程能锻炼儿童的注意力和观察力,同时发展他们的想象力、语言能力和思维能力,为阅读能力的提高打下良好基础。所以,我们要多引导儿童看图画书,激发他们的观察力与想象力。

(一)图画书的概念界定

图画书是一种新兴而独特的儿童文学类型。对于它的概念,我更认同北京师范大学教授、儿童文学权威人士王泉根的观点,他认为:"图画书是以儿童为主要对象的一种特殊的儿童文学样式,是绘画和语言相结合的一种艺术形式。它的基本特点是以图画为主,文字为辅,文字大多简短、浅近。"①

(二)幼儿阅读图画书的作用

图画书中形象的直观性、构图的连续性、画面的趣味性及整体的传达性等特征决定了图画书具有不一般的功能,即审美功能、娱乐功能、智能开发功能、教育功能等。所以,正如彭懿所认为的,阅读图画书可以培养儿童的多种能力。

二、幼儿图画书阅读指导策略

对一本刚拿到手里的图画书,依据一定的步骤对其进行解读是很有必要的,这是读懂读透一本图画书的关键。

---

① 王泉根:《儿童文学教程》,北京师范大学出版社,2009,第253页。

（一）解读完整的故事

图画书不仅是儿童文学最常见的形式，也是特别为孩子保留的说故事的形式。因此，解读完整的故事就很重要。图画书一般包括五个部分：封面、环衬、扉页、正文、封底。要解读完整的故事就要从这五大部分入手。接下来就以张晓玲作、潘坚绘图的《躲猫猫大王》为例进行整体故事的解读。

1. 从封面入手猜故事

封面是图画书的脸，往往是理解整个故事的关键线索，它最能体现故事主题，最能传达故事情趣，也是表现力最强的画面。

这本图画书的封面以棕色为底色，图上有七个孩子站在一起，做出伸手的动作，还有书名"躲猫猫大王"。教师可以依据文字和这幅画来引导孩子猜猜这部作品讲了一个什么样的故事。

2. 透过环衬和扉页发现故事

当一本图画书的环衬有图案时，一定不能轻易翻过去，或许这里隐藏着一个秘密。

《躲猫猫大王》的环衬里就隐藏着大秘密，读者一定不要错过。它的前环衬是一幅画，画里有桥、有房子、有树、有小溪，组合在一起，有一种宁静安详的气氛。这就为后面的故事奠定了一个基调。它的后环衬与前环衬非常相似，还是那幅画，还是那座桥，两幅画只有细微的不同。为什么要这样设计呢？作者这么做想表达什么，或是想故意留下什么疑问，等待细心的读者去发现。因此，一本好的图画书，一定要认认真真、仔仔细细地读，即使是人们经常忽略的后环衬。

《躲猫猫大王》的扉页上画的是两个孩子，一个男孩，一个女孩。这里其实就向我们交代了这部作品的两个主人公。

3. 正文以图画解读为中心理解故事

正文是图画书的主体部分，由图画和文字组成，它们共同讲述了一个个生动有趣的故事。在阅读正文的时候，读文字，更要读图画，要以图画解读为中心。

《躲猫猫大王》讲述了这样一个故事：在一个安静祥和的小村庄，主人公小女孩有一个好朋友小勇，小勇家里就小勇和爷爷两个人。小勇的爷爷每天都去卖鱼，很晚才回来，小勇就和小女孩还有其他小朋友一起玩。他们在一起玩躲猫猫的游戏,开始的时候,小勇总是第一个就被找到了。经过小女孩的帮助,其他小朋友每次都找不到小勇,所以大家就叫小勇"躲猫猫大王"。后来,小勇的爷爷去世了,小勇的爸爸将小勇带走了。

从文字中我们能够读出来,小勇游戏总是玩得不好,可能不够聪明,作者却没有直接这样写,这其中包含了作者对他的尊重,对作品里的人物的尊重就是对现实中的人的尊重。小勇在这个群体里,并没有觉得自己很特殊,他感觉很快乐,最后也不舍得离开这一群小伙伴。

4. 揭开封底的内涵

封底像封面一样,同样有意义。封底图案是对故事内容有力的补充与延伸。

《躲猫猫大王》的封底没有文字,只画了一个花环,我猜想这个花环应该是"躲猫猫大王"小勇留下的。作者是想说,虽然小勇离开了,但小勇的形象却永远留在了小朋友们的心中,他们在一起的快乐时光也会永远保存在孩子们的记忆中。所以,一本图画书,不仅仅是正文的图画和文字那么简单,封底也有隐藏的内涵。

总之,解读一本图画书,整体把握很重要。通过对《躲猫猫大王》整体的把握,我们了解了故事的主人公,知道它讲了一个怎样的故事。

在引导孩子读图画书的时候,我们也要这样一页一页地翻,一句一句地读,引导孩子观察图画,感知内容。我们可以问问他们:你从图中读到了什么故事?你读懂了吗?你有什么样的感受?

(二)揣摩细节

一本图画书里常常隐藏着许多细节,有的与主题息息相关,甚至能够反映人物的心理活动和情节的变化。

教师指导学生阅读时,首先要关注图画,从《躲猫猫大王》的图画中找到这些与主题息息相关的细节,如小女孩的表情一直都是微笑着的,这隐含着一个道理:帮助别人是幸福的,是快乐的,乐于助人是最美好的品质。当然,图中还有很多细节需要读者慢慢地去挖掘。

再如,日本著名作家佐野洋子(さの ようこ,1938—2010)的绘本《活了100万次的猫》的封底有一幅画,是那只猫和白猫站在一起的背影。教师

要引导孩子关注这一细节,理解其中隐含着的意义,因为在之前的故事中,白猫死去,这只活了100万次的猫也静静地离开了人世,而封底页却向我们展示了这样的一幅画面,这就给我们留下了想象的空间。

(三)产生共鸣

读书不仅在于阅读的过程,最重要的应该是读完之后的那一段时间。这段时间是宝贵而充实的,当我们与自己的体验相对照,重新思考故事中的人物时,也是我们重新审视自己的时刻。

文学是以"感染"的方式被接受的,不是"我融于其中",而是"融我于其中"。文学教育的过程很大程度上是情绪感染的过程,儿童情绪容易受感染,教师制定的教学目标也影响着儿童的情感方向。为了加强阅读体验,笔者总结出了以下教学方法:

1. 情感教学法

情感教学法是让学生在学习过程中投入感情,亲身体会课本中内容所传达出的情感,并要求学生通过自己喜欢的方式把对这种情感的理解表达出来。在这个过程中,学生要和课本中的人物以及作者的情感形成共鸣,并能够合理地把这种感受表达出来。情感教学方法包括以情动情法、创造气氛法、对比类比法、想象联想法等。其中,以情动情法和想象联想法是最常用的。

以情动情法要求教师先进入故事情境,紧抓课文的核心内容,使作者和主人公的情感转移到自身,再通过讲解感染学生的情绪,带动学生走进这种情景的氛围中,使学生和教师的情感形成一致,并通过自己的表述展现出来。

中国现代作家余丽琼的《团圆》是一部饱含爱的故事。毛毛的爸爸在外打工,一年只能回来一次,那就是春节。盼了一年的爸爸终于回来了,毛毛特别开心。这三天,毛毛和爸爸一起贴对联,一起包饺子,毛毛还得到了幸运硬币。爸爸走的时候,毛毛把这枚硬币给了爸爸。"团圆"在毛毛这里,是一个愿望。

教师可以把这个故事讲给孩子们听,让孩子们说出自己的感受。教师也可以和孩子一起来读故事,再回到生活当中去,问问孩子"假如你是故事中的毛毛,在爸爸走的时候你会说些什么?"等类似的问题,教会学生像作品中的毛毛一样爱自己的父母,爱身边的每一个人。

儿童的世界是想象的世界。想象成为儿童成长的需要。想象是图画书的特质,贯穿着整个图画书阅读教学。根据这一特点,幼儿教师可使用想象法引导幼儿阅读图画书,与作品中的人物产生共鸣。

想象联想法的应用可以从以下几个环节入手:赏读封面、猜想故事、读文赏图、回味细节、再现情节、联系生活。但在具体的教学活动中,要根据图画书的特点,具体问题具体分析。

读完《躲猫猫大王》后,教师可以结合作品回到生活,与孩子进行交流,提出"你觉得小勇是怎样的孩子,你是从哪里发现的?""小女孩是怎样的孩子,你又是从哪里发现的?""你想成为故事里的哪个孩子?"这类的问题留给孩子们思考,并在思考的过程中加以引导,让孩子们感受友情与爱,了解另一种童年生活,并思考应该怎样去对待身边的特殊人群。

2. 分角色表演法

分角色表演可以激发学生主动对知识进行探索的欲望。学生通过对课文的阅读,寻找自己感兴趣的角色,在课堂上分角色表现出来,能使同学在表演和观看的同时,在脑海中形成对内容的重组和理解,以便与作品中的人物产生共鸣。

分角色表演法一般用于故事情节曲折、人物形象鲜明、对话丰富的图画书。分角色表演法可以让孩子加深对文本的理解、对课堂的喜爱和对读书的兴趣,还可以充分地发挥孩子的表演才能。

佩特·哈群斯(Pat Hutchins,1942—　　)的《母鸡萝丝去散步》[①]用图画向我们展示了母鸡萝丝悠然自得地去散步,兜了好大一个圈子,又悠然自得地回来了。可这位乡下大婶完全不知道,她身后已经闹翻了天……原来,她一直被一只饥肠辘辘的狐狸追捕。整个故事跌宕起伏,令人捧腹大笑。这样难得的好故事得让孩子们来表演。通过表演,孩子们永远无法忘记这位可怜又可爱的狐狸先生,也会记住这本经典的图画书。

再如,学习美国绘本作家李欧·李奥尼(Leo Lionni,1910—1999)的绘

---

① 佩特·哈群斯:《母鸡萝丝去散步》,少年儿童出版社,2009。

本《小蓝和小黄》时，让孩子们穿上蓝、黄、绿等颜色的衣服去分角色表演，会很容易明白这样一个最难学的道理：当小蓝和小黄拥抱、小蓝的父母和小黄的父母拥抱的时候，自身的颜色都会变成绿色。只有真爱才能让人类变得大同，没有距离，这绿色就是爱，是生命的色彩。这个故事很简单朴实，却向我们揭示了一个道理：爱就是一个简单的拥抱。从这里，孩子们与作品中的人物产生共鸣，学会了拥抱父母，拥抱爷爷奶奶，拥抱同学，拥抱老师，拥抱每一个人；从这里，孩子们学会了爱每一个人。这就是图画书的魅力。

3."艺术治疗"法

儿童在生活中会感受到来自各处的压力，心理压力过大会带来诸多不良影响。治疗儿童心理问题的方法有很多，如游戏、美术、音乐等，但在所有这些"艺术治疗"中，图书治疗是比较有效且比较经济的一种。有很多优秀的图画书能针对儿童各种心理问题，提出心理冲突的解决方法。当孩子为友谊问题苦恼时，可以和他共读《我有友情要出租》，通过阅读书中大猩猩寻找友情的过程来暗示孩子应该如何获得友谊。再如，许多儿童害怕第一次上幼儿园、上街或是换到新的环境，通过阅读图画书《汤姆上幼儿园》，每一位读者都能真切地感受到书中主人公的情绪，并学习到第一次上幼儿园的经验。当儿童发脾气时，可以跟他们一起读《生气的亚瑟》，通过感受亚瑟由生气到消气的全过程，帮助孩子学习如何控制自己的情绪。

总之，图画书是快乐的种子，是幸福的种子。我们要播下快乐与幸福，让这些美妙的种子在孩子们的心田里生根、发芽、开花、结果。教师们要多花点时间和精力引导孩子们一起读读图画书，这比任何口头的说教都更容易使学生受到启发。教师，不仅要教书，更要育人，如果你是一名幼儿教师，就多带领孩子读读优秀的图画书，一定会使你自己也获益匪浅。

图书在版编目（CIP）数据

新时代儿童文学教育研究纵论 / 王蕾主编.— 上海:上海教育出版
社,2020.8
ISBN 978-7-5720-0129-1

Ⅰ.①新… Ⅱ.①王… Ⅲ.①儿童文学－教学研究－高等师范院校
Ⅳ.①I058

中国版本图书馆CIP数据核字(2020)第146947号

责任编辑　曹婷婷　董龙凯
书籍设计　郑　艺

新时代儿童文学教育研究纵论
王　蕾　主编
———————————————
出版发行　上海教育出版社有限公司
官　　网　www.seph.com.cn
地　　址　上海市永福路123号
邮　　编　200031
印　　刷　上海盛通时代印刷有限公司
开　　本　700×1000　1/16　印张 15　插页 1
字　　数　230 千字
版　　次　2020年9月第1版
印　　次　2020年9月第1次印刷
书　　号　ISBN 978-7-5720-0129-1/G·0097
定　　价　59.80 元
———————————————
如发现质量问题，读者可向本社调换　电话：021-64377165